ENTRE DENTES

Kristen Arnett

ENTRE DENTES

Tradução
Laura Folgueira

Rio de Janeiro, 2022

Copyright © 2021 por Kristen Arnett. Todos os direitos reservados.
Copyright da tradução © 2022 por Casa dos Livros Editora LTDA.
Título original: *With Teeth*

Todos os direitos desta publicação são reservados à Casa dos Livros Editora LTDA. Nenhuma parte desta obra pode ser apropriada e estocada em sistema de banco de dados ou processo similar, em qualquer forma ou meio, seja eletrônico, de fotocópia, gravação etc., sem a permissão do detentor do copyright.

Diretora editorial: *Raquel Cozer*

Gerente editorial: *Alice Mello*

Editora: *Lara Berruezo*

Assistência editorial: *Anna Clara Gonçalves e Camila Carneiro*

Copidesque: *Thaís Lima*

Revisão: *Vanessa Sawada*

Capa original: *Lauren Peters-Collaer*

Adaptação de capa: *Túlio Cerquize*

Diagramação: *Abreu's System*

Dados Internacionais de Catalogação na Publicação (CIP)
(Câmara Brasileira do Livro, SP, Brasil)

Arnett, Kristen
  Entre dentes / Kristen Arnett ; tradução Laura Folgueira. –
Rio de Janeiro, RJ : HarperCollins Brasil, 2022.

  Título original: With teeth.
  ISBN 978-65-5511-349-5

  1. Ficção norte-americana I. Título.

22-111786   CDD-813

Índices para catálogo sistemático:
1. Ficção : Literatura norte-americana 813
Eliete Marques da Silva – Bibliotecária – CRB-8/9380

Os pontos de vista desta obra são de responsabilidade de seu autor, não refletindo necessariamente a posição da HarperCollins Brasil, da HarperCollins Publishers ou de sua equipe editorial.

HarperCollins Brasil é uma marca licenciada à Casa dos Livros Editora LTDA.
Todos os direitos reservados à Casa dos Livros Editora LTDA.
Rua da Quitanda, 86, sala 218 – Centro
Rio de Janeiro, RJ – CEP 20091-005
Tel.: (21) 3175-1030
www.harpercollins.com.br

Para Willie & Vivian
dentes
DENTES
E para Mattie, de novo

A verdade não muda de acordo com a nossa capacidade de suportá-la.

FLANNERY O'CONNOR

Inverno

O homem pegou a mão do filho dela e caminhou casualmente para a saída do parquinho.

Sammie o havia deixado no balanço. Ele tinha acabado de aprender a se balançar sozinho, sem ela empurrar, o que era um alívio, então ela o deixou ficar mais alguns minutos enquanto limpava tudo e juntava as coisas deles. Tinha dito

Eu já volto

e

Não para de balançar, você está indo superbem,

e aí descido até o portão que dava para a saída principal, passando por uma mulher com um carrinho duplo lotado de bolsas-maternidade e uma criança tão grande que as pernas ficavam penduradas para os lados. Estava um calor sufocante, embora já fosse dezembro, e a mulher bufava e arfava atravessando a terra lodosa com todo aquele peso. Ela usava uma viseira cor-de-rosa com uma palmeira estampada e a palavra "Orlando" bordada em letra cursiva. Murmurava algo que Sammie não conseguia entender — "grama, grama", parecia, ou talvez "grana, grana". Pareciam disparates de uma louca. Sammie passou apressada para não acabar envolvida naquilo.

Havia uma lata de lixo perto do carro dela, mas estava nojenta e já transbordando, então ela embrulhou bem o almoço do filho, comido pela metade, no saco de papel pardo e o jogou no banco da frente. Estava tão escaldante dentro do carro que ela abriu todas as portas e ficou do lado de fora por um minuto para deixar o calor sair, porque Samson começava a chorar quando se sentia "grudento" e ela estava cansada demais para lidar com aquilo. Formou-se ao redor da cabeça dela uma nuvem de mosquitos sedentos do suor que pingava do seu pescoço, e ela os espantou, distraída. Pegou a garrafa de limonada superaquecida do filho do chão, fazendo uma careta para a baba grossa que flutuava lá dentro antes de despejar tudo no asfalto amolecido pelo sol e jogar a garrafa vazia no banco por cima do ombro. Mas ela bateu e rolou para o chão, e Sammie estava com dor nas costas demais para pegar, então não pegou. A dor nas costas era porque tinha passado os últimos três meses pegando Samson no colo e o levando ao banheiro toda noite depois dele fazer xixi na cama. Quatro anos de idade e ainda fazendo xixi na cama — mas cada criança é diferente, era o que o médico dizia. Sammie não tinha certeza de que acreditava.

Então, ela deixou a garrafa lá e se virou para voltar.

Lá estava o homem, afastando-se com o filho dela.

— Ei — disse ela, porque não veio mais nenhuma outra palavra. — Ei!

O homem e Samson não pararam. Também não andaram mais rápido. O filho dela segurava a mão do homem como se o conhecesse a vida inteira. O cara tinha altura mediana, uns quarenta e poucos anos, com um cabelo loiro-escuro já ralo e barba por fazer, e vestia uma camisa polo cinza por dentro de uma calça jeans escura. Tênis brancos. O filho dela estava com um short cáqui e a sua camiseta amarela com Ruff e Tumble, dois dálmatas de desenho animado, na frente. O cabelo dele era uma verdadeira nuvem de cachos por causa da umidade; estava mais do que na hora de um corte, mas Samson tinha dado um chilique quando ela tentara levá-lo.

Sammie pulou o cercado. Ela não sabia que ia fazer isso até fazer — não sabia nem que *conseguia*, na verdade; não era exatamente atlética, e seu corpo era pequeno —, mas saltou e caiu direto do outro lado. E aí correu. Levantou uma chuva de folhas caídas, e uma das sandálias saiu, mas ela continuou.

— Ei! — ela continuou gritando, cada vez mais alto, mas nem o homem nem o filho dela olharam para trás. O menino nunca ouvia quando ela o chamava, nunca respondia ao seu nome ou às ordens dela. O homem tinha levado o filho dela portão afora, e agora eles atravessavam o estacionamento na direção de uma grande caminhonete vermelha.

Ela parou de gritar e correu mais rápido.

Ele abriu a porta do passageiro. Samson ficou lá parado ao lado dele. Ela viu os lábios do homem se mexendo, mas não conseguiu discernir nenhuma palavra. O filho dela, quieto o dia todo, todo dia, levantou os olhos para o homem e sorriu. Sorriu de verdade. Um sorriso aberto cheio de dentes.

Sammie começou a gritar. Não só um grito — um guincho prolongado de sirene, subindo no fim como o lamento de uma ambulância. Nenhuma resposta do homem. O filho, nada. Será que *alguém* estava ouvindo?

Quando ela finalmente os alcançou, o homem tinha colocado Samson no banco do passageiro e estava travando o cinto de segurança.

Ela o tirou da frente com um empurrão e puxou o filho para fora. Aí suas costas, já forçadas pela corrida, travaram de vez. Ela se dobrou e quase o derrubou no asfalto, pegando-o pelo braço bem a tempo. Estava chiando ao respirar. Sem fôlego. Seu pé sangrava, ela viu então, e a coxa esquerda também, arranhada quando ela saltou sobre a cerca de arame.

— Você! — disse ela. Respirou fundo. Respirou mais uma vez. — Você. Meu filho. *Você.*

O homem levantou as mãos, como se para se proteger dela. Se proteger *dela*! Surreal. Ele estava prestes a evadir com o filho dela no meio da tarde e estava agindo como se a louca fosse ela.

Por outro lado, ela provavelmente estava com cara de louca. E estava *se sentindo* louca. Ele não parecia nem um pouco assustado; aliás, parecia preocupado. Ela analisou o rosto dele, bronzeado e com rugas ao redor dos olhos fundos. Ele parecia o tipo de cara que sorria muito. Parecia o vizinho bacana de alguém.

— Eu só estava mostrando minha caminhonete pra ele — falou o homem. — O menino disse que gostava de caminhões.

Samson estava puxando a mão dela para ir embora, e ela apertou mais forte.

— Sua caminhonete. Sua *caminhonete*?

— Eu juro. — O homem sorriu para ela, revelando uma fileira de dentes muito grandes e brilhantes. Dentes superbrancos, todos iguais. Talvez nem fossem dentes de verdade. Eram perfeitos demais para aquele rosto, com o nariz torto, barba malfeita e rugas de sorriso.

— Vou chamar a polícia — disse Sammie. Mas onde estava o telefone? Lá no carro, com as chaves, com todas as coisas dela. Onde estava o outro sapato? Lá no meio do parquinho.

— Mãe. — Samson puxou de novo a mão dela, os dedos suados se contorcendo. — Tem um rádio PX.

Ela baixou os olhos para o filho, que olhou de volta para ela com a mesma indiferença de sempre. Nada de sorriso para a mamãe, mesmo que ela o tivesse salvado do perigo iminente. Nenhuma consideração por como o coração dela martelava dentro do peito. Ela podia ter um ataque cardíaco bem ali no estacionamento, e ele ia simplesmente subir na caminhonete por cima do cadáver dela.

Ela baixou os olhos de novo para o pé sangrando. Uma das unhas tinha sido arrancada pela metade, a menorzinha do pé direito, e ela estava parada numa pequena poça do próprio sangue.

— Vou chamar a polícia — repetiu ela. — Vou chamar agora mesmo.

O homem fechou a porta do passageiro. Depois, contornou pela frente da caminhonete e abriu a porta do motorista.

— Não entre nessa caminhonete! — gritou Sammie.

Samson estava se contorcendo, e ela mal conseguia segurá-lo. Ela deu um passo para trás, tirando o filho da frente da caminhonete.

— Não ouse entrar nessa caminhonete! Eu vou chamar a polícia, e você vai ficar bem aqui!

O homem não ouviu, nem a olhou, só entrou e ligou o motor. Ele ia embora; ia sair dirigindo e se livrar da situação, e ela não podia fazer nada para impedi-lo.

— Socorro! — gritou ela.

Samson se contorceu e quase escapou, então, ela pegou a camiseta dele pela gola e o segurou, forte demais, sabia, porque ele soltou um guinchinho e parou de se mexer.

— Alguém me ajuda! Sequestro de criança!

Não havia mais ninguém no estacionamento. Ela olhou ao redor, frenética, e viu que a mulher que estava empurrando o carrinho com a criança grande demais para caber nele estava montando um piquenique. A apenas quinze metros, ou até menos, e mesmo assim a mulher não deu atenção aos gritos de socorro.

Ela puxou Samson mais alguns metros para trás, com medo de o homem jogar a caminhonete bem em cima deles. Mas ele simplesmente desviou com o veículo em torno de Sammie e do filho, e saiu de ré do estacionamento.

Era uma Dodge, uma Dodge vermelho-clara reluzente. Ela se esforçou para ver a placa e começou a repetir os números em voz alta:

— GN5 8V6, GN5 8V6, GN5 8V6.

Samson estava de pé, mas com o corpo mole, arrastando-se como se pesasse quinhentos quilos, do jeito que sempre ficava quando era forçado a fazer algo que não queria. Ela ficou repetindo a placa enquanto voltava com dificuldade ao parquinho, levando Samson à frente com uma mão em torno do pescoço dele e a outra agarrando a camiseta. Havia algo na sola do pé dela, vidro, talvez, e o dedo latejava e as costas doíam tanto que ela não conseguia respirar. Parecia que tinha sido atropelada pela caminhonete.

Durante tudo isso, a mãe com o carrinho estava calmamente sentada lá perto, numa mesa de piquenique embaixo do carvalho solitário do parque. Quando eles chegaram à cerca, ela gritou para a mulher ligar para a emergência. Aí, sentou-se lá mesmo e chorou.

— Formigas — reclamou Samson, esfregando o pescoço. Havia uma marca vermelha forte onde Sammie o agarrara, e o colarinho dele estava todo frouxo. O rosto estava sujo. Seria bom passar um lenço umedecido.

A mulher foi até lá e entregou um celular a ela.

— Eu não sabia o que falar pra eles — sussurrou, como se a situação fosse algum segredo vergonhoso. O filho dela continuava sentado no carrinho, sapatos de Velcro chutando com tanta força que as bolsas em cima quase caíram.

Sammie se perguntou se o menino tinha algum problema que exigisse ficar no carrinho bem depois da idade adequada.

Mas que importância tinha? Ela precisava se concentrar. Sammie pegou o telefone e cuspiu o número da placa para a atendente antes que esquecesse. Aí, voltou e tentou explicar o que acontecera, chamando de "tentativa de rapto". Ela descreveu a aparência do homem e o que ele estava usando. Contou sobre os dentes perfeitos demais. Que a caminhonete tinha um rádio PX. Passou por tudo de que se lembrava, que não era muito. Ela mal se lembrava do próprio nome. Tudo tinha acontecido tão rápido, passado como um borrão. Aí, num acesso de vergonha, ela desligou — e percebeu que não tinha anotado informação nenhuma. Não sabia o nome da atendente; só sabia que era uma mulher. Ou, pelo menos, ela *achava* que era uma mulher, com aquela voz aguda. E Sammie tinha desligado antes de dar um número para entrarem em contato com ela. Como iam encontrá-la? Será que o número para retornar a chamada ficava gravado automaticamente? O celular era da desconhecida, não de Sammie. Será que ela precisaria ligar de volta e recomeçar com alguém novo? O número da placa já tinha sumido do cérebro dela.

Ela olhou de novo o filho, apoiado na cerca.

— Formigas — disse ele de novo, e continuou repetindo: — Formigas, formigas, formigas.

E aí ela as sentiu subindo pelas pernas.

Sammie se levantou num salto e as espanou, depois virou a esquina com o menino para se sentar num canto sem insetos. Havia centenas de dentes-de-leão salpicando a grama, coisinhas selvagens e peludas que tremulavam com a brisa, mas o filho dela pegou um canudo abandonado de um copo de fast-food e começou a brincar. Ela ia entrar em choque, podia sentir. Todo o seu corpo estava desligando. Ela sabia que deveria ligar para a esposa, contar o que acontecera, mas só tinha aquele telefone emprestado e não conseguia se lembrar do número.

Por que eu não sei o telefone da minha mulher de cor?, ela se perguntou. *E se houvesse uma emergência?*

Samson enfiou o canudo no solo e pegou um pouco de terra, depois soprou a outra ponta. Choveu terra na cabeça de Sammie, polvilhando a blusa. Então ele fez de novo. Sammie só ficou lá sentada, exausta demais para impedir. Finalmente, a outra mulher veio pegar o telefone. Quando viu o que Samson estava fazendo, pegou ela mesma o canudo e guardou no bolso da calça.

— Não coloque coisas do chão na boca — disse ela. — Isso não pode.

Quando ela se afastou, Samson pegou um punhado de terra. Segurou em cima da cabeça da mãe, abriu os dedos devagar e deixou a terra cair aonde quisesse.

Primavera

1

O boneco estava uma merda. Sammie estava a cinco segundos de jogar no lixo.

Era um projeto escolar, ou seja, o filho dela era quem devia estar trabalhando naquilo, mas Sammie tinha feito quase tudo sozinha. Não era culpa dela; era culpa da professora por dar a alunos do quarto ano um projeto tão enorme que eles não conseguiam fazer sozinhos, e era culpa da escola por aceitar aquilo. Claro que ela havia reclamado, mas não dava para fugir. O projeto era uma exigência para absolutamente todos os alunos do quarto ano. Samson ou finalizava, ou levava zero no projeto, o que significava que sua média — que já era C — ia cair tanto que ele seria reprovado. Talvez tivesse até que repetir de ano.

Samson, passando de novo pelo quarto ano? Não, obrigada.

Sammie se sentou à mesa da sala de jantar, cercada por pedaços de isopor e cola, tentando montar uma aproximação em escala de um quarto do tamanho do filho. O filho, que devia estar sentado à mesa ao lado dela, que dissera havia vinte minutos que ia ao banheiro. Ela apostaria todo o seu salário (muito menor, admitiu contrariada, agora que ela só trabalhava de casa e meio período) que ele estava de volta em frente à televisão.

— Acho bom você estar com diarreia — gritou ela. — Acho bom estar com a pior dor de barriga da sua vida.

Ela tinha ido à loja de materiais de artesanato depois de terminar o trabalho do dia e escolhido algumas coisas que poderiam usar. Sammie não era lá muito artística. Claro, ela havia precisado fazer esse tipo de coisa quando era criança, mas depois de adulta, teria ficado feliz de nunca mais ver um frasco de cola. Este era o problema de ter um filho: todas as coisas nas quais você achava que nunca mais teria que pensar — Matemática, Arte, roupas de Educação Física que têm cheiro de chulé — voltavam de uma vez como reprises nostálgicas.

Monika podia ter comprado alguns dos materiais, mas estaria viajando pelos próximos dois dias. Ela viajava muito a trabalho, o que, antes delas terem Samson, era divertido, e agora significava que cada vez mais Sammie carregava sozinha a maior parte dos deveres de mãe. Pelo telefone, Monika disse que Sammie devia deixar Samson fazer sozinho, como se fosse uma opção.

— Ele nunca vai fazer sozinho — respondeu Sammie.

Monika falou que não faria mal deixá-lo tentar. O que Sammie queria dizer era "Você não faz ideia de quem é seu filho", mas ela já havia tentado isso antes e tinha resultado em Monika dormindo no sofá e Sammie sentada na cama a noite toda, furiosa. Pelo menos, desse jeito, só uma das duas ficaria brava.

— Samson, eu vou contar até três e, se você não voltar já pra cá, vou tacar tudo isso aqui no lixo — berrou Sammie.

Ela contou alto até três e esperou que o filho aparecesse. Esperou mais três segundos. Mais quatro segundos. Dois minutos depois, ele voltou de fininho à sala usando uma das camisetas de dormir grandes de Monika. Sammie via a cueca vermelha do Super-Homem embaixo do tecido branco fino.

— Você estava vendo televisão? — perguntou ela.

Ele só deu de ombros. Samson nunca falava, a não ser que fosse absolutamente obrigado, pelo menos não com Sammie. Também não gostava muito de falar com Monika, mas isso nunca parecera um problema. Aliás, Monika até preferia que ele estivesse em silêncio. Vivia mencionando isso quando elas iam a jantares ou saíam com amigos: "Nosso filho é tão comportado", dizia. "Ele nunca dá uma de respondão!" Mas o assunto hoje em dia não vinha muito à tona, já que Monika estava o tempo todo viajando, e Samson, com problemas na escola.

Sammie podia ter completado que ele nunca dava uma de respondão porque estava ocupado demais fazendo exatamente aquilo que você tinha mandado não fazer, mas isso teria arruinado a imagem que Monika queria que elas divulgassem: uma família feliz e ajustada de três, gay, mas fora isso igual a todas as outras.

Era algo importante para a esposa. Ela queria que fossem normais. Na parede da sala, havia pendurado uma foto emoldurada dos três num jantar chique no aniversário de Sammie. Estavam todos arrumados: Sammie com um vestido novo de renda e o cabelo num coque, Monika vestindo seu melhor blazer sobre uma camisa branca bem-passada, o filho entre as duas com terno azul-marinho e gravata-borboleta presa por um clipe com estampa paisley. Na mesa em frente a eles, havia um bolo de aniversário gigante, velas acesas, e todos estavam mostrando um sorriso cheio de dentes para as câmeras. O que não dava para ver era a mão de Monika apertando a perna de Samson embaixo da mesa, porque ele não parava de chutar Sammie com a ponta do mocassim. Não dava para sentir o cheiro do pezinho fedido dele, exposto depois de ele chutar o outro sapato longe. Todo mundo que visitava — em especial os colegas de trabalho de Monika, que ela vivia ansiosa para impressionar com sua "normalidade" — comentava como a foto era fofa. Duas mães lésbicas perfeitas e seu filho lindo e sorridente. Monika sorria e contava como tinham se divertido naquela noite, mas Sammie só conseguia se encolher e lembrar, em silêncio, que as coisas nem sempre eram tão idílicas quanto pareciam.

23

Sammie olhou pela janela mais distante da cozinha e observou o sol se pondo atrás da casa vizinha. Os pássaros chamavam uns aos outros, indo dormir. O filho dela bocejou e coçou o pescoço.

Segundo todos que elas haviam consultado, o menino só era problemático porque escolhia ser assim. Era um menino do quarto ano perfeitamente capaz e inteiramente funcional que só precisava ajustar seu comportamento. Para Monika, era um problema que, com o tempo, resolveria a si mesmo. Para Sammie, significava passar os dias esperando que essa mudança mágica enfim acontecesse.

— Aqui — falou Sammie, empurrando uma pilha de membros de formato irregular pela mesa. Eles chiaram ao raspar a madeira.
— Pinta esses.

Samson tapou as orelhas e fez uma careta.
— Não gostei.

A tinta tinha pingado por todo lado, embora ela houvesse colocado jornais em tudo, especialmente na mesa de jantar antiga da avó de Monika. Sammie molhou outro pedaço de papel-toalha e tentou limpar algumas das manchas enquanto o filho, sem entusiasmo, molhava o pincel em tinta dourada. Ele o mergulhou várias e várias vezes no pratinho de papel, mexendo antes de arrastar em cima de algo que devia ser uma perna, mas parecia mais uma coxa de peru enorme. Três pinceladas depois, ele bufou, infeliz, e jogou o pincel bem em cima do prato, fazendo uma bolota de tinta jorrar diretamente na parede atrás da cabeça dele.

— Caralho! — gritou ela. Samson só ficou lá sentado, olhando-a. Havia tinta na mesa, tinta na camisa de Monika, tinta por todo canto. Grandes gotas douradas, brilhando como moedas.

Ela entrou na cozinha e encheu um copo de água da pia. Bebeu tudo, respirou fundo, encheu de novo o copo e bebeu também. A água tinha gosto ruim, meio metálico. Eram os canos e o aquífero da Flórida — elas tinham um daqueles purificadores portáteis, mas ninguém nunca se dava ao trabalho de encher, então ele só ficava lá na geladeira com um centímetro inútil de água limpa. Ela passou as duas mãos pelo cabelo e aí percebeu que estava com tinta dourada nos dedos.

Tudo tinha parecido tão fácil na loja de materiais de artesanato. Ela tinha vergonha de admitir, mas o projeto parecia infantil. A coisa toda era fácil demais para ela, uma ex-gerente agora reduzida a administrar uma casa. E, se fosse sincera consigo mesma, nem administrava assim tão bem. Ela nunca tinha voltado a trabalhar em tempo integral depois de pedir demissão para ficar em casa cuidando de Samson, e o trabalho que aceitou depois de ele entrar na escola era só de meio período e integralmente tedioso. Ela podia fazer tudo aquilo — edição de textos, e-mails para clientes — dormindo, e às vezes se sentia exatamente assim: como se estivesse passando pelo trabalho e pela vida enquanto dormia. Então, quando o funcionário da loja de materiais de artesanato perguntou se ela precisava de ajuda, ela o dispensara, e nem fora assim tão simpática.

Não podia ser tão difícil, né? Bola de isopor para a cabeça, bloco de isopor para o torso, quatro rolinhos de espuma para as pernas e os braços, dois pequenos blocos para as mãos e dois para os pés. Ela comprara feltro para fazer roupinhas iguais à camiseta e aos shorts de Samson, e lã para o cabelo enrolado loiro-escuro. Para os olhos, adesivos de olhos esbugalhados! Bem fácil.

Não era fácil.

Ela já tinha cortado a mão tentando esculpir o formato das pernas. Não tinha pensado em comprar facas de artesanato — por que gastar com algo que eles nunca mais iam usar? —, por isso estava usando uma faca de cozinha, que não era tão afiada quanto ela imaginava, e precisara ficar empurrando até a faca escorregar e furar a palma dela.

Quando ela medira Samson, para ter noção das proporções dele, o menino se contorcera tanto que ela teve dificuldade de não gritar com ele. Ultimamente, sua voz parecia a de outra pessoa, de alguém que ela detestaria ter que ouvir. Soava muito como a voz da mãe dela, algo que Monika havia comentado uma vez quando Sammie ficou brava com Samson por derramar a bebida em um restaurante. Sammie nem se dera ao trabalho de responder, só fora chorar no estacionamento. Monika nunca mais repetiu aquilo, mas não precisava. Sammie sabia muito bem com quem ela se parecia: com a mãe, a mulher que jamais a compreendera. A mãe dela, o ser menos maternal do planeta.

Então, ela engoliu o segundo copo d'água, amarrou o cabelo manchado de tinta, abriu o freezer e pegou ingredientes para dois sundaes — sorvete com calda de chocolate, confeitos de arco-íris, e três cerejas marrasquino em cada taça. Ela respirou fundo mais uma vez e aí levou os sundaes para a sala de jantar.

Foi recebida por um pesadelo pintado de dourado.

Sammie havia comprado quatro frascos grandes de tinta dourada, porque não tinha certeza de quanto o isopor absorveria e não queria ter que voltar à loja para comprar mais. Samson havia esvaziado todas, menos uma. A tinta pingava da beirada da mesa, cobrindo as cadeiras. Caía no chão em gotas planas. Os jornais que ela usara para forrar a mesa estavam amarrotados numa grande bola gosmenta e jogados em cima da cadeira favorita de Monika. A cristaleira, presente de casamento de outro parente de Monika, estava coberta de mãozinhas douradas. O resto estava em faixas por todo lado, manchando todas as superfícies da sala. Era como se o rei Midas tivesse encarnado na sala de jantar e transformado tudo em uma merda dourada.

A única coisa que a tinta não havia tocado era o boneco, jogado num canto, desmontado e ainda de um branco puro do isopor. Samson havia desaparecido, mas as pegadas dele levavam da sala de jantar ao corredor. Sammie as seguiu até a sala de estar, tremendo tanto que ficou com medo de ter um AVC. Lá estava o filho, empoleirado no sofá, absolutamente coberto de tinta dourada. Ela cobria o cabelo dele e pingava pelo rosto, ensopando a camiseta e deixando faixas douradas pelo pescoço.

— Samson — sussurrou ela.

Ele se virou para vê-la, com os olhos chocantemente brilhantes. O azul deles era quase elétrico. Parecia alguma coisa, mas, de início, seu cérebro em frangalhos não conseguiu identificar, até finalmente sair da boca dela:

— Carrie.

Era isto: a cena de *Carrie* em que jogam o balde de sangue de porco na cabeça de Sissy Spacek. Exceto que, aqui, era ouro derretido, como se o filho tivesse sido transformado numa estátua dourada.

— Seu merdinha — disse ela, soltando uma risadinha chiada.

Lá estava ele, o monstro. Arruinador de móveis e do bom humor. Capaz de destruir uma noite inteira com três frascos de tinta. E, ao pensar nisso, a gargalhada saiu. Era incontrolável, de um tipo que quase a dobrou no meio. As lágrimas saíam dos olhos. Até as bochechas doíam. Samson continuou lá sentado, gotas de tinta caindo em poças cada vez maiores no piso de madeira, escorrendo para o tapete embaixo da mesa de centro.

Ela riu até achar que ia vomitar; mesmo depois de se controlar o bastante para subir com ele até o banheiro de hóspedes, ainda estava segurando o riso. Fez com que ele pulasse de camiseta no chuveiro e puxou a cortina enquanto a ducha fazia o líquido dourado escorrer por tudo. Ela se sentou na tampa da privada, segurou o rosto nas mãos e esperou que a tinta deslizasse do rosto e do corpo do menino. *Que coisa estranha, amar outro ser humano*, pensou. O estômago dela roncou, ainda trêmulo da gargalhada; nem pensar na bagunça que ela teria que limpar lá embaixo a deixava brava. Aquilo a fazia querer rir tudo de novo. Ela mordeu os lábios, lutando para se controlar.

— Tá acabando? — perguntou, mas, claro, não houve resposta de Samson.

Ela o tirou do banho e o secou, depois o levou às pressas para o quarto dele no fim do corredor. Por sorte, a tinta tinha até que saído fácil. Era solúvel em água, então, provavelmente também daria para lavar as paredes. No pior dos casos, ela teria que pintar. E, de todo modo, detestava a cor das paredes; Monika tinha escolhido sem nem perguntar, só chegara um dia em casa com um balde gigante daquilo. "É melhor que a marca que você mencionou", contou ela a Sammie, o que basicamente era o jeito dela de dizer: "Eu é que ganho dinheiro nesta casa, logo, vou tomar as decisões". Assim, Sammie tinha uma desculpa para escolher algo novo. Podia agradecer a Samson por isso.

Sammie desceu e abriu uma garrafa de vinho branco gelado. Aí, começou a trabalhar na limpeza daquela zona. Precisou de vários rolos de papel-toalha e alguns galões de água quente, e, quando terminou, ela estava exausta e prestes a ficar bêbada.

O boneco ainda estava jogado, em pedaços. Ela olhou de novo as medidas que tirara do filho: altura, mediana para um menino do quarto ano. Peso, mediano. Ele não se parecia nem um pouco com ela, embora tivesse sido ela a dar-lhe à luz. O tom de pele dos dois era insanamente diferente: o dele era rosado, enquanto o dela tendia a amarelado. O cabelo dela era castanho e com fios arrepiados, caindo liso feito tábua até o meio das costas, nada parecido com os tufos encaracolados dele. Ela e Monika haviam escolhido um doador anônimo, por isso, só tinham alguns fatos básicos sobre o pai biológico, mas, quando Sammie olhava para o filho, só via um minúsculo estranho que tinha sido jogado na casa delas.

As crianças são alienígenas mesmo, refletiu Sammie. Não havia como saber o que estavam pensando, quando seus pensamentos eram produtos de um cérebro não finalizado ainda treinando para agir como humano.

A única similaridade de Sammie e Samson estava nos olhos. Os dela eram castanho-escuros, e os dele, azuis, mas ambos eram posicionados no rosto de forma que os fazia parecer eternamente surpresos, como se alguém tivesse vindo por trás e dado um gritinho.

Os olhos esbugalhados pareciam adequados. Talvez a única boa ideia dela na loja de materiais de artesanato.

Sammie serrou os braços e as pernas, tentando aproximá-los de algo humano. Espetou palitos de dente nas pontas, dando batidinhas com cola, e, milagrosamente, ficaram no lugar. Tomando cuidado com as mãos, ela cortou pedaços de isopor e fez um nariz e duas orelhas. Talhou um pescoço. Espetou tudo isso junto também. Aí, pegou o último frasco de tinta e envernizou a coisa toda.

Não ficou horrível. Ela se viu curtindo o trabalho, na verdade, terminando o vinho enquanto cortava algumas roupas de feltro e as colava no corpo.

O cabelo, percebeu, ia ser o maior desafio. Havia uma foto escolar atual de Samson em cima da cristaleira. Ele, claro, não estava sorrindo — quase nunca sorria —, mas a imagem lhe dava uma chance de olhar o rosto dele por tempo o suficiente para ver como devia ser o cabelo. Ela colou um montinho de lã amarela encaracolada no topo da cabeça do boneco, penteou alguns fios para colocar no lugar e aí se recostou para olhar o produto final.

Ao contrário do filho pintado e desmazelado, que parecia um refugo de filme de terror, a réplica quase lembrava um objeto de adoração. Lembrava-lhe da história bíblica de Baal, que ela lera um milhão de vezes quando criança — aquela sobre os israelitas que decidiram fazer seu próprio bezerro de ouro quando Moisés estava no monte Sinai recebendo os Dez Mandamentos de Deus. Sammie não ia à igreja havia anos — ela mal falava com os pais, que usavam o cristianismo como desculpa para evitar reconhecer o casamento dela ou o fato de que ela era queer —, mas, por algum motivo, o ídolo dourado à sua frente havia emergido do interior pantanoso da memória. Agora, ela se via com aversão àquele sacrilégio. Estranho ela se importar com uma coisa dessas, mas muitas vezes se via reagindo a certas coisas como se os pais ainda pudessem entrar e repreendê-la, embora fosse uma adulta crescida com sua própria família. É difícil abandonar hábitos antigos.

Não posso deixar que ele leve isso para a escola, pensou ela, mas sabia que teria que deixar. Todo mundo precisava entregar o projeto no dia seguinte, e Sammie já tinha feito tanto auê com aquilo que não havia jeito de a professora dar uma extensão do prazo a Samson.

Aquela professora, Miranda Hastings, era o tipo de mulher de quem Sammie realmente não gostava. No primeiro dia de aula, Samson tinha voltado para casa com as coisas etiquetadas com adesivos com desenho de maçã — mas todas as etiquetas diziam TOMMY. No início, ela achou que ele tinha pegado os cadernos errados, mas, quando percebeu que alguém havia grudado as etiquetas escrito TOMMY em todos os cadernos que ela comprara para ele, Sammie ficou furiosa. Na manhã seguinte, ligou e marcou uma reunião. A professora a cumprimentou na porta da sala de aula e a levou a uma das mesinhas. Era francamente ridículo, as duas esmagadas juntas como se estivessem se apinhando numa casa de bonecas, mas, por algum motivo, a mulher parecia totalmente confortável. Com o cabelo loiro perfeitamente penteado, pernas dobradas elegantemente para o lado, ela fazia Sammie se lembrar de Alice no País das Maravilhas, serenamente aconchegada no gramado verde bem-cuidado.

— Este não é o nome do meu filho — disse ela à mulher, brandindo um dos cadernos.

— É o nome do meio dele, não? — respondeu ela, sorrindo de uma forma que Sammie achou condescendente. Ela explicou que havia convidado as crianças a se chamarem como quisessem, incluindo apelidos. Era um pouco de liberdade de expressão, uma forma de mostrar às crianças que elas podiam opinar em um mundo que nunca deixava que decidissem nada sozinhas.

— No fim das contas, é um problema ele ser chamado pelo nome do meio? — perguntou Miranda, e então pediu licença para ir buscar a turma na Educação Física, embora nada tivesse de fato sido resolvido.

A questão era que, para Sammie, *era* um problema a professora do filho dela achar que tinha direito de tomar aquela decisão. Afinal, tinha sido Sammie a escolher o nome dele. A esposa tinha dado a ele seu sobrenome, Carlisle, e tudo bem, e também tinha dado o nome do meio, Thomas, em homenagem ao seu avô. Mas era Sammie quem tinha escolhido o primeiro nome, e o tinha dado em homenagem a si mesma. Ela não entendia direito o filho, ainda que o tivesse carregado no corpo, ainda que tivesse vomitado cada café da manhã por quatro meses direto, ainda que tivesse passado dois dias inteiros em trabalho de parto antes de enfim cortarem a barriga dela para libertá-lo, deixando uma cicatriz que ainda a incomodava, independentemente de quantas vezes Monika dissesse que era um símbolo do amor delas por seu filho. Mas ela tinha aquela única coisa — o nome dele, Samson, a única coisa que compartilhavam. O filho dela se chamava Samson Thomas Carlisle, e ela devia proteger isso enquanto ele lhe pertencesse.

De volta à sala de estar, Sammie olhou o Samson em miniatura na mesa recém-lavada, encarando-o com seus grandes olhos esbugalhados. Aquilo a arrepiou — o dourado dava uma aparência real, quase como se fosse um ser senciente — e, por um momento embriagado, ela achou que ia despedaçá-lo. Em vez disso, apagou as luzes das salas de jantar e de estar, bebeu mais um copo d'água para afastar a ressaca e subiu para sua cama solitária.

Ela pegou no sono por volta de uma da manhã e acordou de novo algumas horas depois, grogue e sem saber por que estava acordada. O quarto estava escuro exceto por um facho de luz do corredor, embora ela achasse que a tinha apagado antes de entrar debaixo das cobertas. Ela se virou de lado para checar o relógio do lado de Monika — e viu algo deitado no travesseiro ao seu lado.

Sammie deu um grito.

Saindo atabalhoada da cama, ela caiu no chão de madeira e bateu o cotovelo com tanta força que perdeu a sensação. Ainda embotada de sono e vinho, ela cambaleou até a porta e acendeu a luz do teto.

Lá, no travesseiro de Monika, estava a miniatura dourada do filho.

— Ah, meu Deus — sussurrou ela. — Meu *Deus*.

Eram 3h02 da manhã, e aquele negócio estava embaixo das cobertas.

Ela o pegou com mãos trêmulas, carregou até o banheiro da suíte e fechou a porta.

Aí, seguiu pelo corredor para dar uma olhada em Samson. A porta estava entreaberta, como sempre, e ele estava deitado de lado, virado para ela. Uma faixa de luz do corredor caía no rosto dele, dividindo-o em dois. Os lábios estavam franzidos num beijo — era assim que ele sempre dormia, doce como uma boneca de porcelana de catálogo — e o cabelo, colocado para trás por cima da testa.

O quarto estava em silêncio, e a respiração dele era regular. E, apesar disso...

Ela entrou e tirou a mão dele de debaixo dos lençóis. Lá estava a prova: embora ele tivesse lavado no chuveiro, a pele da palma agora tinha manchas douradas, os dedos estavam cobertos de tinta e grudentos.

— Samson — disse ela. — Samson.

Ele não se mexeu. Continuou respirando regularmente, peito subindo e descendo, subindo e descendo.

— Tommy — sussurrou ela, infeliz, e ele abriu os olhos.

Miranda Hastings decidiu virar professora de ensino fundamental porque sua mãe sempre dizia que era o trabalho perfeito para conseguir um marido.

— Mostra que você é boa com crianças — aconselhara Dottie Hastings quando a filha estava escolhendo o que cursar na universidade. — E é o tipo de emprego que você não vai se importar de largar quando engravidar.

O problema era que ela havia se apaixonado por aquilo. Nem saía mais com ninguém, de tão focada em sua sala de aula aconchegante e nos rostinhos fofos que via todos os dias. Até os teimosos se endireitavam quando ela sorria e lhes dava tempo para mostrar quem eram de verdade. Como Tommy. O cabelo cacheado mais lindo e o melhor ajudante, pelo menos depois que ela deixou que ele escolhesse o próprio nome. Samson era um nome terrível para se colocar em uma criança, especialmente perto de outras crianças, que faziam provocações e piadas com as menores diferenças. E daí se a mãe dele não gostava? Ela era rígida demais — parecia precisar de uma noite de folga, como a maioria das mães cujo único trabalho era criar os filhos. Quando ela apareceu histérica por causa da mudança do nome, Miranda só escutou. Nada demais. Nada com que ela não pudesse lidar. Miranda não culpava a mulher. Ela só precisava ser administrada, como as crianças da turma dela.

2

Depois de tanto trabalho, pelo menos Samson havia tirado uma nota boa no boneco.

Tirei uma nota boa, pensou Sammie, ainda se sentindo mesquinha.

Mas, embora o filho não quisesse se envolver com a construção daquele negócio para começo de conversa, do dia para a noite ele ficara obcecado com aquilo. Sua miniatura sinistra.

Monika não achava que tinha nada de errado com o apego do filho ao boneco. Aliás, ela o encorajava.

— É bizarro — disse Sammie, mas Monika só riu.

— Não é. Sério. É totalmente normal. — Ela sorriu, mostrando as covinhas gêmeas, e pegou a mão de Sammie. Sammie sempre amara aquelas covinhas. Junto com a boca em formato de arco de Cupido, deixavam o rosto de bebê da esposa insuportavelmente doce.

Monika tinha pedido para uma amiga do trabalho cuidar de Samson para as duas poderem sair à noite — para jantar, só elas, e depois dormir em um hotel chique no centro de Tampa, ao lado da universidade onde sempre aconteciam todos os eventos de artes. Ela vira uma peça no teatro coberto com altos-relevos de ouro havia sete anos. Sammie não tinha gostado da peça em si, mas o lugar era lindo, com todas aquelas cadeiras de veludo vermelho.

Parecia uma vida atrás. Era a primeira vez que elas saíam em pelo menos seis meses, mas Sammie mal conseguia focar na diversão. Ela só queria conversar sobre a fixação bizarra do filho no boneco.

— Ele carrega para *todo canto* — disse, empurrando o purê de batatas pelo prato. O gosto estava esquisito. O restaurante era chique, recomendado por um dos colegas de Monika, e todas as porções eram pequenas demais, com ingredientes que não pareciam necessários. Uvas-passas no molho da carne? *Sério?* E batatas lotadas de salsinha que parecia sacola de supermercado picotada.

— Mas não tem problema ele gostar de um boneco — respondeu Monika. — Mesmo ele sendo menino.

Sammie espetou sua costeleta de porco dura e microscópica para impedir de dizer algo de que se arrependeria. A faca escorregou no prato, fazendo um som agudo e longo de pterodátilo. Um casal próximo se virou para olhar.

— Eu não disse que era uma questão de gênero. Você sempre faz isso.

— Faço o quê?

Sammie cuspiu um pedaço de salsinha no guardanapo. *Muito elegante*, pensou.

— Me diz o que eu estou pensando, sendo que não tem absolutamente nada a ver com o que eu estou falando.

Monika mastigou sua massa. Parecia levemente melhor que o porco, e Sammie desejou ter pedido aquilo, mas estava engordando no quadril e nas coxas, e tentando diminuir os carboidratos.

— Me explica, então.

Que se foda, pensou Sammie, pegando um pãozinho da cesta. Estava tão duro e cascudo que ela mal conseguiu abrir para passar a manteiga gelada.

— Eu odeio este restaurante — disse ela, e Monika fez "shiu".

— Depois a gente pode ir comer um hambúrguer ou algo do tipo — respondeu ela, sorrindo de novo. — Algo de que nós duas gostamos.

Ela está tentando mudar de assunto, pensou Sammie, e quase deixou a esposa se safar. Monika era lindíssima — seu cabelo curto e com fios brancos estava ondulado com a umidade, e a camisa esmeralda a fazia parecer que tinha acabado de chegar de um dia na praia —, e por isso era mais fácil conseguir se livrar de assuntos difíceis. Era mais fácil fazer as pazes com um beijo, deixar as coisas para lá, especialmente quando Sammie não queria de fato brigar. Mas essa questão com Samson parecia importante.

— Mas ele usa o boneco para falar por ele. Você notou? Ele só interage com a gente desse jeito, agora. Não é normal.

Monika pegou o pãozinho e passou a manteiga para ela.

— Ele gosta porque é algo que vocês dois fizeram juntos. Faz ele se lembrar do quanto se divertiram naquela noite.

Uma "diversão" que consistira em Samson cobrindo a casa inteira de tinta dourada e depois apavorando-a no meio da noite. Quando ela contou a Monika, a esposa deu risada. Monika tinha muito senso de humor — fora uma das coisas que atraíra Sammie no início —, mas também tinha dificuldade de levar as coisas a sério. Sammie não achava nada daquilo engraçado. O boneco a deixava extremamente desconfortável.

— Ele fica conversando com o boneco.

Monika devolveu o pãozinho, e Sammie deu uma mordida. Por dentro, era mais macio, e pelo menos a manteiga era gostosa.

— Obrigada — disse ela, e Monika estendeu a mão e segurou o queixo da esposa com a palma. Foi bom. Sammie se apoiou naquele calor.

— O que faria você se sentir melhor nessa situação?

Sammie não sabia se algo seria capaz disso. O boneco era sinistro e malfeito, então, estava se desfazendo. Samson o carregava à mesa de jantar, levava para brincar no quintal e dormia com ele na prateleira ao lado da cama à noite. Quando Sammie lhe perguntava algo, o boneco respondia. E o boneco respondia ao ser chamado de Samson, enquanto o filho dela só respondia ao ser chamado de Tommy.

Sammie deu mais uma garfada no purê de batatas e imediatamente cuspiu o bolo todo de volta no garfo. A esposa riu e empurrou o prato de massa na direção dela.

— Vamos trocar — ofereceu, e Sammie ficou grata.

A massa estava gostosa. Cheia de um molho cremoso bem gorduroso, camarão, pimentão picado e tomates. Samson nunca comeria algo assim. Sabores demais.

Sammie franziu a testa. Ela detestava que, toda vez que pensava algo sobre si mesma, a ideia vinha formulada em termos do que o filho dela pensava. Havia, agora, momentos em que ela não sentia que sua vida era dela — que ela se tornara um escritório de serviços do que seu filho podia querer: as necessidades dele, as preferências dele.

— Quero ter outro bebê — foi o que Sammie falou, e na hora percebeu que era exatamente a coisa errada e não era em absoluto o que ela queria.

— Não acho que seja uma boa ideia. — Monika levantou sua taça de vinho vazia e acenou-a para o garçom, algo que Sammie achava brega e um pouco grosseiro. A esposa dela tinha crescido com dinheiro, mas ainda fazia coisas assim de vez em quando. Elas estavam juntas havia muito tempo, e Sammie sabia que, às vezes, os comportamentos que a irritavam em Monika eram coisas que ela antes achava adoráveis. Ela tentou focar o rosto de Monika à luz de velas, absorvendo seus olhos escuros e fundos, as rugas amigáveis ao redor da boca, irradiando-se dos cantos do sorriso.

Lembre-se do que você ama, ela disse a si mesma, e então se sentiu melhor.

— Você não quer outro filho?

O garçom veio e encheu a taça. Monika colocou o cabelo atrás das orelhas, depois soltou de volta. O cabelo dela era bem curto, mas estava crescendo um pouco. Mechas se enrolavam em cima das orelhas. Sammie podia ter dito "Você precisa cortar o cabelo" e ter dado um beijo no rosto lindo da esposa, mas, em vez disso, pedira outro bebê, e nem queria um.

— É que eu quero que a gente passe mais tempo juntas, e um bebê colocaria fim nisso — disse Monika enfim, e foi exatamente a coisa certa.

Sammie sentia saudade das férias românticas que elas tiravam, saudade de ter um tempo de qualidade juntas, além de alguns momentos errantes no sofá à noite antes de pegar no sono. Ela se recostou na cadeira e terminou a bebida antes de dividirem uma fatia de cheesecake de chocolate amargo (gordurosa demais) e mais vinho. Aí, Monika pagou a conta, como sempre, e elas colocaram os casacos leves (graças à chuva fria da Flórida) e saíram sem levar as sobras para viagem.

Na saída, Monika segurou a mão dela. Era estranho dar as mãos, pensou Sammie, e isso a deixou insuportavelmente triste. Quando começaram a namorar, elas davam as mãos o tempo todo. Tocavam as palmas uma da outra em cinemas, embaixo da mesa em jantares, mesmo só sentadas num sofá juntas — era como se alguma parte delas precisasse estar o tempo todo se tocando. Sammie sentia falta daquela ânsia. Na época em que ela saiu do armário, era emocionante dar a mão para outra mulher em público. Finalmente, um sinal externo de afeto. Mostrava ao mundo o quanto elas se amavam, embora às vezes significasse receber alguns olhares feios — como quando uma mulher em frente a uma loja de departamentos sibilou que tinha *crianças presentes*, para elas *serem decentes*. Virou uma das piadas internas delas: "Quer ir para algum lugar mais tranquilo e fazer coisas indecentes?"

Elas foram de mãos dadas até o hotel. As palmas estavam suadas pela umidade fria, e Monika ficou tendo que usar a outra mão para tirar os cachos dos olhos, mas era a essência da coisa que importava.

Eu vou dar a mão para minha esposa e vou gostar, disse Sammie a si mesma. No caminho, começou a chover, só uma garoa fina, mas o suficiente para fazer Sammie desejar ter colocado sapatos com uma sola melhor. No restaurante, levemente altinha e excitada, ela tinha pensado em como queria um tempo de qualidade com a esposa. Mas, agora, molhada da chuva e inchada da massa, com um vestido um número menor, a noite tinha acabado. Ela queria estar em casa, de pijama, tomando chá e vendo alguma série que já tinha visto centenas de vezes enquanto a mulher fazia massagem nos ombros dela.

Elas passaram por lojas de roupas caras demais e um bar de sucos, desviaram de uma cachoeira de chuva caindo de um toldo, passaram por uma fileira de palmeiras em frente a um banco.

A chuva deixa tudo com um cheiro melhor, pensou Sammie. *Menos escapamento de carro e mais terra molhada.*

Elas estavam suficientemente próximas da baía para o ar ficar doce e salgado. Ela tinha saudade da praia. Vivia esquecendo o quanto era perto e, quando lembrava, nunca era uma boa hora para ir.

— Chegamos — disse Monika. — Venha, Grace Kelly.

A esposa a rodopiou em torno de uma grande poça, depois a empurrou gentilmente pelas portas giratórias.

Sammie riu, aquela gargalhada grande que sempre explodia dela quando a esposa a divertia.

O hotel era bacana — outro bônus do trabalho de Monika. Ela acumulava pontos sempre que viajava, e por isso costumava ter pontos a mais para elas poderem ficar em lugares legais, o que não acontecia quase nunca agora que tinham Samson. Sammie viu o reflexo delas se transformar no brilho trêmulo dos elevadores dourados, como versões delas mesmas numa casa dos espelhos.

— Cacete. Eu ia comprar champanhe.

— A gente pede no serviço de quarto — disse Sammie.

Monika usou os dedos entrelaçados delas para apertar o botão. Do outro lado do lobby, Sammie escutou sons vindos do bar do hotel, um lugar com painéis de mogno chamado Rusty Fork — um tilintar de vidro, conversas, risadas abafadas.

O tipo de lugar ao qual se leva a amante, pensou Sammie. O tipo de lugar ao qual uma pessoa ia porque desejava alguém a ponto de estar disposto a ir a um bar chamado Rusty Fork.

Elas entraram no elevador com outro casal que tinha acabado de vir do bar. A mulher estava com o braço encaixado no cotovelo do homem de terno azul-escuro, e eles se apoiavam um no outro com a confiança desleixada de estar bebendo noite adentro em um bar de hotel. Tinham cheiro de álcool, também, e de fumaça de cigarro. O homem estava ficando careca e tinha uma barriga que se pendurava por cima do cinto da calça, e sua parceira parecia bem mais jovem. Ela usava saltos tão altos que deviam estar moendo seus pés. Monika apertou o cinco; o homem, o sete.

— Gostei da sua blusa — disse a mulher a Monika, sorrindo.

Monika agradeceu, contou que tinha achado em uma loja nova no centro de Orlando. A mulher colocou um dedo no cabelo loiro grosso e passou uma mecha para trás da orelha. O batom dela era muito vermelho e brilhante, e a sombra, particularmente esculpida. Ela disse que amaria poder usar aquele tom de verde, que a pele dela era manchada demais para isso, e Monika respondeu que achava que a mulher podia usar a cor que quisesse.

Monika nunca tivera dificuldades para conhecer mulheres. Ela as encontrava em aeroportos, restaurantes, qualquer lugar;

quando Samson estava no primeiro ano, uma mulher havia dado em cima dela bem na frente de Sammie num evento escolar. Era um ponto de conflito no relacionamento — o charme natural de Monika a tornava um imã para a maioria das mulheres, enquanto o corpo de Sammie havia mudado tanto depois de dar Samson à luz que ela desenvolvera um rol de inseguranças.

Quando chegaram ao andar onde iriam ficar, Sammie pegou a mão de Monika e saiu com ela do elevador, mas não antes de ver o olhar que a mulher dava à esposa. Aquele olhar que as *femmes* sempre lhe davam, uma espécie de flerte indefeso que dizia: "Eu posso até ser hétero, mas talvez não depois de dois drinques, talvez nem sempre, talvez eu seja meio tipo macarrão, é só me deixar molhada que eu fico toda mole".

— O que foi? — perguntou Monika, e Sammie disse que ela sabia exatamente o que.

Isso fez Monika rir, e aí ela tirou o cartão para abrir a porta. Era uma suíte legal, com uma cama king grande e uma área confortável com um sofá para assistir à televisão. Sammie amava a forma como as luzes da cidade se refletiam nas águas da baía de Tampa. Faziam-na pensar em brilho, como se tudo estivesse coberto por pedras preciosas — mas isso a lembrava do filho e do seu estranho boneco dourado, e de repente ela só queria se enfiar na cama e dormir.

Monika aconchegou o rosto na nuca de Sammie, que tentou relaxar. Hoje em dia, precisava de muito pouco para ela ficar à flor da pele, mas nem sempre tinha sido assim. Quando ela e Monika se conheceram, ela era extremamente tranquila. Descontraída, capaz de seguir o fluxo, quase sempre sorrindo. Aceitava um saco de batatinhas como refeição a qualquer momento, até várias vezes por semana. Bebia durante o dia numa segunda-feira, ligava para falar que estava doente só para ir ao cinema com Monika. Agora que tinham Samson, porém, ela havia se jogado inteiramente no papel de cuidadora. E cuidadoras tinham que seguir as regras. Tinham que ter disciplina.

Ela não gostava da forma como outras mulheres olhavam para a esposa, não gostava do fato de que ninguém mais a olhava assim. Parte do problema, ela sabia, era que, com a chegada de Samson, ela havia parado de tentar de verdade. Não se importava com sua aparência, porque seu corpo não parecia mais seu. Para que cuidar de algo que ninguém mais queria olhar?

Quando Sammie era mais jovem, era ela a *femme* olhando a esposa no elevador. Em antigas fotos com as amigas, era ela que usava as saias curtas, blusas decotadas, e delineador demais. Ela era a divertida, a que amava sair, a que pedia duas bebidas de uma vez só e depois fazia com que alguém interessante comprasse outra para ela. Ela passava um perfume sexy e almiscarado que as mulheres cheiravam em seu pescoço suado no meio de um bar lotado. Usava lingerie enfiada na bunda, e seus sutiãs eram todos loucamente desconfortáveis, mas deixavam os peitos lindos. Mas agora? O vestido que ela estava usando tinha sido comprado antes do nascimento do filho. Os sapatos estavam tão gastos que metade da parte de dentro tinha sido removida. O rosto dela não parecia mais dela, ou pelo menos aquele que ela lembrava como dela. Agora, quando olhava no espelho, ela só via um corpo que não lhe pertencia.

A esposa a despiu, e elas se deitaram juntas. Era algo em que sempre tinham sido boas: saber exatamente como tocar a outra. Não transavam tanto quanto antes, mas o sexo não estava morto para elas, não lhes faltava química sexual. Monika a virou de costas. Apalpou um seio e sugou o pescoço, puxou o cabelo dela.

Tudo o que eu quero sem ter que pedir, pensou Sammie. Ela se deixou ser acariciada e posicionada. Deixou suas ansiedades para trás e se concentrou nas sensações boas.

Depois, Monika limpou o brilho da boca, e elas ficaram agarradinhas no quarto ainda com as luzes acesas e falaram sobre o que queriam comer no café da manhã.

Sammie estava com uma felicidade pós-orgasmo, aquela espécie de vertigem que sempre a deixava solta e fora do corpo, mas aí Monika se apoiou em suas costas suadas e começou a falar de como, se saíssem bem cedo do hotel, teriam tempo de levar Samson ao parque por algumas horas.

— Será que dá para a gente não falar disso agora? — pediu Sammie, e Monika suspirou contra a pele dela e se apoiou nas costas.

— Você sempre fica surtada com a ideia de levar o menino ao parque. Parece que acha que aquele homem vai voltar para pegá-lo.

— Você não sabe como foi.

Era verdade: Monika tinha ficado com medo do que quase acontecera com Samson, mas ela não estava lá. Não conhecia a sensação de pânico completo, a perda de controle. A preocupação insistente de que poderia acontecer de novo.

E havia também outro sentimento silencioso, ao qual ela não dava voz: o fato de ela sentir que seu próprio filho estava tentando escapar dela.

— Você nem sabe se ele queria mesmo levar Samson — disse Monika. — Talvez tenha sido um mal-entendido.

— Vou tomar banho — respondeu Sammie, levantando-se e andando até o outro lado do quarto. Monika foi abrir as portas da varanda, deixando entrar um sopro de ar úmido da noite. O som das palmeiras na brisa, mesclado às ondas lá embaixo, devia ser relaxante, mas, mesmo após um orgasmo, Sammie estava uma bola de estresse.

O banheiro tinha uma penteadeira chique onde Sammie havia deixado o nécessaire. Ela se sentou, nua, e se forçou a olhar direto para o espelho enquanto penteava os nós do cabelo longo e embaraçado. O corpo dela era como um mapa de tudo o que ela comera nos últimos anos, esticado e contorcido pela gravidez num formato completamente novo. A pele estava flácida, em especial na barriga, onde Samson a chutara e pressionara. Não importava quanta manteiga de cacau ela esfregasse, a barriga dela ainda parecia um receptáculo vazio.

Ela segurou os seios, depois deixou-os cair, fazendo uma careta quando bateram contra o corpo. Os peitos sempre tinham sido uma das suas melhores características, era o que as mulheres com quem ela saía não paravam de dizer. Pelo menos antes de Samson. Ela não conseguira nem o amamentar. Não de verdade. Tinha tentado nos primeiros dias, comprometida em fazer seu filho o mais nutricionalmente saudável possível, mas ele não tinha vitalidade para mamar e, para falar a verdade, doía. Ninguém pareceu ligar quando ela passou para a fórmula; o filho dela ainda era indiferente à comida, mas, pelo menos, ela não tinha que lidar com ser sua única fonte de alimento disponível, como uma vaca leiteira enclausurada.

Ela lavou o cabelo com o shampoo de limão do hotel e desejou ter se lembrado de raspar as pernas. Ia se esforçar mais, pensou. Ia começar a comer melhor, cozinhar refeições mais saudáveis para todos. Ia a um bom salão fazer um corte melhor no cabelo, um corte que valorizasse seu rosto — talvez até tingir, por que não? Ia comprar também um novo creme facial, algo para ajudar com os pés de galinha. Ia limpar a casa quando voltasse. Talvez não fosse a mesma mulher que sobrevivia de drinques no bar e comida de ressaca às quatro da manhã, mas podia ser divertida outra vez. Sair com amigos. Sentir-se produtiva. Se ela se sentisse um pouco melhor consigo mesma, se sentiria melhor com ser mãe. Se sentiria melhor com tudo.

O quarto estava congelante, e ela se deitou ao lado da mulher, que dormia. Monika havia apagado todas as luzes, exceto o abajur do lado de Sammie, e deixado uma garrafa de água gelada para ela. Era fofo, uma daquelas coisas bacanas que Monika sempre se lembrava de fazer. Sammie antigamente se culpava por não fazer esse tipo de coisa, mas Monika vivia garantindo que ela era fofa de outras formas. "Você pensa no macro, e eu penso no micro", falava Monika. Eram aquelas coisinhas, a doçura irrefletida de uma garrafa de água, que lembravam a Sammie o quanto ela tinha sorte.

Ela viu uma série sobre investigação forense e bebericou sua água até pegar no sono. Até umas duas da manhã, quando foi acordada pelo som de Monika sussurrando ao celular.

Ela está me traindo, foi o primeiro pensamento de Sammie. Sempre era seu primeiro pensamento. Ela olhou as costas nuas da esposa, debruçada na lateral da cama enquanto murmurava ao telefone. O cabelo dela estava amassado do sono, o lado direito fazendo um topete em formato de onda.

Quem mais tem acesso a esta visão?, ela se perguntou. A esposa era bonita. Mesmo ao envelhecer, ela de algum modo só ficara mais viril. Não era que Monika estivesse envelhecendo com graça, era mais que ela estava amadurecendo. Era como um daqueles atores lindos que chamavam de grisalhos charmosos e que saíam com mulheres que tinham uma fração da idade deles. Ela sorria com facilidade. Tinha a postura ereta. Caminhava com os quadris para a frente. Parecia uma mulher que sabia foder direito. Sammie ficava louca de pensar nela com outra pessoa.

— Quem é? — perguntou. — Com quem caralhos você está falando às duas da manhã?

Monika acenou com o braço atrás do corpo, pedindo para ela ficar em silêncio.

Sammie se levantou e colocou o robe do hotel. Acendeu todas as luzes e pegou um copo d'água. Estava de ressaca e furiosa. Monika disse a quem quer que fosse do outro lado da linha que elas chegariam assim que pudessem, e aí soltou o telefone e disse para

Sammie que precisavam arrumar as coisas imediatamente. Era a amiga dela no telefone, a que estava cuidando do filho delas. Algo com Samson.

— O que aconteceu com Samson? — quis saber Sammie, aterrorizada.

— Precisamos ir — disse Monika a ela. — Eu vou descer para chamar o carro. Me encontra no lobby em cinco minutos.

Sammie pegou todas as coisas às pressas. Não conseguia parar de tremer. Seu cabelo ainda estava molhado do banho mais cedo, e seus dentes batiam com o ar-condicionado do hotel. Quando ela desceu, Monika já estava na calçada, ao lado do balcão do manobrista. Quando ela saiu, a umidade foi como um tapa na cara.

— Você vai me contar o que está acontecendo? — questionou Sammie.

— Vamos esperar até entrar no carro — respondeu Monika. — Não se preocupe ainda.

Esta era uma discussão frequente das duas: sempre era Monika quem disseminava informações, no momento em que escolhesse. Fazia Sammie se sentir uma criança na relação, o que a levava a reclamar com Monika, o que levava Monika a mandar que ela falasse mais baixo, que ela era esganiçada demais, que podiam debater o assunto quando Sammie estivesse disposta a falar como adulta.

O motorista trouxe o carro do trabalho de Monika — preto, sempre preto, Sammie tentava sugerir uma cor mais clara porque o calor da Flórida cozinha a tinta escura, mas Monika dizia que carros pretos pareciam mais caros — e colocou as bagagens delas no porta-malas enquanto Monika se sentava ao volante.

Elas saíram em silêncio. Havia pouco trânsito. As luzes do centro de Tampa enfraqueceram até haver apenas a longa rodovia que levava de volta a Orlando. Quando passaram pelo parque Mundo dos Dinossauros, Monika sussurrou "Dino-mite", como sempre, mas Sammie não riu. Só ficou lá sentada em silêncio, apoiou um suéter embaixo do queixo e começou a pegar no sono até Monika falar, baixinho:

— Samson mordeu um menino hoje.

— *Mordeu?* Como assim, mordeu?

O filho delas tinha dez anos, não era um bebê que precisava que lhe dissessem para não morder. Ele não tinha esse comportamento nem quando era muito novo — nunca se afetara o suficiente para discutir com outra criança, brigar ou puxar cabelo, quanto mais enfiar os dentes na carne de alguém.

— Eles têm certeza de que foi ele? — perguntou Sammie, e aí percebeu que a pergunta certa era algo maior e bem pior: — Foi ruim?

— Muito ruim — respondeu Monika. — Vamos encontrar eles no hospital.

Sammie nem se deu ao trabalho de perguntar o que queria dizer "muito ruim". Recostou-se no banco e tremeu sob o suéter. Depois de alguns minutos, Monika ligou um podcast que ela andava escutando, e Sammie só ficou lá sentada olhando pela janela, vendo os campos, as vacas e as árvores se borrarem num pesadelo em aquarela escura.

Era verdade — o filho dela às vezes realmente se deixava levar pela raiva. Quantas vezes ela tinha visto o olhar vazio de Samson e se perguntado se havia algo pior espreitando por baixo? Mas Monika se recusava a ver, então, Sammie ficava sozinha pensando na forma como os olhos do filho pareciam se revirar, escuros com uma raiva interna, como os de um tubarão.

Não era justo, e ela sabia. O filho não era nenhum animal feroz. Era só um menino. Meninos arrumavam confusão. Ela não entendia meninos. Só conhecia o filho, e ele a confundia.

Ela não achou que fosse capaz de dormir nessas circunstâncias, mas, aí, Monika a estava sacudindo para acordá-la no estacionamento do hospital. Ela colocou o suéter, percebendo que, na pressa, não tinha colocado sutiã, e limpou uma baba seca do canto da boca. Então entrou cega atrás de Monika, passando por corredores vertiginosos que se cruzavam, até acharem o filho sentado no chão de uma sala de espera em frente a uma televisão montada na parede, passando um infomercial de panelas antiaderentes em looping. Os outros dois filhos de Gina estavam jogados, apoiados um no outro em poltronas estofadas. O mais velho, adolescente — John, talvez? —, mexia no telefone.

— Ei — disse Monika. — Cadê sua mãe?

— Lá com o Paul. — Ele não levantou os olhos. A menor, uma menina de uns oito anos, estava dormindo. O nome dela era Claudia. Dela, Sammie se lembrava, porque se perguntara mais de uma vez como seria ter uma menininha com um nome bonito como Claudia em vez daquilo com que ela tinha acabado. Como seria se a outra bebê tivesse sobrevivido.

Samson mudou de posição e abanou o braço livre na direção de Monika. Estava sentado de pernas cruzadas ("perninha de índio", as professoras diziam, o que Sammie achava revoltante), e o outro braço estava abraçando o boneco dourado. Sammie conteve seu impulso imediato, que era o de arrancar aquilo dele, e se sentou no chão ao lado do filho enquanto Monika bagunçava o cabelo do menino e continuava falando com Talvez-John.

— Você está cansado? — perguntou Sammie. — Quer deitar no meu colo?

Samson fez que não com a cabeça. Ele ainda estava de pijama, aquele cinza com caminhões de bombeiro vermelhos estampados. Definitivamente infantil demais para alguém da idade dele, mas Samson nunca ligava para o que vestia, e estava em promoção. Ele estava vendo a televisão, olhos grudados no homem na tela que raspava queijo queimado da panela antiaderente sem esforço. O boneco no colo de Samson estava sem um pedaço, um buraco branco alarmante arrancado do dourado da bochecha. Algo havia raspado ali em fileiras iguais. Ela pensou em como ficaria uma maçã madura mordida.

Samson mudou de posição e colocou o boneco ao seu lado, para verem televisão juntos. Havia algo escuro no queixo do filho, e ela procurou um lenço na bolsa.

Vou ser esse tipo de mãe, pensou ao cuspir no lenço e usar a ponta úmida para esfregar o rosto dele. Saiu no lenço meio marrom, mas também um pouco avermelhado. Ela ficou olhando, depois levantou o queixo dele para ver melhor. O filho dela, vestindo um pijama de caminhão de bombeiros, com sangue seco encrustado no pescoço. Sangue de outra pessoa.

Sammie enfiou rápido o lenço no fundo da bolsa.

3

Elas levaram Samson a uma terapeuta. Ele já tinha ido antes, quando não falava, o que fez Sammie se preocupar com problemas de desenvolvimento, mas agora era diferente. Desta vez, ele tinha realmente machucado alguém. Imaginar que o filho tivesse uma vida interior terrível era uma coisa; vê-la se soltar, com dentes de verdade, e arrancar sangue de outra criança era bem outra.

O menino, Paul, estava se recuperando bem. Foi o que Monika disse depois de falar com a mãe dele ao telefone. Ele tinha levado pontos, pontos escuros que contornavam sua bochecha no formato da boca do filho dela. A amiga de Monika tinha mandado fotos. Parecia ruim, mas poderia ter sido pior. Era isso que a esposa não parava de repetir — *poderia ter sido pior* —, e Sammie queria perguntar exatamente em que sentido isso poderia ser verdade. Como? Como poderia ser pior do que aquilo?

A terapeuta de Samson tinha sido recomendada pela srta. Hastings, o que imediatamente deixou Sammie em estado de alerta. Uma vez, depois de Monika comentar que a achava parecida com a professora, ela considerara uma transformação completa. Miranda Hastings era loira, o tipo de loira que parecia ainda ter um adesivo da turma da faculdade na janela do carro. Como elas podiam se parecer em qualquer coisa?

Monika e Sammie foram juntas levar Sammie à primeira consulta. Ele entrou no carro com o boneco, atrás de Sammie, os tênis batendo um ritmo contínuo nas costas do banco dela. Ela fechou os olhos e se esforçou para não falar nada. Era um dia estranho para todos.

— Coloco uma música? — perguntou Sammie, tentando aliviar o clima.

— Tanto faz. — Monika teve que desmarcar uma ligação com um cliente e estava chateada com isso.

Monika estava com um corte de cabelo que lembrava a Sammie uma fatia de queijo. O cabeleireiro havia cortado contra o formato natural dos cachos, então, parecia um pedaço de cheddar de desenho animado. Samson odiara tanto que se recusava a olhar diretamente para Monika, o que fazia com que ela se sentisse péssima. Estavam infelizes, os três, e ninguém podia fazer nada para consertar.

Sammie achou uma rádio tocando músicas de que ela gostava no ensino médio, então, deixou ali. Quando vieram os comerciais, uma voz animada identificou a estação como Sunny 1059, tocando Hits Clássicos do Passado. Sammie se lembrou de um comercial de seguro que tinha visto outro dia, em que uma das suas bandas favoritas fazia uma participação vergonhosa. *Acho que é assim que a gente sabe que está mesmo velha*, pensou, *quando nossas músicas favoritas passam a nos vender seguro de vida.*

Elas dirigiram pelo trecho do Semoran Boulevard perto do shopping, passando pelo consultório da pediatra, pelo parque onde Samson gostava de brincar e jogar folhas mortas pelo escorregador de plástico, pela clínica veterinária onde tinham visto um homem levando um pavão na coleira pelo estacionamento, na loja da Old Navy onde o filho uma vez jogara uma caixa inteira de biscoitos de queijo no chão. A uns oitocentos metros do consultório da terapeuta, Sammie sabia, ficava a sorveteria. Samson amava, porque as paredes externas eram cobertas por um mural gigante do fundo do mar, incluindo um polvo e vários tubarões cheios de dentes, e, dentro, a trilha sonora canalizada incluía sons de tuba que ele dizia que pareciam puns. Ele gostava de ir lá, embora nunca tenha amado sorvete, e, quando chegaram perto, começou a fazer o som de gargarejo baixo que fazia às vezes quando queria chamar a atenção de alguém, mas não queria falar.

— Agora, não, cara — disse Monika. — Quem sabe na volta.

— Agora! — gritou ele. — Agora mesmo! — Ele bateu na janela, e aí Sammie escutou o clique de um cinto de segurança se soltando. Ela se virou, e ele estava puxando a maçaneta da porta.

Claro, pensou Sammie. Claro que o filho dela escolheria a ida à terapeuta para dar um chilique perigoso. Era a única coisa que ela podia dizer a favor de Samson: ele sabia escolher os momentos perfeitos.

Ela se virou no banco, o cinto cortando o pescoço, e enfiou o dedo na cara dele.

— Pare já com isso.

— Não! Quero ir no sorvete!

— Samson! Chega!

Mas ele não parou. Monika tinha acionado a trava de segurança da porta, então ele não conseguia abrir, mas agora estava tentando abrir a janela. Será que conseguiria sair por uma janela aberta? Tentaria se jogar do carro diretamente no trânsito? Sammie não sabia, mas não ia esperar para descobrir. Tirou o próprio cinto e se virou para se ajoelhar no banco do passageiro.

Enquanto Monika tentava achar uma vaga para estacionar, Sammie apertou os ombros pelo vão entre os assentos e agarrou o pulso do filho, e foi aí que ele se virou e a mordeu.

— Filho da puta — sibilou ela. Seus dentes estavam fundos na carne do antebraço dela. Ela já sabia que ia ser uma mordida feia, arrancando a pele dela como se fosse uma coxa de frango.

A expressão no rosto dele ao fazer isso era algo além. Como se ele estivesse curtindo o pequeno momento de ira. Monika costurava entre os carros, sacudindo os dois no banco de trás enquanto tentava achar um lugar para parar. Sammie escorregou, batendo o joelho no console central, e o filho levantou os olhos e sorriu para ela com a boca cheia de carne e pele. Antes de ela perceber o que estava fazendo, se abaixou e mordeu o braço dele — enfiou os dentes no lugar carnudo bem atrás do pulso. Cravou fundo, e aí os dois ficaram se olhando, envolvidos em uma batalha terrível para ver quem seria o primeiro a soltar. Monika finalmente conseguiu se colocar entre dois carros para entrar na pista de saída, evitando por pouco uma colisão, e sua virada rápida os chacoalhou o bastante para os dentes de Sammie afundarem ainda mais, e foi aí que Samson fez um som de animal ferido e finalmente a soltou.

Monika entrou em uma vaga atrás da Best Buy, e todos ficaram lá sentados, quase ofegantes.

— O que aconteceu? — quis saber Monika, e Sammie percebeu que ela não tinha visto os dois grudados como um par de tigres enraivecidos. Sammie puxou a manga para cobrir o círculo roxo na pele do seu braço.

— Samson se mordeu — disse ela, e olhou nos olhos do filho, desafiando-o a contradizê-la. *Conta pra ela*, pensou. *Conta que foi você. Conta que a culpa é sua.*

— Ele *se* mordeu? Ele está bem?

— Está ótimo. Vou me sentar aqui atrás com ele. Vamos voltar para a sorveteria, de repente. Podemos remarcar a consulta para outro dia.

Em vez de abrir a porta, Sammie passou se apertando pelos dois bancos e se sentou no meio, ao lado do filho. Ele não a olhou, mas não fez nenhum outro barulho nem tentou impedi-la de segurar sua mão. Já era alguma coisa. O filho dela nunca era carinhoso, ela também não. Mas, naquele momento, pareceu que ela tinha conseguido exauri-lo. Que tinha tido sucesso em algo — algo horrível, talvez, mas potencialmente maravilhoso. Sua adrenalina pulsava pelo corpo. Ia levar alguns dias para realmente entender o que ela havia ganhado dele. Respeito? Improvável. Talvez uma espécie de submissão relutante.

Monika dirigiu de volta por onde tinham vindo, com cuidado, e acharam o caminho até a sorveteria, estacionando ao lado do mural de água. Monika entrou e voltou com um sundae com calda quente para ela, um prato de bolo de morango para Sammie e uma casquinha simples de baunilha para Samson. Eles se sentaram juntos no carro, com todas as portas e janelas abertas para entrar uma brisa, e tomaram o sorvete que derretia. Lá em cima, corvos voavam, empoleiravam-se em uma longa fila escura numa linha de eletricidade ao lado de um enorme carvalho e entravam numa briga alta e prolongada com um esquilo. Samson estava fascinado, imitando os guinchos deles enquanto o sorvete da casquinha pingava em seu braço. Monika ligou para o consultório da terapeuta e remarcou a consulta. Sammie ofereceu ao filho um pedaço de morango e sorriu quando ele não cuspiu. Quando começou no rádio uma música que Sammie conhecia, ela cantou junto e percebeu que se sentia melhor do que havia em semanas. Nem se importava de o boneco dourado estar lá no banco de trás com eles, olhando para o nada à frente.

Com o tempo, os dois conjuntos de hematomas sumiram. Cada um tinha mordido fundo o bastante para deixar marcas duradouras na carne do outro. Sammie se via passando os dedos pelas cicatrizes prateadas, os dentinhos do filho — meio bebê, meio adulto — e, sempre que Samson se sentava para jantar, ou se debruçar sobre a lição de casa, ou almoçar, ela via o relance das próprias marcas impressas nele, a tatuagem que o rotulava como sendo dela. Era como se os dentes dos dois tivessem feito o trabalho duro por eles: aqui estava a prova de que, afinal, eram um do outro.

Monika não sabia que Sammie tinha mordido o filho delas, e não parecia que Samson jamais diria algo sobre o assunto. Na consulta remarcada, a terapeuta perguntou se podia falar sozinha com Samson.

— Claro — respondeu Monika, e Sammie começou a suar. Seus olhos foram para o filho, sentado quieto na poltrona florida excessivamente grande do canto, ainda segurando o boneco dourado. Seu cabelo caía em cima do rosto. No que ele estava pensando? O que faria quando estivesse sozinho com a terapeuta, uma mulher minúscula de aparência séria cuja natureza quieta deixava muito espaço para só o menino falar, para variar? Monika ultimamente andava dando indiretas de que Sammie não deixava o filho falar, que o motivo para ele nunca dizer nada era que ela falava tudo por ele, e talvez ela tivesse razão. Ela nunca tinha mostrado muito interesse nas estratégias de criação de Sammie, mas, de repente, parecia estar captando coisas que achava que a esposa estava fazendo errado.

Monika colocou a mão grande na cabeça do filho.

— Você está bem? — perguntou, e Samson fez que sim, depois levantou os olhos para Sammie e sorriu. Ah, e ali estava, afinal! Aquele sentimento que ela tivera, de estar de novo no controle, de finalmente ter a vantagem, de repente desapareceu, soprado como vapor, substituído por uma certeza remexida, uma corrosão sob o esterno. Ele não a tinha deixado vencer, não, o filhinho inteligente dela, não. Ele tinha garantido que ela nunca mais fizesse nada para irritá-lo. Ele sempre usaria a ferida que ela lhe dera, e sabia exatamente o que era: munição.

Elas o deixaram com a terapeuta, dra. Kim, com sua voz suavíssima e sua cabeleira preta e lisa, e voltaram à sala de espera. Monika começou a rolar o telefone enquanto Sammie reabria um romance que tentava terminar de ler havia meses.

Ela mordeu a unha do dedão e sentiu gosto de sangue.

— Para com isso — disse Monika, mas Sammie não conseguia se fazer parar.

Talvez Samson contasse à dra. Kim sobre a mordida. Talvez não; talvez os dois ficassem sentados em silêncio naquela sala pintada em tom pastel, desfrutando da companhia silenciosa um do outro. Talvez o filho dela contasse à terapeuta sobre a vez em que ela gritara com ele num banheiro de loja de conveniência até ficar sem voz. Talvez contasse que amava mais Monika do que ela, que Monika é que era a melhor mãe. Era seu maior medo, ser descoberta. Uma fraude como mãe. Uma mãe falsa.

Na TV da sala de espera, um monte de apresentadoras de programa matinal se sentavam em uma mesa redonda com canecas de café, fingindo que se gostavam. Estavam debatendo o casamento de alguma celebridade. Era chato, mas melhor que o livro. Ela havia lido a frase "Às vezes, a gente respira fogo achando que é oxigênio" quinze vezes e ainda não sabia o que significava nem queria descobrir.

Ela apoiou o livro no joelho e esfregou os olhos.

— Está com dor de cabeça? — perguntou Monika, ainda batendo na tela. Monika amava mandar mensagens, fazia isso a todas as horas do dia e da noite. Sammie nunca entendia como a esposa conseguia dar conta de tudo. E não eram só coisas de trabalho. Havia amigas com quem ela tagarelava, conhecidos, gente da faculdade de Direito que ela não via há séculos. Amigos de ensino médio. A família: primos, primos em segundo grau, tias e tios. Grupos de discussão no Facebook sobre séries de TV fora do ar havia anos. Mesmo agora, com Sammie sentada bem ao seu lado, ela só conseguia ficar navegando na internet.

Sammie havia tentado falar do assunto, mas não havia adiantado nada. A única coisa que aconteceu foi Monika se sentir mal e dizer que ia tentar ficar longe da tela, e fez isso por um tempo, mas aí o telefone voltou a aparecer enquanto elas viam séries, depois no meio das refeições e, aí, lá estava ele enquanto elas se deitavam juntas. Perto o suficiente para poder tocar o braço da esposa, a pele macia do bíceps, mas ela estava a quilômetros de distância.

E não seria essa a ponta da faca que a cutucava? Ficar se perguntando se Monika desejava estar em outro lugar? Bem longe de Sammie, com pessoas que não eram ela?

Ela se levantou e bateu os pés para tentar fazer o sangue circular. Suas panturrilhas estavam formigando.

— Está frio aqui — disse ela, de um jeito idiota, e Monika murmurou uma resposta: concordância, talvez, ou quem sabe só o som que ela fazia quando estava reconhecendo Sammie sem na verdade ouvir nada que ela dizia.

Sammie caminhou pela sala de espera, fuçando os bricabraques empoeirados em balcões e mesinhas. Em um canto, havia uma área de brincadeira para crianças, meio parecida com a do consultório da pediatra de Samson, mas os brinquedos aqui eram todos bichinhos de pelúcia, enquanto a pediatra tinha itens laváveis, como blocos e copos empilháveis, que podiam ser desinfetados. Havia prateleiras de livros de autoajuda e uma horda de plantas lotando uma janela solitária. Era um espaço pequeno, que parecia a Sammie uma casa reconfigurada, sem nada de aparência clínica à mostra, nada que fosse deixar alguém nervoso.

O coração dela estava acelerado, batendo contra o peito. Ela enfiou a mão dentro da manga do cardigã, procurando as bordas elevadas da sua cicatriz. Por um segundo, perguntou-se se ele sentia o toque em seu próprio braço quando ela tocava o dela.

Você sente isso, você me sente pensando em você? Nossas coisas são só nossas. Minhas e suas. Mantenha-as assim. Ela empurrou o pensamento com toda a força que conseguiu pela porta fechada do consultório.

— Dá para você, por favor, se sentar? — disse Monika. — Você está me dando nos nervos.

— Que tal sair do seu telefone por um minuto?

Monika suspirou e enfiou o celular na bolsa.

— Do que você quer falar? — perguntou, e Sammie percebeu que não queria falar de nada.

— O que a gente vai almoçar? — disse ela, enfim. Monika respondeu que talvez pudessem parar no mercado na volta para casa e comprar um daqueles frangos assados, já que Samson parecia não se importar de comer isso, e aí sobraria para fazer sanduíches para o almoço do dia seguinte.

— Podemos comprar vinho — sugeriu Sammie, e Monika fez que sim com a cabeça.

Vinte minutos depois, a porta se abriu, e a terapeuta as chamou de volta. Samson não tinha saído do seu lugar na poltrona estofada, mas havia colocado o boneco no chão. Sammie não sabia se devia ficar preocupada ou aliviada.

Todos se sentaram em silêncio por vários momentos, até Sammie não conseguir mais aguentar.

— Tem algo que a gente devia estar fazendo? — Ela passou as mãos suadas pelo colo, depois as entrelaçou. Pareceu esquisito, então, ela as separou de novo e agarrou os braços da poltrona. — Tipo, algo específico? Para ajudar Samson a se ajustar? A passar... pelo que quer que seja isto?

A dra. Kim não respondeu de imediato. Samson folheava um livro ilustrado que havia pegado de uma cesta de vime ao lado da poltrona. O som suave de páginas sendo viradas era o único da sala, e estava enlouquecendo Sammie. O filho dela por acaso gostava de livros? Por que ela sabia tão pouco sobre quem ele era como pessoa?

— Tem algo que possamos fazer? — repetiu ela. — Estou me sentindo bem impotente.

Monika pegou a mão dela e apertou seus dedos, uma vez, depois mais duas, e Sammie se acalmou. Era algo que a esposa sempre fazia quando queria comunicar algo importante: "Está tudo bem", dizia, "estou aqui, eu te amo, estamos juntas e vamos nos ajudar". Aquilo suavizava Sammie, trazia-a de volta a si.

— Não acho que vocês precisem se preocupar — disse a dra. Kim. — Acho que estão fazendo todo o necessário.

Elas falaram um pouco sobre Samson — os problemas dele com apego emocional, confiança, sensações de segurança e proteção, e como lidar com eles.

— Ele precisa de mais estabilidade na vida — explicou a médica. — Rotina.

— Mas ele tem estabilidade — retrucou Monika. — Nós temos uma rotina. Escola e casa. Nós duas ficamos com ele.

Ela parecia tensa; Sammie via a ruga de preocupação se formando entre os olhos dela. Pegou de novo a mão da esposa, e a ruga desapareceu por um instante.

— Ele é esperto. Muito inteligente, mas, às vezes, isso pode significar que ele fica entediado e precisa de estímulos. Ele precisa de algo para acalmar a mente agitada.

— Tipo uma atividade? — quis saber Monika. — Ser escoteiro, por exemplo?

— Algo assim. Talvez um esporte. Qualquer coisa que aconteça consistentemente durante a semana. Algo em que ele use o corpo e a mente.

— Podemos encontrar alguma coisa — disse Sammie. — Vamos pesquisar.

Elas saíram da consulta com mais uma marcada para a semana seguinte.

Em frente à porta, havia lagartinhos tomando sol na calçada, corpos minúsculos absorvendo o sol da tarde.

Dinossauros em miniatura numa terra de humanos gigantes, pensou Sammie.

Enquanto Monika e Sammie atravessavam o estacionamento até o carro, Samson correu atrás deles.

— Solta — Sammie ordenou ao filho, que tinha conseguido pegar um dos maiores e estava tentando prendê-lo na própria orelha. Ele ficou lá pendurado um instante, mordendo o lóbulo, depois caiu na calçada e saiu se arrastando até os arbustos de azaleias.

— Caramba, estou me sentindo bem melhor — comentou Monika. — Você não está se sentindo bem melhor?

Ela parecia mesmo estar melhor. Sorrindo de novo, agora que tinham um plano.

— Claro — disse Sammie. — Muito melhor.

Sammie e Samson se olharam ao entrar no carro, e Sammie soube que nada estava nem um pouco melhor.

4

As aulas de natação eram toda terça e quinta à tarde, logo depois da escola. Isso dava a Sammie o tempo exato para pegar o filho, enfiar um lanche na boca dele e dirigir até a piscina da Associação Cristã de Moços do outro lado da cidade antes do treino começar.

Samson se sentou no banco de trás, comendo seus biscoitos de água e sal com queijo enquanto Sammie desviava pelo trânsito. Segundo seu treinador, Samson tinha um talento natural para nadar, com muita potência e ótima forma para alguém da sua idade. Sammie não fazia ideia se era verdade; ela não sabia quase nada sobre natação, mas sabia que era a primeira atividade de que seu filho parecia de fato gostar. E ela já o empurrara a outras coisas, também. Ele era inteligente. Quando se dedicava o suficiente, podia fazer o que quisesse. E ela lhe dizia isso, repetidamente. Em especial nas raras ocasiões em que ele parecia minimamente interessado em algo. Então, Sammie estava disposta a enfrentar o salão com cheiro de cloro, observando-o nadar por horas a fio. O barulho às vezes era ensurdecedor — a água sendo jogada de um lado para o outro, o som estridente do apito, tudo ecoando nas paredes de azulejo, os gritos das crianças amplificados em urros. Mas nada disso tinha importância. Samson estava prosperando ali; já era motivo suficiente.

Ele ainda arrastava o boneco consigo de vez em quando, mas, na maior parte do tempo, deixava-o no quarto. Às vezes, quando estava limpando a casa, Sammie achava que conseguia ouvir o filho cochichando com ele, como se estivessem tendo conversas particulares sobre algo. Ela não gostava, mas tentava reconciliar-se com o fato de que o boneco era uma figura permanente na vida deles. Pelo menos, ele não estava mais levando-o para a escola.

— Está com fome? — perguntou Sammie. Pelo retrovisor, via-o empilhando o lanche, queijo em uma pilha, biscoitos na outra, depois comendo metodicamente: um queijo, um biscoito, um gole de suco. Um queijo, um biscoito, um gole de suco.

Ele não respondeu, mas tudo bem. Sammie viu que ele estava bem com o queijo naquele dia. Às vezes, era tentativa e erro. Ele não gostava de queijo laranja. Não gostava de queijo que tinha buracos. Não gostava de biscoitos com sementes ou sabores. Não gostava de suco de laranja. Essa era esquisita, não gostar de suco de laranja. Todas as crianças gostavam de suco de laranja, não? Eles moravam na *Flórida*, pelo amor de Deus. Por outro lado, Sammie era mais chata para comer do que qualquer um que conhecia, então, não tinha nada que ficar questionando as preferências do filho.

Eles pararam no estacionamento em Y quinze minutos adiantados. Tinha chovido mais cedo naquela tarde, e o sol brilhava como um diamante nas poças que ainda pontilhavam a calçada. Um gaio-azul estava se banhando em uma, jogando água nas asas a cada poucos segundos. Sammie abaixou a janela para sentir o cheiro do ar fresco e assistiu a uma procissão de mães puxando os filhos do carro, arrastando-os para dentro do prédio. Uma mãe com quem Sammie tinha feito amizade — o máximo de amizade que ela fazia com outras mães, pelo menos — era Lenore, que tinha uma menininha da idade de Samson. As crianças não se davam tão bem, mas Samson não se dava bem com ninguém. Sammie conhecia a sensação; ela também tinha dificuldade em fazer amigos. Sentia falta das pessoas queer com quem saía quando era solteira, antes de virar uma Mãe Lésbica. Sempre pensava dessa forma, em letras maiúsculas, porque era isto que acontecia: você mudava de uma Mulher Queer para uma Mãe Queer e, de repente, sua antiga vida e seus antigos amigos não se encaixavam com a vibe da sua nova vida. Não havia grupos de mães lésbicas em Orlando, e quase não havia pessoas gays em suas interações cotidianas, exceto pela esposa.

Lenore tinha dois filhos; Serena era a mais nova, mas o outro já estava no ensino médio e jogava basquete. Lenore era divorciada. Lenore tinha cabelo loiro comprido que prendia com presilhas tigradas. Lenore tinha dentes curtos e uma covinha em uma das bochechas, e usava batom forte que às vezes manchava aqueles dentinhos como se ela tivesse bebido vinho. Sammie pensava muito naqueles dentes. Demais, provavelmente.

Sammie gostava da forma como Lenore falava. Era direta e agressiva, não aceitava as tentativas de conversinha falsa das outras mães. A primeira vez que elas conversaram fora um acidente. Lenore estava sentada no topo da arquibancada, acenando na direção de Sammie com um grande leque de papelão, e Sammie havia automaticamente acenado de volta.

— Não, não é com você — gritou Lenore. — Minha filha. Está com a porra do maiô do avesso outra vez.

Normalmente, Sammie teria ficado com vergonha — acenar para uma mulher que nem conhecia, que nem uma idiota completa —, mas, em vez disso, ficou impressionada com a mulher que xingava abertamente em um salão cheio de alunos do quarto e quinto ano e, mais impressionante, suas mães metidas.

— Sobe aqui — disse Lenore a ela. — Não a minha filha. Estou falando com você mesmo. A mãe do menino novo.

Sammie tinha subido para se sentar com Lenore, que lhe entregou o que parecia ser uma garrafa de água cheia de Coca — ou

63

era o que ela pensava até dar um gole e descobrir que era só uma garrafa de rum com um pouquinho de refrigerante para dar cor. Pareceu ilícito e meio sexy beber com todas aquelas crianças ao redor e não ligar. Lenore usava tanto batom que tinha manchado a boca da garrafa, e cada vez que Sammie bebia, sentia gosto de batom, e, pensou, da mulher que o usava — essa mulher que ela não conhecia, que não parava de se inclinar para cochichar alto sobre todas as outras mães. Havia algo simpático nisso, algo incomum, um momento extra que era só delas. Tudo parecia estranhamente importante, por algum motivo, e ela desejou que o momento durasse.

— Termine seu queijo — disse Sammie agora, vendo seu filho dar cada mordida metodicamente. Era assim que ele comia. Embora o cérebro do filho ainda fosse um mistério, havia nele coisas que ela sabia: ele era inteligentíssimo e aprendia rápido. Era gracioso, com reflexos felinos; tanto ela quanto Monika achavam que ele podia ser bailarino, podia fazer ginástica olímpica. Ele conseguia pegar uma bola, pular corda por horas, bater palma no ritmo. Caminhava com mais confiança que a maioria das crianças da sua idade, independentemente do gênero. Ele era organizado e limpinho, na maior parte do tempo. Mais do que a maioria dos meninos daquela idade, ela sabia. Ou, ao menos, achava que sabia.

Está bem, ele nem *sempre* era organizado. E nem sempre era gracioso ou comportado. Às vezes, gritava, fazia chilique, se fechava por completo. Ele era normal... até não ser mais. Talvez fosse assim com as crianças. Havia muitos dias em que Sammie precisava se lembrar de que, só porque o filho agia de certa forma — retraído, ou mal-humorado, ou hostil —, não significava que ele ia agir assim para sempre. Era difícil criar um filho. Diferente do que ela esperava quando estava grávida. Quando tinha dois corpos para alimentar.

— Me dá um pedaço? — perguntou Sammie.

Samson passou um quadrado de queijo suado para ela no banco da frente. Ela mordiscou até ficar parecido com um coração disforme, depois sacudiu na frente dele.

— Olha só que lindo. Ei, sabe como chamam o queijo suíço na Suíça? Só queijo.

Ele não sorriu para ela, mas seu rosto se suavizou. Já era algo.

— Vamos colocar a sunga — disse ela, e os dois saíram do carro.

A brisa que estava varrendo as palmeiras enquanto eles estavam no carro tinha diminuído, e o calor saía do asfalto em forma de vapor, cozinhando as pernas de Sammie. Ela deixou que ele carregasse sua própria mochila, porque parecia bom ele aprender a tomar conta das coisas sozinho. Ela não queria que ele crescesse e virasse o tipo de homem que esperava que as mulheres fizessem tudo por ele — lavassem suas roupas, preparassem suas refeições, faxinassem, fizessem as compras. Ela queria que ele fosse autossuficiente, claro, mas também queria que fosse um parceiro que dividia as tarefas domésticas.

Monika nunca lavava as roupas dele. Aliás, Monika raramente ia ao supermercado. Era Sammie quem comprava o leite e o cereal, sacos de maçã e tangerinas e batatinhas e sorvete, até os isotônicos que Samson consumia como se estivesse sempre à beira da desidratação. Sammie e Monika tinham uma conta conjunta, sim; era um arranjo doméstico necessário, e Sammie tinha adicional de todos os cartões de crédito de Monika. Mas o que isso muitas vezes significava era que, como só Monika ganhava dinheiro, Sammie ficava com todo o resto do trabalho — cozinhar, limpar, ser motorista e tudo o mais que por acaso surgisse.

Monika nem sempre falava sobre isso abertamente, mas também não escutava quando Sammie reclamava. Dizia que o motivo real para a esposa estar infeliz não era não ter ajuda na casa, mas não gostar de fazer as tarefas domésticas. Mas o que Monika sabia do assunto? Não era ela que cozinhava todas as refeições para um filho superseletivo que jogava fora quase tudo o que ela fazia, nem era ela que lavava os lençóis quando ele fazia xixi na cama, nem lavava o cabelo dele quando ele ficava gripado e vomitava. Monika podia ser a mãe-pai, a divertida que voltava para casa de longas viagens com presentes e o deixava agitado antes da hora de dormir, depois se sentava no sofá com um drinque enquanto Sammie lidava com as consequências.

Esse era um dos motivos para Sammie ansiar pelo dia da natação — ela podia sair de casa.

Lenore já tinha entrado e estava apressada enfiando o longo cabelo loiro de Serena dentro da touca. *Deve estar doendo*, pensou Sammie.

— Dá para ficar parada, caramba? — disse Lenore, apertando o ombro de Serena até a menina parar de se contorcer. — Só fica parada para a gente poder acabar logo com isso.

Serena fez uma careta para a mãe com seu rosto redondo e fofinho, mas não reclamou. Serena não reclamava muito. Sammie não tinha certeza se era algo de ter filha menina ou se era porque não era bom irritar Lenore. Samson colocou a touca sozinho enquanto Sammie pegava os óculos. Serena colocou os dela, círculos grandes maiores por cima dos seus grandes olhos azuis, e aí os dois saíram contornando a borda da enorme e barulhenta piscina, enquanto Lenore e Sammie subiam até o lugar delas no topo da arquibancada.

— Está frio aqui hoje — comentou Sammie, e Lenore deu de ombros. Ela vivia dando de ombros, como se não estivesse muito interessada no que Sammie tinha para dizer; por algum motivo, isso fazia Sammie se esforçar ainda mais para impressioná-la.

Lenore tinha trazido sua garrafa d'água grande de sempre, mas desta vez cheia de vodca e suco de laranja. Ela sempre trazia uma garrafa só para as duas dividirem, mas definitivamente era o bastante, porque Lenore tinha mão pesada para o álcool. Hoje, a laranja mal disfarçava o ardor da vodca. Sammie só sentia o gosto de algo forte, como dentes afundando em sua própria língua.

Ela deu goles cuidadosos e lentos. Ainda precisava levar o filho para casa e, embora sempre se sentisse mais solta depois de beber — como se talvez dirigisse melhor assim? —, ainda sentia uma culpa subjacente lembrando-lhe de que não seria tão bom se ela fosse parada, ou acabasse multada por dirigir embriagada, ou pior.

— Olha aquela menina! Parece uma leitoa. — Lenore apontou a unha pintada arquibancada abaixo para um grupo de crianças. Ela estava falando de Maisie, uma garota com cabelo escuro curto e um corpo que parecia uma versão miniatura do da mãe, uma constituição que alguém legal poderia descrever como formato de pera. Não Lenore. Lenore nunca dourava a pílula.

— O maiô dela está apertado — respondeu Sammie, sempre tensa de levar as coisas tão longe quanto Lenore. — A mãe dela devia comprar um novo.

— A mãe dela devia comprar um cadeado para a porra da lata de biscoitos. — Lenore riu pelo nariz, tomando um gole arfado da garrafa. — E ela mesma devia parar com os biscoitos.

Isso fez Sammie franzir um pouco a testa. Que importância tinha o que elas comiam? O corpo de cada um era diferente, e diferenças não eram ruins — era o que ela sempre dizia a Samson. Mas não ousou falar o mesmo a Lenore. Só assentiu, concordando, e deu um gole nervoso da garrafa.

Elas estavam sentadas muito próximas, mais próximas do que jamais haviam se sentado, em parte porque Lenore parecia intensamente bêbada, como se talvez tivesse já chegado ao treino altinha. Estava falando mais alto que o normal, e Sammie se preocupava que outras mães fossem ouvir se elas não tomassem mais cuidado. Mas não ia dizer nada a Lenore, porque não queria estourar a bolha delas.

O telefone de Sammie vibrou na cadeira à frente e mostrou uma imagem em close do rosto sorridente de Monika, com covinhas e tudo. O telefone tremeu pela madeira e quase escorregou do banco. Lenore segurou com o pé.

— É sua esposa? — perguntou Lenore ao entregar o telefone a Sammie. — Parece meio *butch*.

— É, acho que é, sim.

Lenore riu alto demais. Um grande sopro de hálito de vodca roçou a bochecha de Sammie, e seu coração galopou.

— Acha que é sua esposa ou acha que é *butch*?

— Os dois — respondeu Sammie, e deu um grande gole da garrafa.

— Por que você não leva o Samson lá em casa depois da aula? As crianças podem brincar, e a gente faz drinques.

Sammie tinha compras de mercado para fazer e uma montanha de roupa suja lhe esperando em casa, junto com uma lista de tarefas que não tinha conseguido finalizar antes de Monika voltar da última viagem.

— Claro — disse ela. — Vai ser ótimo.

Quando acabou, Sammie atravessou o estacionamento atrás de Lenore e sua filha, sentindo o torpor embotado da vodca subindo por seus músculos. Samson vinha atrás, os cachos alisados grudados na lateral do rosto. Embora ele sempre usasse óculos na piscina, a água ainda conseguia se infiltrar e irritar os olhos dele, que ficavam avermelhados pelo cloro. Serena galopou na frente até o Honda da mãe. Seu cabelo loiro em geral ficava tingido de verde por passar tanto tempo na piscina; Lenore provavelmente não o lavava logo depois da aula.

— Eu te sigo — avisou Sammie. Lenore só acenou com a mão enquanto colocava a filha no banco traseiro da van.

Preocupada de que ela fosse de repente mudar de ideia, Sammie correu com Samson para o carro e o apressou para se sentar no banco de trás.

— Cansado — disse ele. — Quero dormir.

— Eu sei, querido. — Ela o prendeu, com cuidado para não o machucar com o cinto. — Mas vai ser divertido, prometo.

Lenore saiu de ré da vaga tão rápido que quase atropelou uma família que ia até o carro. O homem mostrou o dedo do meio para ela, e Lenore buzinou até ele sair do caminho. Sammie também deu ré depressa e a seguiu. Dirigiram pelo bairro e entraram na cidade em si, perto dos bairros de Mills e Milk District, passando pelo supermercado Publix e todo o pão, ovos e detergente que ela ainda precisava comprar ali.

Samson apoiou a cabeça na janela e fechou os olhos. Ansiosa por mantê-lo acordado, Sammie procurou no chão quando chegaram a um semáforo e achou uma Coca-Cola que tinha sobrado de uma promoção de dois por um, comprada em uma manhã de ressaca.

— Quer? — perguntou ela, esticando para trás. Samson se endireitou e a pegou.

Elas quase nunca lhe deixavam tomar refrigerante — algo em que Monika e ela concordavam era que cafeína e açúcar não eram bons para ele —, mas, dessa vez, Sammie não estava nem aí para nada disso. Ela pisou no acelerador, tentando não perder de vista a minivan de Lenore, que estava suja e coberta de adesivos que pareciam promover causas diferentes. *Minha filha dá uma surra no seu aluno exemplar* ao lado de um adesivo da Associação de Pais e Mestres?, pensou Sammie. *Que porra é essa?*

Elas chegaram a um prédio residencial decrépito a cerca de meia hora da casa de Sammie. Parecia que ia chover de novo a qualquer segundo, mas havia crianças correndo ao ar livre na umidade cinza, e nenhuma delas parecia muito feliz. Sammie passou por uma piscina estagnada, com um macarrão de espuma amarelo fazendo um arco solitário, flutuando lá como um pedaço de espaguete. Lenore parou numa vaga disponível, e Sammie parou logo ao lado. Samson havia terminado a Coca e estava com um bigode marrom de líquido acima do lábio. Sammie limpou com o dorso da mão e secou o resíduo na calça.

Caminharam juntos até a unidade de Lenore, Samson arrotando sem parar enquanto subiam as escadas. O telefone de Sammie tocou — Monika de novo —, então, ela colocou no silencioso e pôs de volta no bolso. *Ligo para ela mais tarde*, pensou, *depois de todos nós termos nos divertido*. A esposa podia achar algo para se manter ocupada. Ela que ficasse esperando, para variar.

Lenore destrancou a porta, e todos entraram. A sala era espaçosa, com um grande sofá seccional estofado e uma poltrona reclinável de couro preto, mas o apartamento tinha um cheiro esquisito. Um grande gato cinza circulou os tornozelos de Sammie, que então reconheceu o odor: uma caixa de areia que precisava desesperadamente ser limpa.

Serena pegou o gato e o apertou com tanta força que ele gemeu.

— Jasper — cantou ela, e enfiou o gato embaixo do queixo, onde ele ficou alojado, gordo e infeliz, antes de mostrá-lo a Samson.

Ele não parecia interessado. Nunca tinha pedido um bichinho de estimação. Nem um cachorrinho, nada. Nem um peixe. Quando era jovem, Sammie implorara por um gato — uma bolinha peluda malhada que ela havia encontrado embaixo da casa de um vizinho —, mas seus pais não queriam lidar com aquilo.

— Vai mostrar seu quarto ao Samson — ordenou Lenore, enxotando as crianças pelo corredor.

Serena levou o gato consigo, e Samson a seguiu, arrastando o pé. Esta era a questão: ela podia nem sempre saber no que o filho estava pensando, mas sempre compreendia sua linguagem corporal. Pela forma como ele ia pelo corredor, ela sabia que ele estava a um passo de fazer malcriação. Sammie só torcia para ele esperar até ir embora antes de dar um chilique.

Lenore levou Sammie pela cozinha em formato de corredor. A pia estava cheia de pratos com comida incrustada, e um pano de prato duro por cima, como se para esconder a bagunça. Lenore pegou uma garrafa gigante de vodca no freezer, quase do tamanho de uma criança de dois anos, e serviu em dois copos de água. Jogou duas azeitonas verdes em cada um, fazendo respingar no balcão.

Elas levaram as bebidas até uma varanda de concreto com vista para o estacionamento. Embora parecesse que ia chover, o céu ainda não tinha desabado. Estava calor lá fora, mas as bebidas estavam geladas, e as nuvens passavam rápido, apostando corrida umas com as outras enquanto o vento aumentava e transpassava as palmeiras que cercavam o complexo. Havia uma mesa de bistrô e duas cadeiras combinando, então, foi ali que se sentaram, ao lado uma da outra, equilibrando os copos no tampo bambo.

— Há quanto tempo você é casada? — perguntou Lenore. Estava dando longos goles na bebida. Não com pressa, necessariamente, mas com uma expressão que mostrava já estar pensando no próximo copo.

— Só alguns anos. Mas já estamos juntas há bem mais tempo.

— Eu sou divorciada.

Sammie assentiu com a cabeça.

— Ah, é mesmo.

— E vou te falar, é melhor do que eu imaginei. — Lenore riu, e Sammie viu o fundo da boca dela, onde estavam os molares, com a raiz exposta e escuros. Um dos dentes estava simplesmente faltando, uma casa demolida num bairro pequeno e lotado de dentes.

— Casamento é... difícil — respondeu Sammie enfim, e Lenore riu outra vez.

— Provavelmente para você não é tão difícil, né? Deve ser mais fácil com outra mulher.

Sammie sorriu, como sempre que alguém dizia algo burro e equivocado sobre lésbicas. Um sorriso que dizia: "Claro, pense o que quiser, mulheres que transam com mulheres nunca têm problemas de relacionamento". Mas, dentro do bolso da calça, o telefone dela continuava *tocando tocando tocando*, e ela não queria ir para casa nem ter que lidar com nada daquilo, então, tinha ido para ali com aquela mulher que mal conhecia, pela possibilidade remota de que ela... o quê? Desse a Sammie alguma atenção?

Ficaram sentadas em silêncio, bebendo mais. Sammie esperou o sentimento de que gostava em estar com Lenore, aquele sentimento que não era um sentimento e acontecia nas aulas de natação, mas, em vez disso, sentiu, no fundo do estômago, o quanto aquilo era errado. Lenore casualmente colocou o braço nas costas da cadeira de Sammie, como se fosse uma maneira normal de se sentar, sendo que as duas sabiam exatamente o que vinha depois. Sammie não estava construindo aquilo havia semanas? Não tinha engendrado as coisas de modo que acabassem precisamente assim, fazendo escolhas que podiam arruinar tudo pelo que ela trabalhara a vida inteira?

Lenore se aproximou, a cadeira guinchando ao deslizar pelo concreto da varanda. Seu hálito quente de vodca forçou Sammie a se lembrar do frescor frio da boca da esposa — Monika mascava chiclete de menta, então seus beijos eram geladinhos. Era a primeira lembrança que tinha daquela língua, um gosto de algo parecido com o inverno da Flórida. Depois, Lenore colocou a mão no joelho de Sammie e a boca na boca de Sammie, e estava acontecendo, como Sammie sabia que aconteceria, e nem foi divertido, porque ela continuava pensando na esposa. Imaginou Monika esperando em casa, sentada no sofá, preocupada e com fome.

Tanto Lenore quanto Sammie estavam fazendo o tipo de barulho que se deve fazer para mostrar que o beijo era bom. Talvez Lenore estivesse gostando, Sammie não tinha certeza, mas, para ela, pareciam lábios se esfregando. Ela podia estar ficando com qualquer uma. Fazia com que ela quisesse se dissociar. Imaginou-se fora do corpo, pegando o filho, descendo com ele e entrando no carro, dirigindo até em casa, e então estava de volta em sua própria sala, sentada em seu sofá com Monika, discutindo o que iam jantar e quem ia ficar encarregada de garantir que Samson colocasse o pijama no horário.

— Você tem um gosto bom — murmurou Lenore contra a boca dela, e Sammie gemeu, mas achou que não sentia gosto de nada. Talvez fosse isso que a vodca fazia, apagava completamente o gosto da pessoa. Que importância tinha? Ela tomara a decisão havia semanas; escolhera sozinha. Ela levantou a mão, pressionou de leve o seio de Lenore, e a mulher arfou na boca aberta de Sammie.

Será que eu poderia ficar bêbada só com o hálito dela?, Sammie se perguntou, e a porta de vidro deslizante rangeu atrás delas.

Elas se afastaram às pressas. Os joelhos de Sammie bateram na mesa quando ela empurrou a cadeira para trás, virando o copo, que derramou bebida no chão e na perna dela.

— Merda — murmurou Lenore, inutilmente tentando pegar o líquido que escorria pelas mãos. O rosto dela estava vermelho de vergonha e álcool. Sammie se perguntou como estaria o seu próprio.

— Do que vocês precisam? — perguntou Sammie sem se virar, ofegando. Sua voz estava insana, como se ela tivesse acabado de terminar um exercício extenuante.

— Aquele gato me arranhou — berrou Samson. — Eu odeio esse gato idiota!

Aí, foi o gato que gritou — um uivo agudo como o de um bebê — e, de repente, um borrão cinza e branco voou por cima da cabeça delas e desapareceu pela lateral da varanda. Sammie saltou atrasada, como se fosse capaz de evitar o que já havia acontecido, mas o gato já se fora tempos atrás.

Serena agora estava gritando também. Lenore chamou por cima da balaustrada da varanda e aí berrou com a filha, mandando-a calar a boca. Só Samson continuou em silêncio. Ficou olhando para Sammie da segurança do apartamento, depois se virou e desapareceu lá dentro.

5

Eles se sentaram no carro com as portas abertas enquanto Sammie se recompunha. O ar da noite estava se colocando roxo-escuro acima do prédio, e o calor, embora diminuindo com o sol, ainda cozinhava o interior do carro. A nuca e o peito de Sammie suavam.

Ela digitava o código para desbloquear seu celular. "Você tem dezessete ligações perdidas de Monika", dizia. Havia dezenas de mensagens não lidas:

Cadê você

vocês estão bem

cadê o Samson

você sofreu um acidente

Sammie, cadê você

estou ficando preocupada

cadê você

cadê você???

Ela não conseguia decidir o que fazer primeiro. Devia ir direto para casa? Ligar agora ou quem sabe só mandar uma mensagem? Parar em outro estacionamento e ligar de lá para a mulher? As mãos dela tremiam. Ela tentou enfiar a chave na ignição, mas derrubou o chaveiro no chão e precisou tatear atrás dele.

— Por quê? — sussurrou ela. — *Por quê?*

Ela não sabia se estava perguntando a Samson ou a si mesma, nem o que estava perguntando, na verdade. O eterno *porquê* do filho, o eterno porquê de si mesma — para sempre a mesma pergunta aberta, mas nunca nenhuma resposta satisfatória.

Por sorte, o gato parecia bem. Ele tinha caído em um grande amontoado de palmeiras, que felizmente amenizara a queda. Mas Serena estava histérica. Tinha certeza de que o gato, ainda preso e berrando no topo da árvore, tinha saltado para a morte. Lenore por fim lhe dera um tapa na cara para parar de gritar. Aí, todos ficaram lá imóveis como se tivessem sido atingidos: Sammie, ainda na varanda; Lenore, desajeitada em cima da filha; Serena, rosto vermelho e boquiaberta, como se quisesse começar a berrar tudo de novo. Mas não Samson. Ele só ficou lá parado indiferente, brincando com a barra do short de ginástica, como se não tivesse acabado de tacar um animal vivo pela lateral de uma varanda do segundo andar.

Eles tinham ido embora logo depois do tapa, quase sem conversa nenhuma. Lenore saiu com uma caixa de ração Friskies para tentar convencer o gato a descer e a deixou no estacionamento sem nem mais um olhar. Sammie não achava que iam mais se sentar juntas nas aulas de natação, e tudo bem. Era meio que um alívio, na verdade, saber que, de algum jeito, ela tinha conseguido se livrar de algo que poderia ter sido pior com mais tempo e as próprias tendências autodestrutivas. Ela tinha que agradecer a Samson por essa pequena graça.

A percepção de que ela ainda podia consertar as coisas finalmente a tirou do estupor. Ela ligou o carro e acendeu os faróis, saindo do complexo e se afastando daquele lugar cinza e descascando. Quando chegaram à rua em frente, ela se sentiu ainda melhor. Era como se tudo o que havia acontecido naquela tarde fosse um pesadelo. Nada daquilo era de fato ela.

— Não precisamos falar sobre nada disso — falou Sammie, olhando o filho pelo retrovisor. — Podemos só… fingir que nunca aconteceu. Certo? Não precisamos contar à sua mãe.

Samson só a olhou e esfregou o punho. Sem dizer nada.

— Isso. Exatamente assim.

Ela e o filho também podiam ter segredos. Podiam pelo menos fazer isso um pelo outro. E isso não era amor?

—Onde caralhos você estava? Achei que os dois estivessem mortos!

Sammie entrou em casa com as compras — quatro sacolas plásticas do Publix, penduradas em seu punho e cortando a pele do braço — e as jogou no balcão.

— Quanto drama — disse ela. — Só faz algumas horas. — Ela tinha parado no mercado e comprado uma lasanha congelada, um bolo de chocolate e um engradado de cerveja. Antes de fazer qualquer outra coisa, abriu uma garrafa e virou um terço da bebida. Não queria que a esposa sentisse cheiro de vodca no hálito dela.

Monika a olhou com raiva.

— Está tarde — falou, e Sammie revirou os olhos com bom humor. Ou, pelo menos, esperava que parecesse ser com bom humor. Talvez parecesse uma improvisação muito ruim. Ela era péssima em fingir seus sentimentos.

— Aqui. — Ela abriu mais uma cerveja e entregou à esposa. Era do tipo que Monika gostava, a cerveja escura e pesada que Sammie achava que tinha gosto de café queimado. Sammie preferia vinho branco — às vezes, brincava que parecia uma *Real Housewife*, de tanto que gostava —, mas sabia que a cerveja ia ajudar Monika a relaxar. Quando a esposa bebia, ficava sempre de bom humor. Sammie amava isso nela. Uma bêbada tão alegre.

— Você não vai nem me dizer onde estava? É isso? Sem explicação?

Sammie abriu a caixa de papelão que continha a lasanha e enfiou a bandeja no forno frio.

— Fomos à casa de outra criança para ele brincar. Foi divertido, nada de mal.

— Então por que você não ligou? — perguntou Monika, tirando a lasanha e colocando-a na bancada. Ela ligou o forno, esperando a luz de pré-aquecimento acender.

— Esqueci meu telefone no carro — respondeu Sammie. — Aí, estávamos voltando, e achei que ia ser mais rápido te dizer pessoalmente, para todos podermos comer antes de ficar tarde.

Monika ainda não tinha dado um gole na cerveja. Quando tomasse um pouco, tudo ficaria bem. Sammie colocou toda a sua energia em desejar que a esposa desse um bom gole.

— Samson — chamou Monika. Ele estava na sala vendo um episódio de *Nature* sobre hienas. Toda vez que uma das hienas uivava, ele ria. Da cozinha, Sammie o via deitado no sofá ainda de sapato. Normalmente, ela teria gritado com ele por causa disso, mas hoje não.

Samson se endireitou, mas não veio para a cozinha.

— Você foi brincar? — perguntou Monika. — Com uma amiguinha da natação?

Lá estava, o momento em que ele podia dizer qualquer coisa a Monika, dizer o que quisesse, fazer a coisa toda ruir. Sammie deu mais um gole na cerveja para se fortalecer. Samson deu de ombros e deitou-se de novo, colocando os tênis bem em cima de uma das almofadas de veludo branco.

— Só queria que você tivesse ligado — sussurrou Monika. — Eu estava preocupada com vocês.

Ela estava tomando a cerveja. Finalmente. Sammie se recostou na bancada e terminou a sua, depois abraçou a esposa e beijou o pescoço dela, bem naquele ponto macio atrás da orelha. Ela era tão cheirosa, tinha aroma de roupa lavada. Era um alívio estar em casa com a família, o filho são e salvo, sabendo que a esposa genuinamente sentira saudade. Preocupara-se com ela porque se importava. Sammie a apertou de novo, mais forte, e prometeu a si que ia se esforçar mais.

— Desculpa — falou. — Não vai se repetir.

Ela e Samson se olharam. Ele pegou o sapato e passou diretamente no topo da almofada. Depois, Sammie teria que esfregar por vinte minutos para tirar a mancha.

A lasanha demorou muito para cozinhar. Ela devia ter pensado nisso quando comprou, mas estava com pressa. Tinha deixado Samson no carro porque não queria discutir com ele por demorar no mercado, não quando ele estava tão cansado e chateado com o que aconteceu na casa de Lenore. Ou será que estava? Era difícil saber, com o filho. Na verdade, ele parecia chateado por sua rotina ter sido alterada. Como alguém que se dava melhor com uma agenda definida, ela entendia a sensação. Provavelmente, não no nível jogar-um-gato-pela-varanda, mas com certeza entendia o estresse por trás do surto de Samson. A ansiedade parecia um gato caindo. Debatendo-se. Uivando. Uma coisa infeliz, devoradora, que sombreava a maior parte da vida dela.

Sim, isso ela entendia.

Eles comeram de pé na ilha da cozinha, exceto Samson, que se sentou em uma das banquetas altas, a cabeça pendurada tão baixo que seu cabelo roçava na carne e no queijo da tigela. Sammie tinha tirado um pão italiano do congelador e passado manteiga de alho, mas ainda tinha gosto de queimado de freezer; o único que não ligou de comer foi o filho, que comeria uma pedra se estivesse coberta de gordura saborizada.

— Para a cama — disse Monika assim que a cabeça de Samson finalmente parou na beirada da mesa. Ele não discutiu, só deixou as coisas lá e subiu.

Sammie e Monika tomaram mais uma cerveja cada, depois mais outra — normalmente, era o bastante para deixar Sammie meio bêbada, mas ela estava agitada e com os nervos à flor da pele demais para sentir. Monika, porém, definitivamente parecia alta. Seus olhos estavam vidrados, e sua voz tinha suavizado, e elas se beijaram um pouco na cozinha enquanto limpavam antes de migrar para o sofá.

— Você está tão linda — disse Monika, prova cabal de que estava alegrinha. Monika nunca fazia elogios a não ser que estivesse alcoolizada. A pior parte era que Sammie era faminta por eles, aqueles elogios que saíam tão facilmente da língua de mel dela após algumas cervejas. Todos aqueles "lindas" e "bonitas" e "meus bens" e "anjos" que ela nunca ouvia quando a esposa estava sóbria. Aliás, Sammie não pensava mais em bajular a esposa. Era fácil não valorizar a outra depois de tanto tempo juntas.

Meu Deus, por que é tão difícil ser legal?, perguntou-se Sammie, e aí pensou nos beijos de vodca de Lenore e se obrigou a focar na esposa.

Elas arrancaram a roupa uma da outra, nenhuma das duas preocupadas que Samson fosse descer as escadas pedindo um copo d'água ou querendo ver algo na TV.

— Que gostoso — falou Sammie, porque era mesmo. Finalmente, tudo era gostoso. E, quando ela gozou, pareceu que tinha gozado três vezes diferentes, como se tivesse depositado todos os orgasmos que não andava tendo.

Depois, elas se sentaram juntas no sofá e deixaram o suor secar. Na TV, passava um comercial de desidratador de alimentos. Monika estava com a boca toda brilhante, e, desta vez, Sammie não a encheu para ir limpar.

— Você se divertiu hoje? — perguntou Monika, aconchegando-se no braço de Sammie.

Sammie sentia o calor úmido irradiando de si, aquele cheiro fétido que acompanhava o suor. Sabia que ia pegar na mulher, e aí ela ia sentir o próprio fedor na cama, porque Monika não se lavava, achava fofo ou bom ter os cheiros de uma grudados na outra, como se pudessem carregar o sexo consigo aonde quer que fossem.

— Foi bom — respondeu Sammie, lembrando-se outra vez daquela boca de vodca, a boca que não era da esposa, que não tinha gosto de nada, mas era algo diferente. Ela não queria Lenore de novo. Mas queria, sim, algo diferente. Queria com a esposa, queria para a família. Principalmente, porém, queria para si. Ela se perguntou se isso ia significar destruir tudo o que haviam criado para poderem construir algo novo no lugar.

O gato precisou de cinco pontos, e Lenore ficou furiosa pra caramba por causa disso. Gastar dinheiro que ela não tinha com um gato que ela detestava, tudo porque ela tinha ficado bêbada demais e decidido se divertir. Ela mal conseguia se lembrar da noite, de tanta vodca que havia bebido, mas pensou que talvez tivesse... hum, beijado... Sammie Lucas. Era só amigável, não era nada gay. Nada sério, na verdade. Ela só queria experimentar. Sammie era bonita e engraçada, e Lenore não tinha uma amiga assim havia algum tempo. Alguém com quem simplesmente pudesse falar merda. Aquelas aulas de natação eram insanamente chatas, e as outras mães eram tão metidas, com seus carros e roupas extravagantes. E todas elas pareciam já se conhecer — da Associação de Pais e Mestres e porcarias assim. Não havia como se infiltrar, a menos que você fosse rica como elas. Sammie tinha algum dinheiro — não era pobre como Lenore —, mas não era tão metida. De qualquer forma, não tinha importância. Lenore tinha ido lá e estragado tudo ao ficar bêbada demais, como estragava tudo ultimamente. Ela ficou tão envergonhada que deixou de levar Serena aos treinos. Não tinha certeza de que conseguiria suportar se Sammie a ignorasse lá também, como aquelas outras mães esnobes. Às vezes, era melhor não saber.

6

De volta ao treino de natação, Sammie desejou estar em casa com uma taça gelada de chardonnay. Talvez até mesmo uma cerveja barata. Ela não estava se sentindo tão exigente.

Lenore tinha parado de aparecer. Ela não estava no topo da arquibancada com Sammie fazendo besteira, bebericando álcool e falando mal das outras mães. Não havia sinal dela. É claro, agora, Sammie sabia onde ela morava. Podia passar por lá para visitá-la sempre que quisesse, em teoria. Caso ela quisesse, poderia. Não que quisesse. Ela não faria isso. Não precisaria fazer isso. Por que ela precisaria fazer uma coisa dessas?

Era o suficiente saber que ela estava lá.

Agora ela se sentava sozinha vendo o filho se movimentar perfeitamente através da piscina, seu jovem corpo afiado cortando a água como uma serra, a água tendo que trabalhar para suturar tudo de volta em seu rastro.

Ela não era o tipo de mãe que gritava para o filho da arquibancada. Não fazia parte da personalidade dela. Seu amor ficava preso dentro do corpo como um caranguejo preso em uma rede. Às vezes, ela desejava ser o tipo de mãe capaz de torcer pelo filho — quando ouvia outras mães gritando alegremente, como se as conquistas dos filhos fossem delas —, mas só o que sentia quando observava Samson abrindo caminho através da água era uma espécie de alívio. *É claro que ele consegue fazer isso*, foi o que ela pensou. *É claro que ele sabe se tornar um punhal e abrir um caminho a facadas.*

Afinal de contas, não era isso que ela tentava ensinar ao filho? Que ele poderia conseguir o que quisesse apenas se atirando com força suficiente ao desafio?

Lá estava ele, acelerando. Força bruta, todo braços e torso se projetando. Era o primeiro a chegar e o primeiro a bater, sempre. O filho era o melhor nadador da equipe. O treinador dizia a ela repetidas vezes como ele era bom, muitas vezes sugeria que ele se beneficiaria de aulas particulares, mas parecia mais trabalho do que ela conseguia aguentar. Por que adicionar mais à vida do filho fazia com que ela sentisse que estava tirando de si?

Muitas das mães estavam sentadas juntas nas arquibancadas algumas fileiras abaixo dela. Quando ela começou a levar Samson à aula, teve a oportunidade de conhecê-las, de se sentar com elas e fazer parte do seu círculo, mas tinha escolhido se acomodar no deque superior com Lenore, como dois abutres. Agora que era só ela de novo, a dinâmica de poder havia mudado. Sammie sentia os sorrisos que as mulheres se davam quando ela passava por elas subindo para se sentar sozinha nos fundos, ouvia seus cochichos e risadas enquanto a olhavam de relance. Sammie levava livros consigo, mexia no telefone, tentava tudo em que conseguia pensar para parecer ocupada. Sentia muita falta do álcool.

Estranhamente, piorava tudo o fato de o filho ser melhor que todas as outras crianças. Se ele não estivesse a léguas de todas, talvez as mães a aceitassem, a deixassem entrar naquele grupinho, os bancos cheios de potes de iogurte vazios e roupas de banho e toalhas úmidas com nomes escritos em uma das bordas com canetinha preta grossa.

Mas, não, o filho dela era absolutamente o melhor. Vergonhosamente melhor que seus colegas. E não levava na boa — pelo menos, não era humilde, o que, às vezes, não tem problema para meninos, embora sempre tenha para meninas. Quando Samson ganhava uma corrida, não apertava as mãos de nenhuma outra criança nem aceitava elogios graciosamente. Não dizia obrigado. Só ficava lá parado na beirada da piscina, parecendo estar esperando que parassem de falar, como se mal pudesse esperar para sair dali, e talvez fosse verdade. Os nadadores todos falavam alto, eram chatos e sem graça. Sammie não o culpava. Ela também não ia querer ser amiga deles.

Seu menino completou outra volta, ainda metros à frente da nadadora mais próxima: uma garota chamada Delia, que usava uma touca violentamente roxa com o nome bordado em uma fonte pink que lembrava bolhas. Samson deu braçadas rápidas até a parada, bateu, virou e emergiu elegante como uma foca para passar de novo por todo mundo, levantando água. Quando parou do outro lado, estava à distância de quase uma piscina inteira dos outros, até mesmo de Delia.

O treinador ajudou Samson a sair da água, então o parabenizou em voz alta, levantando a mão para um "toca aqui". Os braços de Samson continuaram ao lado do corpo. Ele nunca ia ser fácil, o filho dela. Simplesmente não conseguia ser *normal*.

Mais risadas das mães lá embaixo. Não estavam olhando para ela, ainda não, mas, em breve, uma delas olharia para trás e daria um sorrisinho irônico. Ela baixou os olhos fixamente para o livro aberto em seu colo, tentando fazer com que as palavras entrassem em foco. O filho a estava humilhando, e ela não ia se envolver com nada daquilo.

Foda-se, pensou. Ocorreu-lhe que ela sempre podia trazer sua própria bebida para as aulas. Será que não podia só colocar um pouco de vodca numa garrafa de água para si mesma? E imediatamente se sentiu melhor, quase tão bem quanto se Lenore estivesse de volta com ela na fileira de cima, como duas garotas no fundo do ônibus.

Naquela noite, ela fez uma receita de frango postada pela amiga de uma amiga no Facebook. A mulher que postou era alguém com quem ela tinha transado anos atrás, bem antes de conhecer Monika, então pegar emprestada aquela receita caseira de família parecia algo extremamente lésbico. O sexo com aquela mulher tinha sido abaixo da média, língua demais na orelha e não o bastante na boceta, mas os cafés da manhã eram excelentes: ovos beneditinos de chef e waffles com fruta fresca e chantili caseiro. Por acaso, Monika tinha transado com a mulher também, o que elas descobriram sem querer porque ambas a chamavam de "garota orelha".

No fim, queers são mesmo parte de um enorme fluxograma, pensou Sammie enquanto cortava cenouras em pedaços loucamente desiguais. *Somos todos parte do elenco estendido de* The L Word.

Parecia uma ideia bacana fazer uma comidinha caseira para a família, embora ela não fosse exatamente a melhor cozinheira do mundo. Na maior parte dos dias, só cozinhava metade do jantar, ou seja, comprava um frango assado, assava umas batatas e jogava molho em uma salada lavada antes de considerar o dever cumprido. Mas, hoje, estava animada para tentar algo novo. Imaginou-se como uma Martha Stewart lésbica, com um vestido de botões branco e bem passado, preparando perfeitamente algo delicioso para sua família felicíssima. Cortou algumas tiras de salsão, mas aí se espetou com a faca, pingando sangue em uma das costeletas de frango. Depois disso, seu corte ficou menos preciso, porque ela trabalhou com um curativo no dedo. Algumas das batatas pularam da bancada sob sua lâmina, deslizando para baixo da mesa da cozinha. Sammie as deixou lá, o sangue se acumulando na ponta do dedo, o pulso latejando.

Tudo foi para uma assadeira, o que devia economizar tempo, mas ainda deixar a comida perfeita para o Instagram. Um punhado de ervas frescas salpicadas. Fatias de limão dispostas em cima do frango, muito chique. Sammie estava ansiosa para colocar na mesa entre Monika e Samson — guardanapos no colo e um maço de margaridas frescas em um vaso que ela tirara de debaixo da bancada — e tirar uma foto.

Mas aí o frango saiu do forno enfumaçado e quase intragável. O interior estava seco como o deserto e cartilaginoso, e a pele — que ela passara quase uma hora regando com ervas, alho e limão — tinha um gosto amargo lamentável, como se a coisa toda tivesse sido encharcada com limpador de cozinha. Eles se sentaram à mesa de jantar e empurraram a comida nos pratos até Monika sugerir que talvez devessem pedir uma pizza.

Sammie se levantou, pegou o prato e o jogou direto no lixo. Com talheres e tudo.

— Nossa, que maduro — disse Monika. Ela tirou o resto dos pratos e a assadeira cheia de frango, e levou para a pia. Samson já havia saído da mesa e voltado à TV. Estava passando *Wheel of Fortune*, e Pat Sajak perguntava a uma mulher com uma regata de lantejoulas azul-petróleo se ela queria comprar uma vogal. Samson gritou para ela escolher um A, mas, em vez disso, ela escolheu um E e perdeu a vez. O filho balançou a cabeça, enojado.

— Estou de saco cheio de cozinhar — respondeu Sammie, e percebeu que estava falando totalmente sério. — Não vou mais cozinhar — declarou, e foi ainda melhor. — É sério. Mais porra nenhuma, enquanto eu viver!

— Não fale palavrão na frente de Samson — disse Monika.

— Porra, porra, porra — murmurou Sammie, tirando uma grande garrafa de chardonnay da geladeira. Não era muito bom, segundo Monika, mas Sammie não via diferença. Ela serviu o vinho direto no copo de água que estava bebendo, embora ainda houvesse um centímetro sobrando no fundo. — Acho que ele já ouviu coisa pior.

— Não consigo conversar quando você está assim — falou a esposa, e saiu do cômodo.

E eu que não consigo conversar com ninguém, pensou Sammie, e isso a deixou com muita pena de si mesma, então, ela virou o resto do vinho e imediatamente serviu outro copo. Monika tinha razão, não era gostoso — tinha um sabor de xarope de bordo, que era perturbador. Mas não tinha mais álcool na casa, e ela estava a fim de se perder em um copo de algo embriagante.

E não era isso que Monika sempre dizia dela? "Você gosta de se sentir mal. Gosta de se sentir infeliz". Sammie retrucava, meio sem vontade, mas havia algo a ser dito sobre aquela sensação ruim e dolorida que vinha chafurdar de verdade na infelicidade. Ou bom demais, ou ruim demais, era isso que Sammie sempre desejava. No que dizia respeito a sentimentos, não tinha isso de meio-termo satisfatório.

Quero tudo ou nada, pensou Sammie. *Quero dor ou prazer.*

Ela tomou o vinho, fazendo careta para o gosto ácido, e perguntou-se se era possível vinho estragar o bastante para envenenar alguém. Esse chardonnay devia ter sido jogado fora havia algum tempo, mas ela não era o tipo de mulher que achava ok jogar vinho fora. Só tinha começado a beber com vinte e tantos anos. Fora criada em uma casa conservadora, religiosa, e nem o pai nem a mãe bebiam. Nem uma cerveja. Uma vez, logo após a faculdade, ela fora com eles a uma festa de um colega do trabalho do pai que não fazia parte da igreja deles, e eles tinham tomado champanhe em taças lindas de vidro sentados ao ar livre. Sammie havia pegado um e bebericado enquanto conversava com as pessoas, deixando o sabor se assentar doce e explosivo em sua língua, se divertindo para variar enquanto a embriaguez subia pela garganta e deixava sua cabeça suave e tranquila. Quando ela terminou a taça, o pai colocou a mão pesada no ombro dela e sussurrou em seu ouvido: "Por que você deixou as pessoas te verem fazer isso? O que deu em você? Não foi assim que nós te criamos". A mãe, em um canto, olhava séria para o nada, mas irradiava decepção. O pai tirou a mão do ombro dela, sorriu e chamou um caloroso "Bob, como vai?", e apertou a mão de Bob, que estava agarrando uma garrafa suada de cerveja.

Não era a primeira vez que ela notava as inconsistências entre como seus pais esperavam que ela se comportasse e como permitiam que as pessoas se movessem no mundo ao redor deles. Levou muitos anos para ela compreender que as formas como ela ainda estava se permitindo ser encaixotada por eles significavam que ela ainda estava sob o controle deles. Ela não falava mais com eles, não de verdade, exceto por breves surtos de comunicação. Eles só mantinham contato mesmo com Samson, que Sammie permitia porque nunca queria ser o tipo de mãe que decidia as escolhas de vida do filho por ele. Ele podia ir à igreja se quisesse, podia passar tempo com os avós se quisesse — ele era quem sabia. Não significava que ela precisasse fazer o mesmo.

Ela aprendera desde cedo que era importante construir sua própria família. No ensino médio, tivera uma professora de Inglês que parecia diferente de todas as outras. Gostava da escrita de Sammie, a encorajava a ler mais, lhe dava livros e CDs e perguntava se ela tinha gostado. Havia uma bibliotecária de referência na pequena biblioteca pública que tinha se sentado com ela e a ajudado a escolher universidades, pesquisando opções de assistência financeira quando ela não tinha certeza de que os pais iam ajudar com nada. Foi só mais tarde que ela percebeu que essas mulheres também eram queer — que o motivo para ela se sentir tão compreendida e acolhida por elas era que haviam passado pelos mesmos problemas que ela estava vivendo. Ser queer era construir sua própria comunidade, abraçar as pessoas que a amavam por ser você mesma e não esperavam que você mudasse para acomodar as próprias encanações.

Ela sentia saudade de algumas coisas nos pais. O brilho suave de uma missa à luz de velas enquanto todos na congregação ficavam juntos no escuro cantando canções de Natal. As refeições em família aos domingos, cheias de gordura e manteiga. Mas era basicamente isso. Ela não sentia saudade do relacionamento com a mãe, que sempre fora formal, tenso e cheio de cutucadas passivo-agressivas sobre o peso, as roupas ou a falta de feminilidade de Sammie. Ela com certeza não sentia saudade das interações com o pai, que era ríspido e abrasivo, e francamente hostil com Sammie às vezes. Foi um alívio deixá-los. *Foi libertador*, era o que ela dizia a si mesma ao passar feriados sem eles ou quando precisava explicar às pessoas que estavam afastados. Todos sempre supunham que a distância era um resultado direto dela ser lésbica, que ser queer tinha sido o fator decisivo, mas a verdade era que tinha sido uma vida de rejeições e decepções que a levou, por fim, a dizer adeus a tudo aquilo.

Um segundo copo de vinho, e ela continuava sóbria. Nem alegre, o que parecia injusto. Ela decidiu servir um terceiro e se sentar lá fora. A noite até que estava agradável, fora os mosquitos, e ela só queria olhar algo maior do que ela mesma por um momento, sentir-se menor e lembrar-se de que, no grande esquema das coisas, os sentimentos que ela tinha não durariam para sempre, eram apenas uma minúscula passagem de tempo.

Ela se sentou no degrau dos fundos que vinha do pátio e derrubou vinho bem no joelho.

É, talvez eu esteja, sim, um pouco bêbada, pensou Sammie. *Estou ficando burra e filosófica.*

A casa tinha três vizinhos de quintal: um diretamente atrás, separado do quintal delas por uma cerca de arame na altura da cintura, e dois outros marcando o quintal com cercas altas e caras de madeira que bloqueavam a vista das janelas. Sammie não sabia muito sobre a mulher que morava na casa bem de trás, só que ela tinha dois rottweilers grandes e, ocasionalmente, recebia um homem para passar o fim de semana, provavelmente um namorado; de vez em quando, ela o via cortando a grama ou consertando uma calha torta.

Mas naquela noite, como na maioria das noites, não havia nada de novo para ver. Só o brilho cor de limão da luz da varanda, piscando errática com uma enorme mariposa batendo na lâmpada. *Que estranho ela sempre querer estar em casa*, pensou Sammie — porque, quando chegava enfim, parecia que estava sendo sufocada por um travesseiro.

Sammie se levantou e caminhou pelo gramado malcuidado, sentindo a grama morta crepitar sob seus pés descalços. Doía um pouco, mas não o suficiente para fazê-la querer voltar para dentro de casa. Ao longo da cerca, corria um montinho macio de terra revirada, caminho de alguma toupeira desenfreada. Ela se permitiu descansar ali, recostada na cerca de arame, e olhou a casa atrás. As janelas espelhavam a configuração das suas: duas do lado direito, provavelmente quartos, com uma única moldura acima. À esquerda, janelas amplas acortinadas, provavelmente a sala de jantar. No meio, uma janela de cozinha. Sammie tinha notado que sempre havia uma luz clara acesa nesse cômodo em particular, a qualquer hora do dia. Às vezes, quando ela se debruçava em sua própria pia, dava para olhar pela janela da cozinha e ver a mulher na dela. As duas fazendo o que mulheres faziam em casa: lavando louça. Preparando refeições. Enchendo uma taça de vinho.

Ela colocou seu copo de vinho no chão, enterrando a base em um dos montes de terra de toupeiras, e pulou a cerca com um movimento abrupto. Fez um barulho metálico alto o bastante para ela pausar do outro lado, esperando que alguém jogasse uma lanterna nela ou que os dois cachorros gigantes da mulher viessem voando pela porta dos fundos para rasgá-la em pedacinhos. Mas não houve nada. Até as cigarras continuaram seu ritual noturno, gritando nas copas das árvores nas margens dos carvalhos.

Sammie andou cuidadosamente pelo quintal. A grama era igualmente quebradiça e morta do lado da vizinha, mas não era o quintal dela, e a última coisa de que ela precisava era topar o dedo em uma pedra ou tropeçar em uma mangueira. Pelo escuro, no meio do jardim, ela viu um vaso abandonado meio enterrado na terra, com os restos de alguma planta — *uma suculenta*, pensou Sammie, *talvez aloe* — morta no solo ao redor, ou talvez só hibernando. Ela estendeu as mãos à frente, como se pudesse encontrar uma barreira invisível, e depois de um momento isto aconteceu: uma teia de aranha diáfana estendida entre um carvalho e um dos arbustos de azaleia que ladeavam o quintal. Ela balançou as mãos para abrir caminho, perguntando-se se a aranha tinha caído em suas roupas, e continuou andando.

A lua estava alta, borrada atrás de um lago de nuvens cinza. O ar estava denso, uma primavera da Flórida que mais parecia verão. Estava tão úmido ao ar livre que cada passo parecia chapinhar em um lago quente, empurrando uma onda que queria arrastá-la de volta à orla.

Finalmente, ela chegou à casa, perto o suficiente para ver bem dentro da janela da cozinha. Viu a geladeira, nua exceto por um único panfleto de pizza segurado por um ímã em forma de pelicano azul brilhante. O chão era de madeira, e ela via a borda de um tapete de pano trançado azul e verde no chão, em frente à pia. *A pia*, pensou Sammie, *era realmente linda* — uma daquelas gigantescas pias de fazenda tão profundas que se podia lavar um bebê lá dentro. Era o que sempre diziam: "uma pia grande o suficiente para dar banho em um bebê", mas, se realmente quisesse, você provavelmente poderia dar banho em um bebê em qualquer pia. Esse era o negócio com os bebês, eles eram pequenos. Mas Sammie sempre havia lavado Samson em uma banheira. Uma coisinha de plástico que ela tinha que lavar depois. Parecia uma tremenda perda de tempo: lavar um bebê e depois ter que esfregar aquela banheira minúscula também. Mas, da mesma forma, havia muitas coisas envolvidas em ter um bebê que nunca fizeram sentido para Sammie. Havia tantas tarefas que sempre a deixavam pensativa, coisas que outras mães pareciam aceitar com muita facilidade enquanto ela lutava, infeliz.

Sammie ficou em pé na ponta dos pés e espreitava mais para dentro da casa. Além da cozinha, estava a entrada da sala de jantar e, mais para lá, a borda de uma sala de estar, com um sofá de couro bege. O mesmo que havia em sua própria casa, mas mais agradável; era como olhar para a vida que ela sempre imaginou ter. Este não era o tipo de casa que tinha crianças, ela decidiu. Sem bagunça. Nenhuma arte na porta da geladeira. Sem colheres largadas, canecas ou pratos com crostas amontoados ao lado do escorredor. Nada de mamadeiras ou bichos de pelúcia. Nada de copos para bebês. Tudo limpo, organizado e arrumado, colocado exatamente onde deveria estar.

A mulher veio de um canto segurando uma caneca e dando colheradas de algo. Sammie se jogou para trás como se tivesse sido atingida e pressionou o corpo contra a parede diretamente ao lado da janela, rezando para a mulher não a ter visto. A água da pia começou a correr, e uma colher bateu no fundo, e aí Sammie escutou o som da voz da mulher cantando uma canção bonita que Sammie não reconheceu. Ela relaxou um pouco, aliviada por não ter sido vista, e se permitiu deslizar parede abaixo, ainda ouvindo a mulher cantar alto para si mesma, chamando os cachorros.

Parece ASMR, pensou Sammie, *eu poderia dormir bem aqui*, e aí deu um solavanco, porque, por um minuto, fez mesmo isto: dormiu em frente à casa da mulher, sentada na grama úmida e suja embaixo da janela da cozinha. Ela se levantou com as pernas trêmulas e olhou de novo a cozinha, agora vazia, e olhou para o outro lado do quintal. Em pânico, ela passou por cima da cadeira de pátio virada e foi na direção da sua casa, sentindo-se como Alice tentando pular de volta pelo espelho.

Quando chegou à cerca, esperou um minuto e olhou seu próprio quintal: a laranjeira atrofiada crescendo torta no canto, o bebedouro de pássaros rachado, o monte de sinos dos ventos que Monika havia pendurado quando elas se mudaram, antes de mudar de ideia e declarar que o pátio era "úmido demais para a vida humana". Lá estava a janela do seu próprio quarto, a janela que dava para o pequeno quarto lateral que elas usavam como escritório conjunto. A janela da própria cozinha, escura, sem luz vazando para recebê-la de volta.

Sammie pulou de novo a cerca, pegou seu copo vazio e voltou à própria casa silenciosa.

7

Não era intencional. O ficar espiando, o voyeurismo. Era o que ela dizia a si mesma, durante e depois — mas principalmente depois — das viagens noturnas por cima da cerca. Chegou a pensar em contar a Monika, porque era verdade. Ela se sentia mesmo assim. Mas a parte que ela mantinha guardada e não revelava a ninguém, pelo menos não até depois, era que ela *amava* o fato de não conseguir parar. A chance de examinar a vida daquela mulher de fora, como alguém observaria um animal ou pássaro por binóculos: era só dela, algo em que ela podia pensar o dia todo quando estava sozinha. Tocar. Revirar. Era isso que deixava tão irresistível. O segredo. Ser inerentemente errado.

Esse flerte com o controle era uma coisa incomum, inebriante.

Voltar para casa naquela primeira noite parecia com colocar a roupa depois de andar pelada. Todo mundo estava dormindo. Não tinham sentido falta dela. A esposa, aconchegada embaixo das cobertas no lado dela da cama. Samson, quando ela abriu a porta, dormia do jeito de sempre: deitado de costas, o boneco dourado de si mesmo apoiado na prateleira mais próxima da cabeça pequena. Quando ela se debruçou e tirou o cabelo dos olhos dele, um emaranhado suado ficou preso nos dedos. Ele virou para longe dos dedos dela, e ela se afastou, perguntando-se por que parecia nunca conseguir tocar o filho de uma forma que despertasse nada que não dor.

Talvez o amor seja isso, tentou se conformar, saindo de fininho e fechando a porta. *Talvez o amor seja sempre uma coisa que descansa bem na beirada da violência.*

Sammie passou o dia seguinte se perguntando quando poderia fazer de novo. A perspectiva coloriu o resto da vida dela com irrealidade; uma névoa embriagada e difusa que lhe permitia acreditar que a coisa toda era um filme que só ela podia ver.

Na noite seguinte, depois que Samson se recusou a terminar seu dever de casa de Matemática, Sammie se viu indo até a janela da cozinha. Permaneceu ali por quase uma hora, aproveitando o brilho dourado da casa da outra mulher, sem saber o que estava esperando, mas, quando a sombra dela cruzou na frente da pia, Sammie sentiu seu coração pular em resposta. Isso a fez desejar estar novamente debaixo daquela janela, olhando para dentro. Experimentando algo fora de si mesma.

Era ruim espiar alguém sem aviso prévio? Esconder-se e observar? Sim, provavelmente, pensou Sammie, mas a ruindade não era um grande obstáculo. Como seria ser vista dessa maneira? Verdadeiramente *vista*, para variar? Sim, ela gostaria de ser vista de alguma forma. Ser o globo de neve que alguém segurava nas palmas das mãos e sacudia suavemente.

A maternidade parecia que lhe daria essa sensação, mas na verdade tinha proporcionado o oposto. Sentia que a esposa não a via mais como uma igual ou parceira, não importava o quanto Monika tentasse negar. O filho a via como um obstáculo a ser superado. Olhar para aquela vizinha não fazia com que Sammie se sentisse vista, exatamente, mas lhe dava uma estranha noção de controle. A visão, e a maneira que ela escolhia para interpretar tudo o que via, era só dela.

Começou de forma esporádica. Sammie talvez estivesse brigando com Samson pelos deveres de casa ou discutindo com Monika por ter ficado mandado mensagens o jantar inteiro. Às vezes, Sammie estava apenas experimentando aquele sentimento ruim que tinha cada vez mais nos últimos tempos: um sentimento de que ela tinha se estabelecido na meia-idade, que nunca mais voltaria a fazer nada excitante ou novo. E então ela pensava na casa da vizinha e, de repente, lá estava ela, rastejando pelo gramado outra vez. *Checando uma amiga*, ela começou a chamar mentalmente, naquelas noites em que parecia que se não fizesse algo na mesma hora, ia começar a gritar e não conseguiria parar. Quando ela se sentia presa na própria vida, no próprio cérebro. Dirigir-se para a casa da vizinha e espreitar uma imagem espelhada da própria casa, avaliando a vida da mulher e descobrindo como tinha sido o dia dela, era como soltar uma válvula de escape atrás do cérebro. Depois disso, ela era mais simpática com a família; era mais fácil conviver com ela. Ela sorria mais. Ela dormia melhor, era mais doce com Samson e mais paciente com Monika. Os jantares dela eram feitos com cuidado. Ela era mais carinhosa. Ela era simplesmente... *melhor*.

Além disso, quem ela estava machucando? A mulher não tinha a menor ideia do que Sammie estava fazendo. Não havia nenhum componente sexual; ela não era um homem estranho espreitando em sua janela atrás de uma emoção lasciva, ou masturbando-se, ou algo nojento do tipo. Sammie sentia, aliás, que estava dando uma olhada na vizinha, certificando-se de que a vida da mulher estava indo bem. Sim, era isso; ela estava apenas se certificando de que essa outra mulher — seu reflexo, sua Alice através do espelho — estava tendo sucesso. Só de ver uma mulher como ela indo bem dava a Sammie uma sensação de satisfação. De esperança.

Uma noite, ela tinha feito isso antes do sol se pôr completamente. Era aquele crepúsculo que descia sobre a Flórida Central, onde o céu parecia aveludado, como se estivesse tocando a terra docemente, e as cores ficavam todas suaves como *sorbet*. Ela estava colocando uma leva de roupas na máquina e tirando alguns lençóis para colocar na secadora. Só que, *caralho*, ela havia demorado demais para tirar os lençóis da máquina, havia deixado ali dentro por dois dias, e agora eles estavam mofados. O cheiro quando ela abriu a tampa era como uma bofetada no rosto. Teria que lavá-los de novo — *mas que importância tinha?*, pensou. Logo, teria que tirá-los da cama *de novo* e lavá-los *de novo*, e ia esquecê-los de novo, não é? Porque ela sempre esquecia. Ela sempre se esquecia de tirar a porra da roupa da máquina.

Aposto que a mulher lá de trás nunca esquece de tirar a roupa da máquina, foi o que ela pensou naquele momento, e de repente foi tomada pela ideia de que podia ir até lá ver por si mesma.

Então, ela jogou aqueles lençóis fedorentos no chão da área de serviço, saiu pela porta dos fundos, atravessou diretamente o gramado e saltou a cerca outra vez. *Estou em transe*, pensou, embora não fosse totalmente exato. Aliás, sua mente parecia solta e livre; finalmente, ela estava pensando apenas em si e no que queria. Em uma vida que havia se transformado em um ciclo de cozinhar, limpar, dirigir, foder (e foder era *talvez*, porque as fodas eram cada vez mais raras) e depois dormir, era como um momento de meditação.

Os pés de Sammie estavam descalços. Ela espantou as formigas-lava-pés do alto do tornozelo e deixou o ardor se acomodar em seu cérebro enquanto espreitava dentro daquela janela da cozinha novamente. Havia cascas de maçã por toda a bancada da mulher. Será que ela tinha feito uma torta? Cortado a maçã em um prato e servido as fatias com manteiga de amendoim? Moscas-de-fruta pairavam sobre a lata de lixo. Uma garrafa aberta de refrigerante diet suava, deixando marcas de anéis. Sammie descansou a mão no peitoril e pressionou a testa na janela. O ar-condicionado deu um solavanco, e a casa vibrou. Ela sentiu seu peito se soltar. Respirou com mais facilidade. A mulher passou pela porta vestindo um roupão de seda aberto, com os seios nus empinados e firmes.

Esses peitos nunca alimentaram crianças, pensou Sammie.

A mulher parou ao lado da mesa da cozinha e, distraída, cutucou o nariz. Coçou o braço. Ah, era como se o próprio corpo dela estivesse se tocando. Como se ela estivesse se observando. Sammie fechou os olhos e beijou cuidadosamente o vidro que as separava.

Monika havia deixado de ir à terapia de Samson após as primeiras visitas. Alegou que era difícil para ela faltar no trabalho durante o dia, o que Sammie sabia que era verdade, mas isso não facilitava as coisas. Assim, Sammie levava Samson até o outro lado da cidade toda segunda-feira depois da escola, e por um tempo ela ficou grata por outra pausa na rotina, como a natação. Ela fazia perguntas à terapeuta, tentava se manter informada. Dava atualizações a Monika após cada sessão. Mas era frustrante o quão pouco entendia sobre o que se passava na cabeça do filho. E, se fosse ser sincera, às vezes sentia que qualquer um poderia levá-lo à terapia. Aquilo não a envolvia em nada, de fato, além da necessidade do seu corpo físico para dirigir o carro. Ela era a mãe, claro, mas poderia muito bem ser apenas uma motorista de Uber.

Eu sou as rodas, meu coração é o motor, pensou Sammie, sentada por horas enquanto seu filho falava com a terapeuta. Ela estava preocupada com Samson — estava sempre preocupada com ele —, mas não era como se ele voltasse para casa depois dessas visitas se comportando melhor do que antes. Não era como se ela o entendesse melhor. Ele apenas a olhava com seus olhos esbugalhados, contorcendo a boca em um formato que fazia parecer que ele havia provado algo azedo. Ele agia como se preferisse viver na lua.

Os dois ainda carregavam as cicatrizes que tinham se presenteado nos punhos, mas Sammie não estava mais preocupada com ele poder dedurá-la. Inclusive, quase desejava ainda se sentir assustada com isso, só para trazer alguma emoção de volta à vida dela, e isso pareceu uma das coisas mais escrotas que ela havia pensado em algum tempo.

Uma noite, no jantar, Monika perguntou a ela sobre hobbies. Questionou por que ela não começava algum exercício. Tipo corrida, algo assim? Até natação, como Samson? Sammie havia calmamente perguntado se era uma indireta ao peso dela, e Monika suspirou como se Sammie a estivesse matando, e não falou mais no assunto.

Elas transaram naquela noite, contorcidas juntas nos lençóis suados. Depois, Monika colocou uma mão na barriga de Sammie e disse que a amava.

"Você sabe que eu te acho linda, né?", perguntou, e Sammie tinha dito que sim, mas, no fundo, não acreditava nem um pouco. Às vezes, era só que Monika sabia o que dizer.

Na sala de espera da terapeuta, Sammie olhou sem prestar atenção para a revista que havia trazido, esperando Samson sair. Alguma celebridade que ela não reconhecia estava na televisão pendurada no alto. A mulher não podia ter mais de vinte e três anos, com cabelos presos caindo como uma gigantesca fonte loira e tênis que na verdade eram saltos altos.

— Estou superinteressada em fazer arte — dizia a mulher.

Sammie continuou virando as páginas — sem olhar de verdade para a revista, apenas mirando as páginas, sem foco, enquanto sua cabeça se enchia de pensamentos sobre a mulher da casa de trás. A maneira como ela dobrava a roupa na mesa da cozinha em pilhas pequenas e arrumadas. A maneira como ela deixava copos meio vazios parados com pedaços de limão estragando dentro.

O convite de um casamento que já tinha passado, largado na bancada com uma conta de TV a cabo por abrir e algumas migalhas de um pedaço de torrada ou de um bolo inglês. A mulher tinha cabelos compridos e escuros; sua barriga era um pouco arredondada, derramando-se sobre a parte de cima da sua roupa íntima. Ela usava calcinha de algodão tipo biquíni e tinha duas grandes pintas bem embaixo do umbigo, o que fazia com que seu tronco parecesse um painel de botões de elevador.

— Acabamos por hoje. — A dra. Kim e o filho de Sammie estavam lado a lado na porta do consultório. Samson vestia uma polo azul, short cáqui e tênis brancos. Seus cabelos encaracolados brilhavam dourados na luz do sol da janela do escritório. Seu rosto estava envolto em sombra.

Ele podia ser qualquer um, pensou Sammie. *Quem é essa pessoa?*

Ela enfiou a revista na sacola e estendeu a mochila do filho para ele levar, mas ele a ignorou. Em vez disso, caminhou até o aquário no canto da sala de espera. Bateu com um dedo contra o vidro, duas vezes, com muita força.

— Menos violência — instruiu Sammie, mas o filho continuou batendo com força suficiente para ela ver o efeito cascata na água lá dentro. Os peixes minúsculos pareciam atordoados.

— Posso falar com você por um momento? — pediu a dra. Kim.

— Hã? — Sammie estava surpresa. Desde a reunião inicial, a terapeuta não parava para mais do que um cumprimento rápido ou para dar uma atualização breve sobre o progresso de Samson na entrada ou saída do prédio.

— Não vai demorar. Só uma atualização.

Sammie entrou no consultório atrás dela e disse para o filho parar de incomodar os peixes. Samson continuou batendo. *Pelo menos ele não trouxe o boneco hoje*, pensou ela. *Se todas essas visitas o convencerem a abrir mão da monstruosidade dourada, vão valer a pena.*

A terapeuta fechou a porta e se sentou atrás da mesa, em silêncio, como se esperando que Sammie o quebrasse.

É isso que terapeutas fazem. Tentam esperar até ver se você vai soltar algo. Assim, não têm nem que perguntar o que está rolando, você mesma vai admitir por culpa. Sammie cruzou os braços em frente ao peito. Aí, cruzou também as pernas. Ficou olhando para a mulher, que olhou de volta.

Aposto que duro mais que ela, pensou Sammie, aí tossiu e pediu um copo d'água.

A dra. Kim se levantou e pegou um do dispensador. Era um cone de papel cheio de água, e a jarra fez um som de *glug* enquanto a água caía. Quando a médica o passou a ela, suas mãos se tocaram. Sammie ficou surpresa com o quão macia era a pele dela. Macia como a de uma criancinha.

— Eu queria falar com você sobre Gertie — disse ela.

Sammie franziu a testa.

— Quem é Gertie?

A mulher se recostou e entrelaçou os dedos. Sammie bebeu a água, gelada e dolorida nos dentes, e olhou aqueles dedos macios e as unhas curtas arredondadas. *Mãos gays*, pensou Sammie, surpresa. Por que não havia considerado antes que a terapeuta podia ser queer? As roupas escuras. O cabelo preto com corte Chanel reto. Os óculos assexuais com aro de metal.

— Samson mencionou a irmã nas últimas sessões — disse a dra. Kim, e Sammie apertou o copo com tanta força que a água derramou do topo e correu por toda a frente do vestido de linho.

A terapeuta lhe entregou um punhado de lenços da caixa na mesa, e Sammie os esfregou inutilmente em torno da água que saturava seu colo.

— Samson não tem irmã — disse ela, dando tapinhas com o lenço no vestido. Acabou com uma massa de pedaços encharcados de Kleenex todos empilhados e gosmentos, grudados ao tecido azul-marinho.

As mãos da mulher novamente se entrelaçaram no tampo da mesa.

— Ele mencionou algo sobre um bebê, o outro bebê. A bebê menina.

Sammie engoliu o muco em sua garganta.

— Ele a chama de... Gertie?

A bebê nunca fora Gertie. Era um pensamento meio formado, uma luz no inchaço da barriga de Sammie. Ela queria chamar a bebê de Hope, uma coisinha iluminada, brilhante, um sonho macio e amanteigado de filha. Ela queria muitas coisas.

— Ele agora fala dela em todas as sessões. Ele diz que ela mora dentro dele.

Como... ele sabe disso? Sobre a outra bebê? O cérebro de Sammie se esforçou para processar o que a terapeuta havia dito. A mente dela estava em revolta. Ela com certeza nunca discutira o assunto com ele. Tentava jamais pensar nisso.

Aquela luzinha agora está dentro de Samson, pensou. Só que não era tão fofo quanto soava. Aquela minúscula chama de um coração tinha sido apagada antes de ter a chance de crescer. Samson extinguira a faísca.

— Não é assim, independentemente do que ele esteja fazendo parecer. — Sammie relaxou as mãos; o copo de papel amassado caiu em seu colo úmido. — Eu engravidei dos dois ao mesmo tempo. Ela não sobreviveu.

A terapeuta só ficou lá sentada, dedos contorcidos. Aquelas mãos minúsculas. Eram mãos de bebê, não eram? Pequenas e macias demais para uma mulher adulta.

— Vocês falaram disso com Samson, em casa? Você e sua esposa?

Sammie fez que não com a cabeça.

— Nunca. Nunca falamos com ele sobre isso. Não falamos nem uma com a outra.

Mas alguém deve ter contado a ele. Alguém deve ter sentado com ele e falado da irmã. Ela agora teria o mesmo tamanho. Estaria no quarto ano, teria o mesmo cabelo claro encaracolado, amaria gatinhos, talvez, ou patos. Uma filha que ela talvez compreendesse.

"Você não sabe se o bebê seria menina", disse Monika quando descobriram que a luz havia se apagado, depois daquela tarde horrível no consultório médico quando as batidas de coração duplas tinham parado, deixando só uma na tela. Mas Sammie conhecia seu próprio corpo e tinha conhecido aquela menininha, sentido a ternura daquele amor perdido.

— Então, vocês nunca mencionaram a bebê? Para Samson? — A dra. Kim pegou um lápis, batendo em staccato no mata-borrão.

— Acho que eu me lembraria de fazer uma coisa dessas, né? — Saiu mais duro do que ela pretendia, mas a terapeuta não respondeu, só ficou lá sentada batucando com o lápis até Sammie ter vontade de esticar a mão e quebrá-lo ao meio. — Preciso discutir isso com minha esposa — disse, e se levantou. Porque tinha sido ela a contar para ele, obviamente. Monika. A esposa devia ter dito algo. Sammie sentiu o sangue correndo pelo peito, pelos braços, pelo pescoço, até o rosto. Todo o seu corpo estava quente, cor de lava, como se ela estivesse pegando fogo.

— Talvez vocês três queiram vir discutir mais o assunto — sugeriu a médica.

— Não será necessário — respondeu Sammie, seca. Ela espanou todos os fiapos e o lixo do colo, jogando-os direto no chão, e colocou a bolsa-saco no ombro. Quando abriu a porta, lá estava o filho, braços inteiros dentro do aquário, remexendo a água até ela cair no chão, encharcando o carpete de cascalho e minúsculas plantas de plástico. Os peixes se debatiam infelizes aos pés dele, engolindo golfadas de ar.

Todo o sangue subiu para o cérebro de Sammie tão rápido que ela achou que fosse desmaiar. Suas pernas pareciam desconectadas do corpo. Ela só percebeu que estava hiperventilando quando a terapeuta de Samson estendeu o braço para tocá-la. Quando a mulher chacoalhou o ombro dela, como se para tirá-la daquilo, os dentes de Sammie se fecharam na língua. O gosto de cobre do sangue enchendo sua boca a trouxe de volta ao presente.

Samson continuava lá com os braços no aquário, olhando impassível enquanto a terapeuta se agachava, tentando salvar os peixes. Aí, ele tirou os braços do tanque. Pingou água por todo lado, nas roupas dele, nas almofadas do sofá, nas poltronas. O tênis dele desceu sobre um dos peixes que haviam sobrado. A terapeuta fez um som profundo e engasgado.

Não, pensou Sammie. *Minha menina não está aí.*

A equipe de limpeza tinha lavado o tapete na sala de espera com shampoo duas vezes, mas, para Sandra Kim, ele ainda fedia a peixe morto. Ela se sentou em seu escritório com a porta fechada e pulverizou um pouco de aromatizador de ambientes com odor de baunilha sobre a cabeça, perguntando-se quanto tempo levaria para que o cheiro se dissipasse. O aquário tinha desaparecido. Ela tinha jogado tudo diretamente no lixo lá fora. Após o incidente com Samson na semana anterior, ela não tinha certeza se poderia suportar ver algo assim acontecer outra vez. Não era apenas o fato dele ter pisado no peixe — que foi um acidente genuíno, ela tinha visto nos olhos dele. Era parte do motivo de ela estar atendendo o menino: sua propensão a agir precipitadamente e lamentar suas decisões depois. Ela sabia de tudo isso e o perdoou. Era a reação da mãe dele que a havia incomodado. Não, não, "incomodado" não era exatamente a palavra. A mãe dele a havia assustado. A maneira como ela tinha gritado e olhado para o menino imediatamente depois, com uma mistura de amor e repulsa. E como, logo em seguida, ela entrou em um espaço onde parecia que nada havia acontecido. Até abriu seu talão de cheques, preparada para pagar a sessão como se não estivessem todos parados nos restos aguados de uma área de desastre. Não, Sandra não ia comprar mais peixes para o escritório. Pelo menos, não tão cedo.

8

Monika deveria estar em casa às seis para jantar, mas tinha ligado para dizer que estava "presa" no trabalho. Sammie ouviu as aspas em sua cabeça. *Presa* poderia significar muitas coisas quando se tratava da esposa, mas agora havia mais noites viradas, menos sexo, menos tempo juntas, mais brigas, mais espaço entre os corpos delas na cama. Sempre havia Samson ali, um nódulo crescendo entre elas. Um divisor físico.

Nem sempre tinha sido assim. Quando ele era mais jovem, ainda pequeno e gorducho, ele ficava entre as duas como uma ponte. Elas não podiam ficar zangadas uma com a outra, não com um bebê para mimar e primeiras vezes para compartilhar: primeiro dente, primeiro alimento sólido, primeiros passos. Adoravam segurá-lo no colo, revezando-se em acariciar os bracinhos rechonchudos, maravilhadas com os minúsculos dedos dos pés e a barriga arredondada. Monika tinha pendurado um daqueles balanços de plástico na árvore lá atrás, e Samson gargalhava alto cada vez que o empurravam nele. Uma das suas primeiras palavras foi "de novo", porque ele sempre queria mais. Elas o haviam gravado dizendo isso numa tarde ensolarada, rindo e feliz. Ele tinha sido perfeito, um bebê que dormia profundamente durante a noite, e, quando o punham para dormir e se aconchegavam juntas na cama, sabiam que tinham sorte.

Foi tudo isso que fez com que a transformação dele em uma bola de energia raivosa fosse tão desconcertante.

Sammie não queria falar sobre o incidente do aquário pelo telefone. E ela realmente não queria falar sobre o que a terapeuta havia dito sobre a filha delas. Não serviria para nada. Para a esposa, aquela bebê já se fora há muito tempo. Ela nunca tinha existido, não de verdade. Monika nunca a havia sentido dentro do corpo: a bondade, sua pequena força flutuante. Ela só pensava em Samson e na sorte que elas tinham por ele ter sobrevivido.

"Você não sabe que ele a comeu?" Era o que ela sempre quis dizer, mas, mesmo quando estava embriagada de vinho, sabia que não devia dizer uma coisa dessas em voz alta. De qualquer forma, o médico não tinha falado que Samson canibalizou a irmã; tinha chamado de "reabsorção". Qual é a diferença? Sammie queria saber. Ele ainda a tinha consumido, assim como fazia com todo o resto. Consumia espaço. Faminto mesmo depois de comer. Precisando de tanto dela.

Para o jantar, ela fez frango e arroz com açafrão, que Samson mal tocou. Ele tomou apenas um gole do leite, depois o deixou ali à frente, aquecendo até ficar em temperatura ambiente, antes de limpar as mãos na toalha e deixar a mesa. Sammie tirou cuidadosamente a mesa, limpando todas as impressões digitais e montando um prato para a esposa, que ficou sozinho, coberto por uma toalha de papel murcha dentro do micro-ondas.

— Quer assistir a um programa juntos? — perguntou ela ao filho, que deu de ombros e subiu na outra ponta do sofá. Ambos estavam de pijama. Sammie não estava com sono, mas o cérebro estava cansado. Ser mãe a deixava tão exausta. Era como se ela nunca conseguisse dormir o suficiente, nunca descansasse o suficiente para se sentir verdadeiramente ela mesma.

Impulsivamente, ela estendeu o braço pelo sofá e arrastou Samson até ela. Ele se sentou duro por um momento, depois relaxou progressivamente enquanto se apoiavam um no outro. O programa era um especial do Animal Planet, algo sobre raças de cães. Era um programa legal o suficiente, apenas vídeos bonitinhos de animais correndo ou dormindo, nada muito violento ou estressante. Samson assistia com sua habitual atenção arrebatada. Sammie se inclinava para a frente, descansando o rosto no topo da cabeça dele. Ele tinha o cheiro do shampoo de bebê que elas ainda compravam, aquele cujo cheiro lembrava cerejas ou uvas cristalizadas, ou algum outro tipo de fruta falsa, que prometia *chega de lágrimas* e deixava o cabelo dele embaraçado.

O filho se recostou nela, que o segurou ali, sentindo seus braços ainda macios debaixo das palmas das mãos dela. Ele ainda parecia um pouco um bebê, mesmo debaixo de todo aquele músculo infantil que estava desenvolvendo enquanto crescia.

Eu te amo, sim, percebeu ela, inalando seu aroma adocicado. *Ah, graças a Deus, eu amo meu filho, sim.*

Eles ficaram assim por um tempo, até passar do horário em que ela o mandava dormir. Ela esqueceu a mulher que andava espiando, esqueceu o incidente com a terapeuta, esqueceu os problemas com a esposa. Só se deixou ficar parada, se deixou ser gentil, desfrutando do simples fato de que era mãe. Adormeceram assim, ninados pelos cachorros correndo na tela e as cadências graves do narrador e o relato infinitamente paciente de cada particularidade canina: quanto cada cão devia pesar, que tipo de comida funcionava melhor para qual raça, qual se dava melhor com gatos, com outros cães, com crianças pequenas.

Sammie acordou várias horas depois, com as pernas formigando. Samson tinha se espalhado sobre ela, seu corpo uma massa pesada que a prendia contra as almofadas do sofá. Ela se soltou devagar, tentando não acordar o filho, até que ele finalmente a largou e se virou para a parte de trás do sofá, jogando um braço por cima das almofadas. Sua pele estava coberta pelos padrões do estofado; a impressão circular de um botão bordada úmida em sua bochecha rosa e quente.

Sammie cambaleou até a cozinha e acendeu a luz. O relógio no micro-ondas anunciou que já passava da uma da manhã. Monika não estava em casa. Seu jantar ainda estava dentro no micro-ondas, solidificado e frio sob seu envoltório de guardanapos. Sammie pegou o prato e o colocou na geladeira, sem ter certeza do que estava tentando salvar. Monika nunca o comeria.

Seu telefone estava ligado ao carregador na parede da cozinha. Não havia chamadas nem mensagens de voz perdidas. Nenhuma mensagem de texto. Ela enviou a Monika uma mensagem rápida — "CADÊ VOCÊ", tudo em maiúsculas —, aí tomou um copo de água e olhou pela janela em cima da pia. Era a mesma janela da cozinha que ela usava para espreitar a casa da outra mulher. O que aquela mulher pensaria se olhasse dentro da casa de Sammie agora? Será que acharia a vida de Sammie patética? O que ela veria, exatamente? Uma jovem que já teve ambições e sonhos além daquela casa, mas agora era — o quê? O que ela era, exatamente? "Mãe", teria lhe dito Monika, mas até mesmo isso era vazio para Sammie. Monika não era mãe também? E ela tinha toda uma outra vida. Outras amigas. Outras pessoas.

Lá estava de novo, aquela necessidade de sair da própria pele. Ela queria vagar até a casa da vizinha e espiar. Provavelmente, a mulher estaria dormindo, mas, assim, Sammie poderia passar um tempo escapando da própria cabeça. Olhando todas as coisas que sujavam a cozinha da mulher, pensando em como ela estava vivendo, quem estava amando e como. Sua vida particular, disposta para Sammie inspecionar.

Ela calçou um par de mocassins da esposa, largados esquecidos ao lado da porta de correr, e saiu para a noite abafada da Flórida.

Os mosquitos nas copas das árvores estavam histéricos. Em algum momento enquanto ela dormia, devia ter chovido, porque o solo estava saturado e úmido, a grama molhada ensopando os sapatos e batendo contra as panturrilhas descobertas dela onde o mato tinha ficado alto demais de novo. Ela só usava uma camisola, mas não ligava. A lua lá em cima era uma nesga exposta, um minúsculo arranhão de luz que se curvava como uma unha.

Ela saltou a cerca, com mais facilidade do que nunca, e se posicionou em frente à janela da mulher. Estava escuro lá dentro. Era hora de dormir, hora de descansar, mas ali estava ela, uma plateia para a vida de outra pessoa, em vez de participar de si mesma. *Parecia tão pior estar dentro da própria mente, dentro do próprio corpo*, pensou ela — e foi aí que a luz da cozinha acendeu. Lá estava a outra mulher, a vizinha, olhando-a pela janela.

As duas gritaram. Sammie cambaleou para trás, tropeçando em uma mangueira de jardim enrolada, esparramando-se no chão lamacento. De repente ela ouviu um latido alto, e percebeu que havia se esquecido dos cães, que a vizinha poderia soltá-los no pátio, onde eles a encontrariam encolhida na lama e a devorariam. Sua mente se inundou de imagens do programa canino a que ela adormecera assistindo com Samson: o som de rottweilers, sua natureza feroz como cães de guarda, como eles podiam morder com força suficiente para quebrar um braço humano.

Sammie ficou de pé se arrastando e correu pelo pátio. Quando foi escalar a cerca, descobriu que seus braços não funcionavam direito. O susto a tornara desajeitada, e ela caiu, raspando a coxa na cerca de arame e prendendo a bainha da camisola. Ela a rasgou e correu para os fundos da casa... onde deu de cara com Monika, de pé no pátio, ainda com as roupas de trabalho. A esposa a pegou pelos braços e a segurou imóvel por um momento — para mantê-la de pé ou para evitar que fugisse, Sammie não conseguiu saber. *Ela parece confusa,* pensou Sammie. *Talvez zangada.*

— O que você está fazendo aqui fora? — sibilou Monika, e aí as luzes se acenderam na vizinha. A porta dos fundos se abriu, e os cães saíram correndo. Chegaram à cerca em segundos, latindo e rosnando, pulando tão alto que um deles quase conseguiu atravessar para o outro lado. Sammie soltou um guincho e agarrou o braço da esposa; depois de um momento, Monika se soltou para encontrar a mulher, que estava correndo até a cerca e gritando.

Sammie viu de longe a mulher gritando com Monika, gesticulando loucamente. Não conseguia distinguir o que estavam dizendo, mas não ousou entrar, preocupada que, se os cachorros a vissem, talvez chegassem a saltar por cima da cerca. Sua esposa seguia falando com a mulher, que, depois de um momento, pareceu se acalmar. Por fim, ela se virou e entrou com os cachorros, batendo a porta atrás de si. As luzes se apagaram abruptamente.

Monika voltou ao pátio, respirando pesado.

— Que porra foi essa?

— Não sei — respondeu Sammie, o que era verdade.

— Você não sabe?

Sammie sacudiu a cabeça, embora Monika provavelmente não conseguisse vê-la no escuro.

— O que você falou para ela?

Monika suspirou e esfregou o rosto com as mãos.

— Falei que você era sonâmbula. Que é uma condição crônica e que você faz isso o tempo todo. Que até agora nunca tinha conseguido sair de casa.

Sonâmbula. Era meio o que parecia, na verdade. Uma experiência de sonho, sobrenatural, fora do corpo.

— Está bem — disse Sammie, baixinho, e Monika perguntou se era isso. Se tinha mais alguma coisa que ela gostaria de dizer.

— Não — respondeu Sammie, com sinceridade, e aí as duas entraram.

Monika pegou uma água tônica da geladeira. Ela fez um som efervescente ao ser aberta, e a esposa pegou o líquido que derramava com a língua. Os pés de Sammie estavam nojentos de lama e grama molhada, e Monika os olhava.

Se ela falar alguma coisa sobre eu ter estragado os mocassins dela, vou jogar algo, pensou Sammie, e foi aí que notou as marcas no rosto da esposa. Concavidades profundas, sulcadas, do tipo que acontece quando se dorme em cima de um tecido. Em um travesseiro amassado. Ou no peito de alguém.

— Onde você estava a noite toda? — perguntou Sammie.

— Não sei — respondeu Monika, e Sammie riu.

— Claro que não.

Nenhuma das duas conhecia a outra de verdade, não é? Sammie notou o rosto marcado da esposa, o cabelo bagunçado dela. Os olhos sonolentos apertados e cansados atrás dos óculos de aro grosso. Quem era aquela mulher? Quem era ela? O que raios estavam fazendo?

Entraram juntas na sala de jantar, e lá estava Samson sentado à mesa, comendo direto de um pote cheio de sorvete de baunilha. O boneco dourado estava ao lado dele, o rosto de isopor coberto com a própria sujeira pastosa de sorvete.

— Que fofo — falou Monika. — Olha só os dois. Gêmeos.

Sammie esticou o braço e agarrou a cabeça do boneco. Aí, colocou-o no chão e o esmagou com um pé de mocassim.

9

Aí, tudo se desfez. Por algum motivo, foi mais fácil do que todos os nós que levaram a isso. Todo o estresse, a angústia, os questionamentos: que alívio tudo finalmente se soltar. Foi como se pisotear aquela cabeça de isopor tivesse desatado tudo.

Monika levou alguns dos seus pertences para o quarto de hóspedes naquela noite, depois por mais algumas noites. Tinham bastante espaço, e, de todo jeito, Monika quase nunca estava em casa, e assim elas podiam ter um tempo para pensar nas coisas, tomar decisões sobre o futuro de uma forma que parecesse menos claustrofóbica. Pelo menos, foi assim que Monika descreveu ao tirar as roupas de trabalho do armário compartilhado, e, daquela vez, Sammie ficou feliz de deixar que ela conseguisse o que queria.

Agora, de manhã cedo, Sammie se sentava sozinha no sofá tomando seu chá, vendo o sol lançar faixas caramelo e cor de melão nas tábuas do piso que haviam escolhido juntas. Uma unidade. "Esposas", era a palavra que Sammie estava procurando, esposas que tinham construído uma casa e uma família juntas. Agora, vermelho e dourado, depois um amarelado intenso, como manteiga espalhada na torrada. Meu Deus, era linda a luz naquele horário da manhã; ela nunca havia sido uma pessoa matinal, mas, agora, achava que talvez se tornasse. Ela tomou seu chá devagar e cuidadosamente, para não queimar a língua. Monika tinha ido embora ou estava fora do campo de visão dela; não tinha importância, não naquele momento. Tinham todo o tempo do mundo. Ela não precisava correr. A única coisa que importava era o chá, a luz, o cérebro desatado e imóvel.

Samson desceu num trote. Parou no pé da escada e bocejou, coçando a barriga com a mão livre. A outra agarrava o ídolo sem cabeça, não mais parecido com ele, mas ainda estranhamente senciente mesmo sem olhos. A alma não devia ficar alojada nos olhos? Sammie sempre ouvira isso, mas achava que talvez vivesse na boca: aquela abertura dura e molhada de onde podia sair qualquer coisa, mentiras ou verdades.

— Bom dia — disse Sammie. — Dormiu bem?

Samson ficou olhando a mão e enfiou o punho na boca, raspando a cicatriz ali com seus próprios dentinhos afiados.

Verão

10

Sammie raspou o rótulo da cerveja molhada com as unhas.

Quando é o momento certo em um encontro para contar que você ainda está casada?, ela se perguntou. *Primeiro encontro? Terceiro encontro? Não podia estar certo. O terceiro encontro não deveria ser o encontro do sexo?*

Este era um primeiro encontro, e provavelmente não haveria um segundo.

Elas estavam em banquetas altas e apertadas nos fundos de um bar da moda no centro da cidade, longe da casa dela em um bairro distante de classe média, com suas noites preguiçosas de vinho em caixas e caçarolas. Luzes néon brilhavam em rosa e azul-bebê na parede atrás delas, salpicando seus rostos de roxo. A mulher à frente dela, Myra, dava um sorriso manchado de vinho tinto cada vez que abria a boca. As luzes faziam seus dentes parecer apodrecidos. Não devia ter sido atraente, mas Sammie ficava olhando para aquela caverna e se perguntando como seria ter aqueles dentes descansando sobre sua jugular.

Ah, por favor, alguém me morda, pensou ela, e descascou mais um pouco do rótulo.

— O que você gosta de fazer para se divertir? — perguntou Myra, gritando por cima da música. — De que tipo de coisas você gosta?

Sammie repetiu o que já havia dito à mulher pelo aplicativo de encontros: ela gostava de filmes (não muito, na maioria das vezes ela revia séries que já havia visto um milhão de vezes), gostava de cozinhar (ok, reaquecer a comida e adicionar queijo ou manteiga e algumas ervas para incrementar), e gostava de fazer trilhas (uma mentira descarada, a menos que ela contasse caminhar até o pátio para uma bebida depois do jantar). A parte das trilhas era uma mentira estranha, mas tinha um propósito: por alguma razão, sapatões adoravam trilhas, ou era o que ela via pelo aplicativo.

— Acho que não tenho tempo para muitos hobbies de verdade, sabe? — disse ela, e era meio que verdade. Ela via televisão, fazia palavras cruzadas todas as manhãs, embora em geral trapaceasse e sempre desistisse no meio, e gostava de entrar na internet para ver anúncios de filhotes de gato grátis em sua região, mesmo que ainda não tivesse tido coragem de adotar um. Eles pareciam dar muito trabalho, e ela não tinha certeza de que Samson ficaria muito entusiasmado em ajudar com um.

Myra era bem o tipo de Sammie, o que era outra forma de dizer que Myra se parecia muito com Monika. Elas tinham os mesmos cabelos escuros e encaracolados. Usavam os mesmos óculos grossos. Portavam-se como se não ligassem para quem estivesse olhando para elas, porque sabiam que as pessoas olhariam, de todo jeito. Sammie ia sempre atrás desse tipo — e no primeiro encontro ela sempre ficava frustrada, porque todas elas também tinham os mesmos problemas que Monika.

O garçom trouxe um prato de asinhas de frango apimentadas, e Sammie ficou beliscando uma enquanto sua acompanhante atacava alegremente. Myra estava com molho picante pingando pela boca e queixo, enfiado sob suas unhas curtas. *Pelo jeito, não vamos foder hoje*, pensou Sammie, imaginando toda aquela gosma laranja queimando sua boceta. Mas aí a mulher enfiou um desses dedos na boca e sugou o molho com entusiasmo, enquanto fazia contato visual intenso, e Sammie se perguntou se, afinal de contas, iam.

Myra trabalhava em um dos parques temáticos, algo a ver com relações com clientes; ela mencionou ingressos gratuitos, mas Sammie não era muito fã de parques temáticos, mesmo que — ou talvez porque — tivesse crescido em Orlando. Ela disse a Myra que trabalhava com marketing, o que não era mentira, embora naquele ponto seu trabalho tivesse se encolhido e virado revisar e-mails para várias campanhas políticas e escrever um ou outro manual técnico. O trabalho era monótono e o produto final era geralmente bastante fraudulento, mas, como Monika dizia (com mais frequência do que Sammie teria preferido), ninguém ia querer transar com ela se ela passasse o tempo todo reclamando do trabalho de merda dela.

— Quer mais uma cerveja? — perguntou Myra, acenando para o garçom antes que Sammie pudesse responder. Foi assim que Sammie percebeu que elas iam transar, por causa daquela intensidade repentina de comando. Quando se olharam de novo, ela abriu um sorriso largo e colocou a mão no braço de Myra.

Cada uma bebeu mais duas cervejas, e Myra acabou com as asinhas de frango enquanto elas jogavam conversa fora. Era a mesma coisa que ela discutia em todos os encontros, e ela achou difícil lembrar se estava dizendo a qualquer mulher algo novo ou repetindo coisas que já havia mencionado. Elas cobriram todos os maiores sucessos: de onde você é, você tem um livro favorito, qual sua bebida favorita, que tipo de música você ouve — e, aí, lá estava, a pergunta sobre filhos e ex-namoradas.

— Eu tenho um filho — contou Sammie e, quando Myra não saiu correndo, ela completou o cenário: ele tinha dezesseis anos. Era um bom aluno. Era campeão de natação, podia ser competitivo, poderia até mesmo entrar no circuito olímpico caso se esforçasse de verdade, mas ainda estava no segundo ano do ensino médio, por isso, mantinha suas opções em aberto. — Acho que agora eu deveria dizer terceiro ano... Já estamos nas férias de verão. Vivo esquecendo.

— Crianças são legais — disse Myra, e então não falaram mais no assunto.

Sammie não ligou. Ela não sabia o que estava procurando em nenhum desses encontros, mas não era outra mãe para o filho. *Ele já tem mães demais*, pensou, e então se sentiu mal, porque não era verdade, e parecia que ela estava sendo uma lésbica ruim até mesmo de pensar nisso. Mas era tão difícil navegar pelos meandros da maternidade com outro ser humano. Quando se tratava de criar Samson, ela e Monika tinham opiniões muito diferentes sobre quase todas as decisões. Monika achava que Sammie era dura demais com Samson; Sammie achava que Monika era indulgente demais. Monika dava a Samson dinheiro para gastar; Sammie achava que ele deveria trabalhar para isso. Quando Samson se comportava mal na escola, Sammie achava que ele deveria sofrer as consequências das suas ações, mas Monika normalmente apenas dava de ombros e não gostava da ideia de punição. Às vezes, Sammie queria entrar no carro e dirigir para longe, para recomeçar do zero.

— De que tipo de música você gosta? — perguntou Sammie, esquecendo se esse era um assunto que elas já haviam abordado.

— Música country — respondeu Myra; ela ia a um encontro mensal de lésbicas com botas de caubói e chapéu, resposta que fez Sammie vacilar. Ela terminou imediatamente a cerveja e pediu a conta.

Elas racharam, o que parecia certo, embora Monika nunca tivesse deixado Sammie pagar, e aí elas saíram para o pântano que era a noite da Flórida.

— Caralho, como está calor — disse Myra.

Sammie acenou com a cabeça e puxou a regata para longe da barriga, já sentindo a gota de suor ao longo do couro cabeludo e da nuca.

Myra, que era de Miami, não parava de falar sobre como o tempo estava louco na Flórida Central, como as tempestades estavam especialmente ruins naquele ano, e Sammie continuou concordando, embora tivesse passado por verões de Orlando bem piores. Elas caminharam juntas pela rua, abrindo caminho entre os pedestres. Havia um letreiro anunciando fatias de pizza à frente, e Sammie se viu desejando poder comer uma. *Talvez mais tarde eu peça uma pizza para mim e Monika — aí Samson pode comer as sobras no almoço*, pensou ela, mas depois interrompeu essa linha de raciocínio. Ela ainda tinha dificuldade de saber quando deveria estar cuidando da família e quando deveria estar cuidando de si mesma.

Myra tinha estacionado a um quarteirão de distância, mas Sammie havia pagado por uma vaga na garagem adjacente para garantir que não ia se atrasar.

— Bem, eu fico por aqui — disse Sammie quando chegaram ao prédio, e então Myra a empurrou contra a parede de tijolos e a beijou.

Não foi ótimo, mas não foi terrível. Sammie se entregou. Sentiu sabor de cerveja no hálito da outra mulher e depois o gosto residual das asinhas de frango, um sabor esquisito e picante que a deixou com fome de repente. Myra pressionou-a com força, com mais força, e então a cabeça de Sammie encostou na parede.

— Você gostou — sussurrou Myra, e Sammie fez que sim com a cabeça porque, bom, sim, esse era o tipo de coisa de que ela geralmente gostava, embora seu cabelo estivesse sendo puxado e seu pescoço doesse e ela mal conhecesse aquela mulher.

Elas ficaram se beijando assim por um tempo, o movimento de pessoas do meio da semana no centro da cidade filtrando lentamente ao redor delas à medida que a noite avançava, e ninguém as parou ou as incomodou, nem fez ruídos lascivos, nem tentou interrompê-las.

O problema de conhecer mulheres no aplicativo de encontros é que é sempre assim, demais ou nunca o suficiente, Sammie pensou, enquanto Myra roçava o quadril no de Sammie, fazendo um barulho de rosnado, como um estômago querendo pizza.

O telefone de Sammie vibrou, e ela usou isso como desculpa para se afastar. Myra respirava forte no rosto dela, com os olhos sonolentos de desejo. Seus lábios estavam abertos, molhados, vermelhos e escorregadios de cuspe. No meio dos dentes dela, Sammie avistou um fiapo de frango. Mais um beijo e ela ia comer da boca da mulher como um filhote de pássaro.

Ela empurrou de leve o peito de Myra.

— Deixa eu checar, pode ser meu filho.

Myra se afastou o suficiente para que Sammie pudesse procurar o telefone no bolso de trás. Lá estava o rosto da esposa dela, olhando fixamente para as duas. Era uma foto que ela havia tirado há vários anos, quando estavam numa viagem para a praia com Samson, usando um dos seus eventos de natação como desculpa para umas férias em família. Na foto, o sol se punha atrás de Monika, seus cachos flamejantes na luz fraca, e ela ria. Sammie desejava conseguir lembrar o que era tão engraçado.

— Quem é? — quis saber Myra, virando o telefone para si.

— Minha ex — respondeu Sammie. — Nada demais.

— Ela é bonita.

Claro que você diria isso, pensou Sammie, *você é igualzinha a ela.* Ela ainda estava pensando naquela viagem: como tinham gritado uma com a outra durante a maior parte do percurso de carro; como Samson tinha desaparecido durante uma parte do primeiro dia e elas tinham entrado em pânico até o encontrarem na orla cutucando uma água-viva morta; como ela e Monika tinham ficado ferozmente bêbadas de tanto alívio e exaustão. Aquela foto no telefone? Ela nem se lembrava de ter tirado. Esse era o tanto que elas precisavam beber só para curtir a companhia uma da outra.

Ou será que era? Às vezes, suas antigas lembranças de Monika pareciam tingidas das atuais cores lúgubres da sua vida semisseparada. Lembranças que antes a faziam sorrir agora lhe traziam frustração.

A ligação caiu na caixa postal. Aí, Monika ligou de novo.

— Você precisa atender? — perguntou Myra. — Não tem problema se precisar. Eu entendo.

— Não. Eu ligo depois. — Sammie guardou o telefone de volta no bolso e passou os braços pelo pescoço de Myra. Fecharam-se mais confortavelmente, como sempre se fechavam ao redor de Monika, como sempre se fechavam com aquelas mulheres que eram clones da esposa.

O bolso dela vibrou e vibrou. Era quase erótica aquela vibração insistente enquanto ela beijava uma mulher que não conhecia em uma rua lotada na frente de um monte de estranhos. Começou então a ficar mais gostoso para ela, gostoso o suficiente para ela ficar molhada, e, por um momento, ela pensou em pedir para Myra levá-la para o banco traseiro do carro.

Mas elas se afastaram quando um caminhão passou acelerando, quase raspando em outro carro, e os dois buzinaram como gansos irados. Se Sammie não estivesse tão irritada por perder a chance de um orgasmo, talvez tivesse rido.

— Posso te ligar? — perguntou Myra, e Sammie falou que sim, embora a magia do momento tivesse desbotado. Agora, em vez de excitada, ela só se sentia vazia. O cheiro na rua não era de romance; aliás, cheirava como se alguém tivesse mijado na lateral da garagem bem onde elas estavam se pegando. *Minhas roupas vão ficar com cheiro de banheiro público*, pensou ela.

Sammie entrou na garagem segurando as chaves no punho, como sua mãe havia lhe ensinado ao navegarem pelo estacionamento ao lado da biblioteca pública quando ela era jovem. Quando viu um homem entrar no elevador antes dela, soube que não era inteligente ficar a sós com ele — independentemente do terno bem passado dele —, então, foi de escada.

Nunca dá para saber, pensou Sammie. *Uma pessoa pode ser um monstro disfarçado.*

O ar na garagem era fechado, pesado com a fumaça dos carros de funcionários de escritórios que tinham acabado de ir embora do trabalho. O corpo de Sammie parecia estar se trancando também. Ela ia parar no McDonald's, decidiu, em vez de se preocupar em pedir uma pizza para todo mundo. Samson estava no emprego de verão no boliche — algo em que Sammie havia insistido e que ele tivera a sorte de conseguir por meio de uma conhecida de Monika —, então, não estaria esperando jantar. E a esposa…

Ex, ela se corrigiu, abrindo o carro e se sentando no banco do motorista. A ex-esposa, embora não estivessem formalmente divorciadas. Agora eram ex, e ela precisava se lembrar disso, parar de usar o passado e pensar no presente. Seguir em frente. Deus era testemunha de que Monika já vinha fazendo isso há anos.

Ela jogou o telefone no banco ao lado e notou as ligações perdidas. Quatro. Monika sabia que ela estava num encontro hoje. Elas haviam tido a conversa tensa na bancada da cozinha enquanto guardavam as compras que Sammie tinha trazido, embora fosse a vez de Monika ir ao mercado. *Parece que você tem um tipo*, brincou Monika. Ela, que sempre tinha encontros, que às vezes os deixava pegá-la em casa, embora elas tivessem concordado em só trazer alguém quando fosse sério, alguém que quisessem apresentar a Samson. Mas lá estava a esposa entrando em algum sedã escuro enquanto Samson fazia a lição de casa no andar de cima.

Ela que espere um pouco, pensou Sammie. *Vamos ver se ela gosta.*

Ela dirigiu até em casa lentamente, percorrendo o longo caminho ao redor do lago que cortava o bairro delas. Estava bonito lá fora, apesar do calor. As estrelas piscavam no céu sem nuvens e a lua brilhava por entre os carvalhos. Uma coruja voou baixo, pousando em um dos ramos carregados de barba-de-velho, olhos amarelos gigantes iluminados por seus faróis. Ela tinha bebido — apenas algumas cervejas, mas por que arriscar? E, de qualquer forma, aquilo lhe deu tempo de descer as janelas, sentir o cheiro forte e mineral do lago e pensar no que diria quando chegasse em casa. Casa, uma palavra estranha para um lugar que parecia tão frio, onde os três orbitavam um ao redor do outro como se não falassem a mesma língua.

Sammie parou no drive-thru a alguns quilômetros da sua casa e pediu a refeição de que ela gostava: dois cheeseburgers, batatas fritas e uma Coca-Cola. Afinal de contas, era noite de encontro; por que ela não podia se levar para sair? Comer sua porcaria favorita, servir-se de uma taça de vinho e depois se aconchegar na cama. Talvez se foder com um dos vibradores da gaveta de cabeceira. Ter um orgasmo de verdade. Dormir tranquila, calma. Descansar. Nao seria incrível? O melhor encontro que ela já teve em anos.

Chegando em casa, Sammie notou que nenhuma das luzes estava acesa. Nem mesmo as da varanda da frente, sempre notoriamente escura e geralmente cheia de rãs arborícolas que tentavam pular nela quando ela abria a porta de tela. Todo verão, ela tinha que se preocupar se algum projétil pegajoso fosse pular diretamente no ninho dos cabelos dela ou entrasse por sua blusa no momento em que ela saía, algum anfíbio pegajoso agarrado a seus seios enquanto ela tentava puxar sua camisa para libertá-lo. Ela viu uma ao empurrar a chave para dentro da fechadura —

uma enorme, pálida e de um verde enojado, o pescoço pulsando grotescamente.

— Nem pense nisso — sussurrou Sammie, e a rã escolheu aquele momento para pular, quase atingindo a cabeça dela. Sammie deu um gritinho e quase derrubou as chaves.

Ela abriu a porta e entrou pelo corredor escuro. Nem se deu ao trabalho de chamar ninguém; Monika sempre deixava a luz do corredor acesa quando ia dormir, e Samson se recusava a responder quando chamado. Ele só aparecia quando estava a fim, ou seja, quase nunca. A mãe dela dizia — quando elas ainda se falavam — que filhas faziam coisas por obrigação, mas filhos nunca faziam nada sem incentivo. Na época, Sammie respondia que era uma babaquice, que era só uma bobagem com viés de gênero, mas, agora que tinha um filho que só fazia o que queria quando queria, ela começava a se questionar.

Sammie acendeu a luz da cozinha, piscando com o brilho das lâmpadas fluorescentes. Desempacotou sua refeição e a engoliu ali mesmo no balcão da cozinha, enfiando os cheeseburgers e batatas fritas quentes e salgadas na boca, engolindo a Coca-Cola. A cozinha cheirava a limão, o que a surpreendeu; Monika nunca fazia nenhuma tarefa doméstica e, quando se dignava a tirar o lixo ou ensacar os recicláveis, esperava um enorme agradecimento. Talvez fosse apenas o cheiro de um perfume novo.

Monika tinha encontros o tempo todo. *São tão frequentes que beiram uma patologia*, pensou Sammie. Ela desejava que Monika fosse a um terapeuta, como Sammie fazia a cada duas semanas.

Depois de aspirar todo aquele fast-food, ela se sentiu nojenta e inchada. Estava preocupada com não caber em seu vestido para o próximo encontro daquele fim de semana — com uma mulher diferente, que a tinha visto apenas por meio das fotos cuidadosamente escolhidas que ela havia postado no aplicativo de encontros. Não era que as fotos não fossem de Sammie. É que eram de um tempo atrás, quando ela parecia um pouco mais jovem e menos cansada. Havia uma dela de biquíni na praia, cortada logo acima da barriga. Depois, havia a que fora tirada de trás enquanto ela pegava a gatinha persa da sua velha amiga Bonnie, exibindo sua bunda em um jeans apertado que não fechava mais.

Ela lavou as mãos e pegou o telefone. Sete ligações perdidas, mas nenhuma mensagem de voz. Isso a deixou com um nó no estômago que não tinha nada a ver com os cheeseburgers. Ela apertou a rediscagem, e Monika atendeu depois de meio toque.

— Por que caralhos você não atendeu o telefone?

— Eu estava em um encontro, lembra? — disse Sammie. — Eu te falei ontem à noite.

— Você não pode ignorar ligações porque está transando com alguém.

Sammie riu.

— Você acha que eu estava transando com alguém em um primeiro encontro num bar de merda no centro? Tipo no banheiro? Eu lá sou você?

— Não. Você é mãe, goste ou não — respondeu Monika. — Não pode desligar o telefone sempre que quiser.

— Eu não faço isso. Você sabe que não. — Sammie ouviu barulhos do outro lado da linha: algum tipo de música alta e pessoas gritando para serem ouvidas.

— Espera, *você* está em um bar? — perguntou Sammie.

— Eu não estou em um bar, *Samandra*, estou no boliche lidando com o seu filho.

Lá estava aquele nó horrível de novo.

— Espera... O que aconteceu? O que ele fez? — Sammie se forçou a pausar, respirar. — Ele está bem?

— Só vem logo pra cá. — Aí ela desligou.

— Ah, filha da *puta*. — Ela bateu o telefone na bancada com mais força do que deveria, e aí teve que dar um jeito de pegá-lo antes de cair no chão de azulejos. O que quer que Samson tivesse feito, ela torcia para não o levar a ser demitido.

O boliche ficava a apenas doze minutos de carro, mas Sammie pegou todos os semáforos vermelhos no caminho. Era uma quarta-feira, mas, quando ela encostou no estacionamento, o lugar estava lotado. Noite de campeonato, ela se lembrou enquanto passava pela lateral do prédio para procurar uma vaga. Finalmente, encostou entre um Buick enferrujado com um peixe de Jesus no para-choque e uma monstruosa caminhonete azul ocupando uma vaga e meia. Ela saiu do carro e entrou.

A pista de boliche tinha um cheiro familiar de bar, de cerveja e cigarros baratos, embora fumar ali fosse proibido havia anos. Fazia o lugar parecer estranhamente aconchegante, como ficar curtindo na garagem horrorosa de um amigo no colégio. Lembrava-a de quando beijou Karen Pullman em uma festa do pijama no terceiro ano. Todos já estavam dormindo depois de dividir algumas Millers e um único cigarro. Às vezes, quando estava realmente desesperada por gozar, Sammie pensava naquele beijo pegajoso, com sabor de cerveja.

Ela foi até o balcão, lotado de sapatos esperando para serem colocados de volta em seus cubículos. Brandon, o gerente, estava no caixa principal. Sammie e Monika tinham saído com ele algumas vezes. Ele e seu sócio, Marco, iam para as noites de jogo na casa delas. Tiveram sorte de Brandon ter oferecido o emprego a Samson. Tomara que o que quer que o filho dela tivesse feito agora não estragasse o relacionamento deles.

Ela acenou para Brandon, que acenou de volta com a cabeça enquanto conversava com um casal no bar. Pelo menos, a tinha cumprimentado. Já era algo. Ela seguiu a passadeira horrorosa de carpete até a bombonnière. Era lá que Samson trabalhava, enchendo cachorros-quentes de chili e entregando cheeseburgers, batatas fritas e bolinhos embrulhados em papel-alumínio. Quase toda noite, ele chegava em casa com cheiro de loja de conveniência. Ela gostava do cheiro mais do que do seu usual odor de cloro antisséptico.

Uma garota que Sammie não conhecia estava trabalhando no balcão. Ela entregou dois Mountain Dews efervescentes para um pré-adolescente tão agitado que derramou um deles na frente da camiseta ao se afastar.

E é por isso que nunca deixo meu filho tomar refrigerante, pensou Sammie.

— Estou procurando Samson — falou Sammie.

A garota — BRITTA, dizia a etiqueta, com um coração azul-petróleo com glitter em cima do *i* — apontou um dedão por cima do ombro. Lá estava o filho dela, recostado em uma cadeira laranja de plástico, dando petelecos aleatórios em um código sanitário laminado sobre lavar as mãos. Monika estava sentada com ele, braços cruzados em frente ao peito. O cabelo dela estava mais curto, notou Sammie, raspado dos lados, cachos caindo por cima de um olho. Era o mesmo corte que Monika insistia que detestava alguns anos atrás — ela chamava de "a lésbica hipster".

— O que está acontecendo? — perguntou Sammie, debruçada no balcão. Britta bufou enquanto limpava o balcão com um pano de aparência duvidosa que fedia a desinfetante. Sammie se esticou por trás dela para Monika poder ouvi-la. — É para eu ir aí?

Monika se levantou.

— Fica aí — disse a Samson, que não parava de dar petelecos na placa. Ela contornou para o lado de Sammie do balcão enquanto Britta esfregava com um pouco de força demais uma mancha de café no balcão a alguns metros.

— Oi, dá para me falar o que está acontecendo, por favor? — disse Sammie.

Monika mandou que ela abaixasse a voz, olhando de relance para a garota.

— Brandon vai vir falar com a gente em um minuto, e precisamos estar todos de acordo — falou Monika.

— De acordo com o quê? — Sammie nunca sabia que porra estava acontecendo quando Monika era a responsável. Sammie sabia que ela não fazia por mal, mas vivia tomando decisões sem a consultar, sem se explicar, e aí passava como um trator acreditando que a ideia dela era a melhor possível.

— Não é nada de mais. — Monika agarrou o braço dela e a virou para longe do balcão quando Britta se aproximou, inclinando-se descaradamente para ouvir. — Samson teve um desentendimento.

— Que tipo de desentendimento? Diz logo o que aconteceu.

Monika estava fazendo o que sempre fazia quando se estressava, arrancando pele seca dos lábios até eles quase sangrarem.

— Ele discutiu com uma menina que comprou um lanche. Alguém da escola.

Sammie sentiu os ombros tensos.

— Lógico.

Monika parou de cutucar os lábios e franziu a testa para ela. Pelo menos, Sammie tinha conseguido fazê-la parar.

— Olha, você sabe que ele tem problemas lá. Os outros não o entendem. Não é culpa dele.

— Eu sei que ele mesmo *causa* boa parte desses problemas. É isso que eu sei.

— Essa garota… ela não gosta dele. Está alegando que ele cuspiu na bebida dela antes de entregar.

— E ele cuspiu?

— Como você pode perguntar isso? — Monika parou de falar e se virou para encarar Britta, que estava agora praticamente deitada no balcão. — Dá licença?

— Estou só falando — continuou Sammie. — Parece algo que ele faria.

— Você não tem confiança nenhuma no seu filho. Não acha que talvez isso seja parte do problema?

Brandon estava finalmente vindo até elas, abrindo caminho entre algumas crianças que corriam entre as pistas, jogando um balão para a frente e para trás como uma bola de vôlei. Ele acenou para elas, depois ergueu um dedo enquanto parava para tirar as crianças do caminho dos jogadores da liga, que estavam olhando como se pudessem cometer um assassinato.

Monika inclinou-se novamente para perto dela. Ela estava com hálito de café — algo que Sammie achava atraente, quando era o cheiro da esposa enfim voltando do trabalho, mas agora apenas associava a todas as vezes em que ela tinha saído para traí-la. Ela se perguntou quais pequenos tiques dela agora incomodavam Monika.

— Deixa que eu falo, tá?

— Eu nem saberia o que dizer — respondeu Sammie, e era verdade.

Brandon chegou e abraçou as duas, desculpando-se pela demora.

— As quartas aqui são um pesadelo — explicou, secando a testa com um lenço bordado. — Precisei resolver uma discussão por causa do recibo de um palhaço.

— As vantagens de ter o próprio negócio, não é, não? — Monika estava usando aquela voz de vendedor de carros que afetava com clientes; Sammie achava transparente, mas tinha que admitir que funcionava. A maioria das pessoas queria ter tratamento VIP. Era por isso que Monika era tão boa no que fazia.

Brandon sorriu.

— Precisa trabalhar muito. Você entende.

Sammie notou uma mancha no canto do bigode dele, um borrão de mostarda amarela. Virou-se para olhar o filho, que tinha conseguido arrancar o cartaz e agora estava arrancando o laminado da parte de trás em faixas. Ele nem levantou os olhos quando ela o chamou, nem quando ela gritou.

— Ele nunca escuta — disse Britta, de novo debruçada no balcão. — Tipo, eu peço para ele me pegar algo para um cliente três vezes e ele fica só olhando para a parede.

— Pode me dar uma Coca diet? — pediu Sammie.

— Sim, claro. — Britta encheu um copo de gelo picado e Coca de máquina e o deslizou para ela.

Sammie lhe passou alguns dólares e deu vários goles, sentindo o gás queimar a garganta. O cabelo de Samson estava ficando comprido outra vez, ela notou. A maior parte estava enfiada embaixo do boné que fazia parte do uniforme, mas um pouco de cabelo caía sobre o colarinho, descolorido do sol e do cloro da piscina, mas duro e sujo.

— Olha — disse Britta, servindo-se de uma bebida. — Sério, aquela menina? É a pior. Ela estava me incomodando. Ele não fez nada de errado.

— Samson — chamou Sammie, e o filho a ignorou outra vez, enrolando o pôster esfarrapado na mão.

— Bom, o que vamos fazer aqui? — perguntou Monika. — Samson está dizendo que não fez isso.

Brandon suspirou, coçou o bigode. Um pouco de mostarda saiu nas unhas dele e caiu na camisa polo.

— É uma situação esquisita. Às vezes, é difícil com os garotos do ensino médio, porque eles se bicam o tempo todo.

— Os jovens vivem brigando e esquecem no dia seguinte — respondeu Monika. — Você sabe como é. Não é nada sério. Ou se gostam e não sabem como demonstrar. Hormônios, né?

Sammie não achava que tivesse nada a ver com hormônios; o mais provável era que tivesse a ver com o filho não saber administrar a raiva. Mas ela sabia que era melhor não discutir.

— Samson ama o boliche. — Monika olhou Sammie e levantou as sobrancelhas, provocando-a a confirmar.

— É verdade. Ele ama isso aqui, e é muito bom para ele desenvolver ética profissional. Eu sei que ele gosta muito de trabalhar com você. E você já foi tão bacana de dar um emprego para ele. Somos tão gratas.

Sammie não tinha certeza de que ele gostava tanto assim, mas era bom para ele e definitivamente o mantinha ocupado. *Ocupado é melhor*, pensou Sammie. Ocupado o mantinha longe de problemas. Ela então pensou na mãe, em como aquela ideia de mente vazia ser a oficina do diabo era o clichê favorito dela, mas o cerne era verdade. Jovens ocupados tinham menos tempo para criar confusão. Jovens ocupados provavelmente não cuspiam numa Coca-Cola.

— Não vai voltar a acontecer — disse Monika, e Sammie achou que era uma promessa ousada. Samson fazia o que estava a fim.

Brandon suspirou.

— Tá, tudo bem, acho. Ele não falta, e não quero ter que tirar tempo na agenda para procurar alguém novo. Especialmente com essa merda de liga rolando.

— Muito obrigada. — Monika apertou a mão dele. Foi um aperto vigoroso. Monika vivia tentando fazer os homens a levarem a sério. Sammie ecoou os agradecimentos dela, e aí Brandon voltou a ser só sorrisos e afabilidade, como se nada tivesse acontecido. *Alguma vez teve repercussões?*, perguntou-se Sammie, mas estava cansada e só queria ir para casa pensar na sensação da boca de Myra na dela.

— Podem levá-lo para casa agora — disse Brandon. — Ele pode voltar no próximo turno agendado. A gente recomeça. Um novo dia!

— Com certeza — respondeu Monika, apertando de novo a mão dele. — A gente traz ele de volta para você no fim de semana. Obrigada, amigo.

Sammie também agradeceu de novo, o que parecia excessivo, e depois olhou para o filho, que estava jogando pedaços de cartaz triturados no ar como confete — o que eles sempre chamaram de neve da Flórida. Ela se lembrou de brincar com Samson quando ele era criança, tirando pedaços dos papéis de Monika do triturador e jogando-os no chão, desafiando-o a fazer um anjo de neve. Mas, quando ela se deitava e sorria para ele, balançando os braços para cima e para baixo no tapete, ele olhava como se ela fosse uma idiota, depois virava-se e saía da sala.

— Pode limpar — ordenou ela a Samson, que revirou os olhos, saiu de trás do balcão e parou ao lado de Monika. — Desculpa pela bagunça — disse Sammie à Britta, que já tinha ido pegar a vassoura.

— Estou falando — gritou Britta por cima do ombro. — Ele faz umas merdas assim o tempo todo. Mas não é nada demais. É coisa de menino.

Será?, pensou Sammie, olhando para o filho. Ele parecia bravo e desconfortável. Coçou o braço, e as unhas deixaram marcas vermelhas. *Talvez seja coisa de Samson.*

O carro de Monika estava cheio de caixas, documentos de que ela precisava para o trabalho, então, Sammie foi com Samson para o próprio carro. A caminhonete gigante ainda estava lá, invadindo a vaga dela.

— Cuidado para entrar, não tem muito espaço aí — alertou Sammie.

Samson abriu a porta de trás — ele *nunca* queria ir na frente com ela — e Sammie ouviu uma batida metálica. Ela olhou e viu um enorme arranhão amassado na pintura brilhante do caminhão. Ela não conseguia gritar com ele, não quando queria bater naquela caminhonete também, por ocupar tanto espaço. Então, apenas ligou o carro e saiu antes que alguém pudesse detê-los.

— Se eu tivesse meu próprio carro, você não teria que me levar para lá e para cá — disse Samson.

Sammie ficou assustada com o som da voz dele, que era séria e mais grave do que ela se lembrava; ela teve dificuldade em conciliar as notas estridentes que se lembrava da infância dele com seu barítono adulto em constante aprofundamento.

— Sua mãe e eu ainda precisaríamos ter vindo hoje.

Nenhuma resposta a isso. Sammie o olhou no espelho retrovisor, vendo as sombras tocarem o rosto dele. Ela não entendia a maioria das coisas sobre o filho, mas uma coisa que sabia era que ele era bonito. Tradicionalmente bonito, as pessoas poderiam dizer, se ele alguma vez sorrisse. Mas ele não sorria. Nem mesmo para fotos da escola. Ele não precisava de aparelho, de tão retos e perfeitos que eram seus dentes. Ele tinha bochechas avermelhadas que nunca desenvolveram acne grave e grandes olhos azuis que combinavam com a forma dos próprios castanho-escuros dela, mas que por algum motivo ficavam melhor no rosto masculino dele do que no dela.

— Você cuspiu na bebida daquela menina? — perguntou Sammie. O filho-no-espelho deu de ombros para ela no retrovisor. — Rezo a Deus que não tenha cuspido, Samson.

— Reza a Deus? — repetiu Samson, imitando o falsete trêmulo dela.

— Você não pode simplesmente… fazer esse tipo de coisa. Especialmente com meninas. Mesmo que não goste delas.

Samson só cutucou um fio que se soltava no banco do passageiro.

— Se a gente descobrir que é verdade… sua mãe ficaria furiosa, você sabe disso, né? Ela disse para o gerente que você nunca faria algo assim.

— A mãe é uma vaca.

— Pare — falou Sammie, agarrando com força o volante. Ela sentia a raiva crescendo em seu corpo, o sangue vindo para o rosto. — Não fale assim da sua mãe.

— Por que não? Você fala.

— Não falo, não — retrucou Sammie, tentando manter a voz calma. — Eu não faço isso.

— Você é muito mentirosa.

Sammie respirou fundo, inspirando pelo nariz e expirando pela boca, da forma como sua terapeuta havia lhe ensinado depois dela mencionar ter tido ataques de pânico. Ela não queria dizer à mulher que eles tinham menos a ver com ansiedade e mais com fúria — aquela raiva que parecia lava e fazia com que seu corpo inteiro parecesse que ia entrar em combustão. Alguns dias, ela se preocupava em queimar de dentro para fora, implodir como uma estrela em colapso.

— Não sei por que vocês acham que eu sou surdo ou algo assim. Todos nós vivemos na mesma casa. Vocês já disseram isso um milhão de vezes uma para a outra, e quer saber? Vocês têm razão. Ela é uma puta de uma vaca.

Com que frequência Samson as ouvira brigar? Ela tentava ser cuidadosa com ele, mas às vezes ficava tão furiosa que esquecia que ele estava lá. Nem é que esquecia que ele estava na casa — às vezes esquecia que ele existia. Ela e Monika diziam coisas que não queriam durante aquelas brigas horríveis: chamavam-se de nomes terríveis, acusavam-se de coisas pavorosas, xingavam e cuspiam como gatos selvagens. Ela deixava de ser mãe durante aqueles momentos. Deixava de ser Sammie. Só conseguia sentir raiva. Desesperada para mudar de assunto, Sammie decidiu perguntar sobre a menina.

— Quem era a garota? Alguém que eu conheço?

Samson deu uma risada de desdém e socou o banco. Sammie se mexeu desconfortável.

— Não faça isso — disse, embora soubesse que isso só o levaria a fazer de novo.

— Não é ninguém que você conhece. Você não conhece ninguém.

— Talvez conheça.

— Como? Você não escuta quando eu falo. Não conhece nenhum dos meus amigos. Não sabe o nome deles.

Adiantava conversar com uma criança? Só que ele não era criança, né? Era outra coisa. Parte dela, obviamente. Ela via na estrutura do rosto dele e até em alguns dos seus maneirismos: a forma como ele tensionava a mandíbula quando não queria fazer algo, passava as mãos repetidamente pelo cabelo quando estava frustrado, mordia a parte interna da bochecha quando estava resolvendo mentalmente um problema. Era tudo dela, ainda dela, mas o resto parecia coisa só dele. Como se ele tivesse criado a si mesmo.

— Você sabe como é, como é *de verdade*, cuspir na bebida de alguém? É forçar a pessoa a ingerir seus fluidos corporais. É abuso, Samson.

— Você às vezes é tão *idiota*. Cuspe não é porra.

Ela tinha atingido um ponto sensível. Em geral, não conseguia fazer com que ele demonstrasse qualquer inflexão na voz, mas, desta vez, ouvira-a subir, ouvira a irritação embaixo de toda aquela apatia.

— Sai do seu corpo — falou ela. — É um fluido que alguém não pediu. Não queria.

— Cuspe não faz bebês.

— Não, mas exige consentimento.

— Você não sabe nada disso — replicou Samson, virando-se para a janela. — Você é lésbica. Não sabe nada sobre corpo de homem. E não ouve nada que eu tenho a dizer, então, por que eu devia te ouvir? Você nem me perguntou qual era o problema. Tudo o que você falar é inútil.

E foi isso. Durante o resto do percurso, ele ficou olhando pela janela em silêncio. Ela tentou falar com ele, tentou mudar de assunto, mas podia muito bem ter falado com uma parede. *É o que sinto ao falar com qualquer pessoa em casa*, pensou Sammie — como se tentasse argumentar com um móvel. *Se você fala e ninguém ouve, você sequer está falando?*

Eles pararam em casa, e Samson saiu do carro antes mesmo que ela desligasse o motor. A partir daquele momento, ela sabia que tudo seria uma reprise. Ela entraria e perguntaria a Monika o que deveriam fazer em relação a Samson, e Monika diria que ele já havia sido punido o suficiente por algo que nem fez, e Sammie insistiria que não estava certo, que ele não as respeitava porque elas nunca lhe deram limites firmes, e Monika diria que Sammie não tinha coragem de qualquer maneira, e como ela realmente planejava fazer valer qualquer coisa quando não conseguia nem organizar sua própria vida, e então todos iriam para seus cantos separados da casa.

As luzes estavam acesas quando ela entrou. Monika estava sentada de pernas cruzadas no sofá, já absorvida por algum telejornal da TV fechada.

— Boa noite — disse Sammie ao ar, a ninguém, à lua.

Brandon tinha visto Samson cuspir na bebida da garota, mas não queria se envolver. Foi o que ele disse a Marco naquela noite, durante o jantar. (Palitos de peixe, mais uma vez. Brandon estava de saco cheio de comida congelada requentada.) Ele havia chamado de uma pequena briga de namorados, Marco havia revirado os olhos — gente hétero, né? —, e ambos haviam dado risada. Era bom, porque eles andavam rindo menos recentemente. O garoto era um bom trabalhador, aparecia na hora certa. E era respeitoso, sempre lhe dizendo "sim, senhor" e "não, senhor" quando questionado, o que Brandon achava que mostrava bom caráter. As duas mães estavam sufocando o garoto, isso era claro como o dia. Elas tinham aparecido histéricas; ele estava preocupado de que fossem fazer todo um escândalo bem no meio da pista. Era a última coisa de que ele precisava quando o campeonato da liga estava começando. O pior mesmo era aquela Monika, que era advogada e às vezes era uma bela de uma vaca. Então, sim, Samson havia cuspido na bebida da garota. Brandon tinha visto; ele não era cego. Mas aquela garota e os amigos dela viviam criando problemas no boliche. Ela também constantemente tentava provocar os jogadores de boliche da liga, usando saias curtas demais, abaixando-se para pegar uma bola, mostrando um pouco de calcinha e muita bunda. A garota era meio que filha da puta; talvez não fosse uma coisa tão ruim que ela recebesse o troco de vez em quando. Marco perguntou-lhe se ele queria mais palitos de peixe, e Brandon disse que sim, apesar de estar farto deles, porque era o que se fazia quando se amava alguém, ele pensava. Você dizia que sim e fingia gostar.

11

Sammie odiava o verão, todo aquele tempo entre primavera e outono se estendendo como anos em vez de meses. Já era difícil fazer as coisas quando Samson estava na escola, mas, quando estava de férias, parecia quase que Sammie estava na prisão.

— Por que você acha que se sente assim?

Ela estava de novo no consultório da terapeuta. Falando de novo sobre Samson e Monika. Falando, mas sem nunca resolver nada. A terapia era como um limbo, mas ela se arrastava semana sim, semana não. *Sou masoquista*, pensou Sammie. *É a única explicação.*

— Porque, aí, preciso pensar nos problemas dele e não há lugar para os meus. Como os dois invadem meu espaço o tempo todo, acabam ocupando todo o espaço no meu cérebro também.

— Você já considerou se mudar?

— Talvez.

O tempo todo, na verdade. Era uma tolice as duas ainda dividirem aquela casa, quando estavam separadas há anos. Sammie sabia disso muito bem. Mas a alternativa era tão complicada: como dividir todas as coisas delas? Como criar o filho juntas? Como se sustentar decentemente sozinha, quando passava tanto tempo cuidando de Samson? A vida delas era uma série de nós intrincados, e ela não conseguia enfrentar o desafio de desatá-los.

Se fosse ser sincera, ela também não queria abrir mão dos momentos de quietude e doçura que aconteciam. A maneira como ela e Monika se ajudavam com pequenas coisas como pegar a roupa na lavanderia ou pedir comida. Ver o rosto da esposa logo pela manhã, ainda suave, antes do dia que começava torná-lo duro. Ela não tinha certeza do que significaria abrir mão de tudo isso completamente.

— Pense um pouco mais sobre isso — disse a terapeuta.

— Pensarei. Eu vou pensar.

Essa era a resposta habitual de Sammie, e, assim que ela saiu do consultório, tirou aquilo da mente. A ideia de mudar a vida a esgotava. Mais fácil só esquecer até a próxima vez que a terapeuta mencionasse.

Sammie ia à mesma terapeuta desde que ela e Monika a tinham como conselheira de casais, quando ainda estavam tentando fazer o casamento funcionar. Era quando Samson ainda estava no ensino fundamental — quando parecia importante salvar o relacionamento, mesmo que só por causa dele. Aja Brewer era lésbica, como elas, e parecia melhor consultar-se com alguém que entendesse a dinâmica que elas enfrentavam como um casal queer criando uma criança. Tinha sido fácil ficar com ela depois de Monika decidir que as coisas tinham acabado entre as duas. Monika não queria continuar com a terapia sozinha — ela apoiava as sessões contínuas de Samson, mas Sammie notava que ela achava que terapia para adultos era para pessoas de mente fraca que não conseguiam resolver os próprios problemas —, então não se importou que Sammie mantivesse o mesmo horário com Aja depois que elas se separaram.

Aja era ok, em relação à terapia. Sammie se sentia atraída por ela, isso era um problema, mas a maioria das pessoas não era atraída por seus terapeutas? Quem não se sentiria lisonjeado por alguém que se sentava e ouvia — tipo, ouvia *mesmo* e não apenas esperava sua vez de falar? Como a terapeuta de Samson, Aja não era muito insistente; deixava muito espaço para autodescoberta. Mas se a dra. Kim era pequena, sombria e quieta, Aja tinha cabelos selvagens, encaracolados, roupas brilhantes e gostava de se divertir. Ela, às vezes, fazia piadas durante a sessão, o que era bom. Também falava de si mesma e oferecia vislumbres da própria vida.

A única decepção de Sammie era que ela esperava que Aja entendesse a dinâmica de viver com uma ex — que, mesmo que ela não endossasse aquilo como terapeuta, entendesse como pessoa queer. Casais heterossexuais quase nunca faziam esse tipo de coisa, mas as lésbicas faziam o tempo todo. Elas permaneciam amigas. Namoravam as mesmas pessoas. Continuavam a viver juntas depois de se separar. Havia uma razão para os estereótipos, não havia? Tudo isso eram apenas coisas que elas… faziam, o tempo todo.

Mas Aja não deixava quieto. Então Sammie precisava continuar falando do assunto, quando a única coisa sobre o que ela realmente queria falar era o porquê de não conseguir mais gostar de ter alguém transando com ela.

— Vamos falar sobre isso em nossa próxima sessão — falou Aja, colocando uma mecha de cabelo vermelho frisado atrás da orelha.

— Está bem — respondeu Sammie, mas pensou: *De jeito nenhum*, e aí pensou em como desejava que a terapeuta a debruçasse e a batesse com uma daquelas pastas grossas de arquivos que sempre estavam numa pilha alta na mesa dela.

Na saída, Sammie parou para pagar a recepcionista e aí checou o celular. Uma mensagem de Monika, pedindo para ela pegar Samson na natação.

"Por quê?", respondeu Sammie, desafiando Monika a dizer algo sincero — "Estou em um encontro e não posso me dar ao trabalho de buscar nosso filho" —, mas ela só escreveu "Estou ocupada", o que podia significar qualquer coisa. Sammie não precisava de palavras para saber o que realmente estava acontecendo.

Ela atravessou a cidade de carro até o mesmo prédio para onde levava Samson desde a primeira aula de iniciantes. Havia sido expandido nos últimos anos, consumindo todas as casas suburbanas ao redor para dar lugar a uma piscina gigantesca. Era triste ver toda aquela arquitetura antiga de Orlando — aquelas casas retrô estilo rancho com varandas teladas — demolida para dar lugar a prédios comerciais sem rosto e McMansões em miniatura que poderiam ter sido instalados em qualquer lugar dos Estados Unidos. Sammie sentia falta de toda a folhagem selvagem da Flórida que subia por todos os pátios da frente, também — a buganvília com seu brilhante leque cor-de-rosa de flores, enormes arbustos de sabal-menor abrigando milhares de lagartos. Estes novos lugares, com gramas verdes artificiais limpas, não tinham nenhum dos encantos daqueles lugares antigos, com as banheiras de pássaros caindo aos pedaços e beija-flores de plástico, esquilos correndo pela grama cheia de erva daninha e bolotas de nozes.

O cloro a atingiu assim que ela abriu a porta externa do ginásio. Era um cheiro avassalador, que fazia suas narinas arderem e seu rosto enrugar. A casa onde ela fora criada não tinha piscina, mas sua família frequentava a piscina comunitária do bairro e os parques aquáticos locais a que todos iam, de modo que aquele cheiro deveria parecer uma coisa feliz da Flórida para Sammie. Mas, desde que Samson começou a nadar, ainda no primário, ela passou a associar o cheiro com sentimentos de dever e obrigação. Em vez de dias despreocupados de verão, o cheiro de cloro a lembrava que ela estava ficando mais velha, que sua vida pertencia ao filho.

Lá estava Samson, magro e musculoso, do outro lado da piscina. Estava sozinho, como sempre, mas pelo menos, com a elegante touca de natação e a sunga azul-marinho, ele parecia se encaixar ali. Era isso que a intrigava, como ele nunca parecia fazer parte do resto do grupo. Ele era bonito — *mais do que os outros meninos*, ela pensou — e sabia que não estava se enganando sobre isso, já que com muita frequência achava o filho feio em sua desobediência. Ele era tonificado depois de anos nadando e, quando nadava, era carismático, até gracioso. Mas, fora da água, havia algo rígido em sua linguagem corporal. Quando criança, ele tinha o equilíbrio casual de um bailarino, mas, depois da puberdade, isso parecera mudar da noite para o dia. Agora ele ficava ereto demais; os braços eram trançados de músculos, mas, quando não o impulsionavam através da água, eles pareciam nervosos. O pescoço era tenso, virando sua cabeça desconfortavelmente para longe quando ele olhava em volta, piscando e com olhos de coruja. O caminhar era quase antinatural, como se estivesse andando em um filme em *stop motion*. Às vezes, ela desejava poder mover os membros para ele.

Ele a avistou então, na arquibancada, e ela levantou a mão. Ele a cumprimentou com um breve aceno de cabeça, algo que quase nunca fazia, e ela suprimiu um sorriso. Observou-o entrar na água, flutuando e solto. Mas era ali que seu filho podia brilhar. A piscina fazia algo com o corpo dele; Samson parecia ele mesmo quando deslizava para baixo do azul da água. Quando ele se virava, girava, chutava, era como se o corpo tivesse sido construído exatamente para tal propósito. Um tritão. Um tubarão. Uma barracuda concentrada em um objetivo realizável.

Seus companheiros de equipe se aglomeraram na outra extremidade da piscina. Empurraram uns aos outros, cuspindo enquanto emergiam, se soltando das mãos dos amigos. Rindo e gritando. Não Samson. Ele não zoava com os outros garotos, embora se desse bem com eles. Saía com eles para festas, voltava para casa em seus carros cheios de gente. Sammie sentia que ele deveria socializar mais, mas uma parte dela ficava aliviada por ele não passar tanto tempo com seus colegas de equipe. Ela estava tão mal preparada para falar com ele sobre seu gênero e todas as questões que o acompanhavam. Tinha adiado a conversa sobre sexo com ele até que fosse tarde demais. Monika também não havia conversado. Não existia ninguém com quem ele pudesse falar sobre seu corpo, sobre a puberdade. Só o que ele tivera foi uma conversa na escola, que Sammie sabia que era um substituto pobre para a verdadeira educação sexual.

Era com isso que ela se preocupava em relação a ter um menino. As probabilidades já estavam contra elas como um casal de lésbicas. As pessoas já as julgavam, com a certeza de que um menino com duas mães não iria se dar bem. A atitude de Monika sempre tinha sido provar que todos estavam errados. Criar o filho delas, fazer com que ele desse lindamente certo — seria o melhor *bem feito* de todos. Mas Sammie não tinha tanta certeza.

Uma coisa que ela sabia era que não tinha ideia de como os meninos falavam uns com os outros. Tinha medo de descobrir. Sabia que eles podiam ser grosseiros, especialmente em grupos. Os meninos se movimentavam em bandos; falavam merda, provocavam uns aos outros. Eles podiam ser nojentos quando se tratava de meninas e sexo. Ela tinha uma memória vívida de uma manhã de domingo na igreja, quando ela tinha doze anos, e um rapaz no meio de um grupo atrás dela ficou tentando enfiar um folheto da igreja pela rachadura da cadeira e na calça dela. Ela ouvia todos eles sussurrando, rindo, rindo. Foi seu primeiro encontro com o riso aterrorizante de caras agressivos. Ela passou a missa toda se equilibrando na borda da cadeira. O medo era um zumbido em seus ouvidos, um inseto vivo procurando uma maneira de escapar. No resto da semana, sua lombar parecia uma ferida aberta.

Samson apareceu na extremidade oposta da piscina e se virou, acelerando até o fundo e abrindo bem os braços, se impulsionando. Não, ela não queria que o filho passasse muito tempo com aqueles meninos. Imaginou, como às vezes fazia, como teria sido ter a filha que tinha perdido, uma que dividiria uma Coca diet com ela na arquibancada. Depois, ela se lembrou dos meninos na igreja, de como eles se divertiam enquanto caçavam garotas como ela, e cruzou as pernas involuntariamente.

No fim do treino, Samson foi até ela descalço, embrulhado em toalhas. Uma estava pendurada atravessada no peito como uma faixa de miss encharcada.

— Você ainda está pingando — disse Sammie, com uma careta. — Não pode entrar assim no carro.

— Cadê a mãe? — Ele jogou uma das toalhas ensopadas no banco ao lado de Sammie, respingando na camisa e no rosto dela.

— Ela teve um imprevisto.

Samson resmungou.

— Ela sempre tem um imprevisto. — Ele jogou o resto das toalhas no chão e arrancou uma camiseta da bolsa de lona verde. A bolsa era a mesma que Sammie lhe comprara quando ele começou a nadar. Estava esfarrapada e rasgada, com buracos na parte de cima onde o zíper estava começando a se separar do náilon barato.

— Você devia me deixar trocar essa bolsa — disse Sammie. — Comprar alguma coisa maior. Mais robusta.

— Eu gosto dela. — Ele colocou a camiseta por cima do cabelo molhado e, quando desceu os braços, Sammie viu o relance pálido da cicatriz contra o bronzeado mais escuro do pulso.

— Está com fome? — perguntou ela, esfregando o próprio pulso, e ele resmungou outra vez. Ela revirou os olhos. Ele era muito previsível.

— Pizza? Resmungue uma vez para sim, duas para não.

Ele se inclinou bem na cara dela e arrotou duas vezes.

— Comi pizza no almoço.

Garotos e seus corpos. Abertos demais. Fedidos demais. *Tudo* demais.

— Que nojo.

Samson cavucou na bolsa de lona e puxou um Red Bull. Ele abriu a lata e deu vários goles grandes, arrotando de novo quando acabou. Ela sabia que deveria dizer algo sobre isso — química demais, e o manteria acordado por metade da noite —, mas de que adiantaria? Ele beberia o que quisesse.

Sammie olhou a água e se imaginou ali dentro, de cara para baixo. Flutuando pacificamente. Orelhas debaixo d'água, também, sem ouvir nada. Sem ver nada. À deriva.

— Que tal o restaurante mexicano? — sugeriu ela. — Não vamos há um tempinho.

Samson parou de beber e baixou os olhos para ela. Seus lábios estavam úmidos de Red Bull, quase com aparência de cuspe. Isso a lembrava de quando ele era bebê e ela precisava correr atrás dele o dia todo com um paninho, limpando-o.

— Quando chegarmos lá, posso tomar um gole da sua cerveja?

Sammie riu, surpresa.

— Pode. Um gole.

Ele pareceu chocado. Ela o surpreendera também. Ótimo.

— Posso dirigir o carro? — pediu ele.

— De jeito nenhum.

Eles saíram do ginásio juntos e entraram na noite assustadora da Flórida. O crepúsculo estava chegando e o céu estava iluminado no horizonte como uma rachadura sob uma porta fechada, brilhando uma luz dourada. As cigarras estavam gritando e tudo cheirava a calor e sujeira. Sammie abriu as janelas, apesar do ar abafado, e deixou a mão escorregar na brisa. O percurso até o restaurante foi tranquilo. Nenhum dos dois falou, mas era bom estar quieto. Existir apenas no momento. Era algo que ela e seu filho tinham em comum, algo que Monika nunca poderia entender: quando estavam sozinhos, estavam realmente sozinhos, e gostavam assim.

O lugar não era longe de casa, enfiado dentro de um centro comercial com uma T.J. Maxx, um Publix superdimensionado e uma livraria cristã. Estacionaram e entraram, costurando entre as multidões de pessoas que saíam do supermercado com carrinhos carregados.

— Precisamos comprar papel higiênico antes de ir para casa — falou Sammie.

Samson abriu a porta do restaurante e irrompeu lá dentro, quase derrubando uma idosa com uma criança muito pequena ao lado.

— Desculpa — disse Sammie, apressando-se a ajudá-la. — A senhora está bem?

Samson só seguiu para a estação da hostess para pegar um cardápio. A mulher fez que sim e colocou o braço ao redor da garotinha, que parecia ter uns quatro anos. Ela tinha um rabo de cavalo loiro-claro e grandes olhos castanhos. Não falou nada quando a mulher pegou a mão dela e a levou lá para fora.

Sammie segurou a porta para elas, depois foi atrás de Samson.

— Você precisa tomar mais cuidado. É maior que a maioria das pessoas. Não é mais criança, é quase um adulto.

— Eu sou adulto? Quando você fica brava, diz que estou agindo que nem criança. Tem que escolher um.

— Homem-criança — retrucou Sammie, e a hostess veio para levá-los à mesa.

Enfiada em uma cabine de couro vermelho nos fundos, Sammie pediu uma cerveja e Samson, uma Coca. Por cima dos cardápios, Sammie analisou o filho.

— Você precisa cortar o cabelo.

Samson franziu a testa.

— Isso de novo, não.

— Por que você se recusa a se cuidar?

As bebidas vieram. Ele puxou metade do papel do canudo e soprou a outra metade nela.

— Por que você acha que me cuidar significa fazer exatamente o que você faria?

Sammie teve que rir.

— O que eu faria? Você está vendo como eu me visto. — Ela gesticulou para as próprias roupas: calças que tinha havia dez anos, uma camiseta com mancha de café que nunca clareara propriamente. — Não tem a ver comigo. Eu só me importo com você aprender a ser adulto.

— Você nunca se importa. Fala por cima de mim. Você acha que está escutando, mas só escuta o que quer.

Samson se concentrou em pingar minúsculas gotas de refrigerante em um guardanapo. Lentamente, elas formavam um padrão, uma espiral enrolada apertada para dentro. Sammie pegou o celular e entrou no aplicativo de namoro. Era o máximo que seu filho falava com ela em semanas. E ela não estava gritando com ele. Ela sabia que deveria parar de enchê-lo sobre sua aparência, mas era difícil parar, como cutucar uma casca de ferida. De certa forma, ela achava que ele também gostava. Os dois conseguiam algo com aquilo, uma estranha satisfação de se alfinetarem. Monika não suportava quando eles discutiam na frente dela. Ela acabava saindo de casa, indo dar uma longa caminhada ou mesmo um passeio de carro. Era uma das coisas pelas quais elas mais brigavam: "E a sua insensibilidade com Samson?", Monika a repreendia. "Como exatamente é insensível que eu queira que ele tenha um pouco de autorrespeito?", ela retrucava.

Em terapia, ela falava muito sobre o fato de que não sabia o que queria das relações com Monika ou com o filho. Sentia falta de como eles eram próximos no início; era uma dor como a de um hematoma que curava lentamente. Aja perguntava se as coisas já haviam mesmo sido tão cor-de-rosa. Não, não era assim que ela dizia; o que ela perguntava: "Foi isso mesmo o que aconteceu?". O que obrigava Sammie a considerar a ideia de que muitas das suas lembranças haviam se transformado em histórias nostálgicas em sua cabeça, esterilizadas da mesma animosidade que tingia sua vida atual.

Sammie acenou para a garçonete, uma loira bonita de vinte e poucos anos. Quando ela veio tirar o pedido deles, Samson não disse uma palavra, apenas deu um toquinho em seu cardápio.

— Ele vai querer a *quesadilla* de frango — disse Sammie, forçando um sorriso. — E eu vou querer os *nachos*. *Sour cream* à parte.

Era outra coisa que ela não devia fazer: falar por Samson. Quando estavam fazendo terapia de casal, Monika mencionava muito isso, e Aja a apoiava: Samson precisava falar por si mesmo. Elas deviam estimulá-lo a conversar. Lembrá-lo, toda vez. Mas Sammie ficava tão exausta de tanto cutucar que só desistia e fazia por ele. "Não é mais fácil assim?", argumentava, e Monika respondia: "Mais fácil para quem?", e elas entravam na mesma briga tudo de novo.

— Você disse que eu podia tomar um pouco da sua cerveja. — Samson apontou para o copo dela, quase vazio.

— Na próxima.

Sammie pediu mais uma para a garçonete e sentiu a vibração calorosa subir pela nuca. Ela ainda estava no aplicativo de encontros, deslizando por rostos que já vira milhões de vezes. Era uma chatice, mas ela não conseguia parar. Sempre que se sentava por mais de cinco segundos, lá estava ela, olhando de novo. O aplicativo nunca lhe dava uma sensação boa — na maior parte do tempo, fazia com que ela se sentisse péssima —, mas, toda vez que ela o deletava, pensava em Monika saindo para encontros, então baixava outra vez e continuava deslizando, procurando alguém que enfim chamaria sua atenção.

Ela apoiou o telefone na mesa, com o aplicativo ainda aberto, e pegou a cerveja nova.

— Feia?
— Quê?

— Feia. — Samson bateu com força na mesa na frente do telefone dela.

— Que grosso.

Ele deu de ombros.

— Feia.

Normalmente, Sammie não deslizaria o sim para a mulher, mas agora sentia que precisava, por princípio.

— Quem é você para dizer quem é feia e quem é bonita? Como você se sentiria se alguém apontasse uma foto sua e dissesse "feio"?

Ele não respondeu. Parecia ter gastado todas as suas palavras nas poucas frases que conseguira dizer antes da comida chegar. Sammie terminou a cerveja e pediu mais uma. Três era muito, mesmo que fossem cervejas light, mas ela imaginou que, se comesse todos os *nachos*, não teria problema. Ela estaria bem para dirigir.

O telefone dela se acendeu na mesa. Uma mensagem. Provavelmente da mulher que ela deslizara, uma mulher com cabelo comprido como o dela. Uma mulher cujo rosto parecia comprimido, que se parecia demais com ela mesma.

— E você? Está saindo com alguém? — perguntou Sammie.

— Que nojo, mãe.

Até ela sabia que a pergunta era irritante. Soava como a própria mãe perguntando sobre os meninos. Sammie odiava isso, a maneira como as narinas da mãe se abriam toda vez que ela dizia a palavra "encontro" para a filha. Era humilhante falar com a mãe sobre namorados (e ela nem sequer tinha tido nenhum). Sobre o corpo dela. Sobre *qualquer coisa*. Cada pergunta da mãe deixava Sammie furiosa.

Eu não quero ser como ela, pensou. Mas isso não resolvia o problema com Samson.

— Não é nojento se interessar pelas pessoas — disse ela por fim.

Nenhuma resposta. Samson estava despedaçando a *quesadilla*, colocando as peças em pilhas gigantes. Ela teria sorte se ele desse três mordidas. Comprar comida para Samson sempre parecia um desperdício de dinheiro. Ele nunca apreciava boa comida, mesmo a comida mexicana que todos adoravam. Uma noite, ela havia tentado comprar para a família caudas de lagosta caras, como algo especial.

"Por que não podemos só comer hambúrgueres?", ele tinha reclamado. "Por que você tem que querer ser chique?"

— E aquela garota Britta? Do trabalho?

Samson fingiu se engasgar, e Sammie revirou os olhos para a dramatização dele. Mas aí ele se inclinou e realmente começou a sufocar. Sammie se esticou sobre a mesa, sem saber o que fazer, quase derrubando as bebidas. Ele estava tossindo e chiando, com as mãos na garganta, e então cuspiu uma bola inteira de *quesadilla* mastigada de volta no prato. Ele se endireitou e sorriu para ela, depois tomou um gole da Coca-Cola em silêncio.

— Vai se foder — disse Sammie. Ela nunca tinha falado assim antes com o filho, mas, uau, como era bom dizer em voz alta.

Ele arregalou os olhos, aqueles olhos que a lembravam dos dela mesma, mas não disse nada. Sammie pediu outra rodada. Ela não estava com fome, mas, ah, Deus, precisava de mais uma cerveja. Mandou a garçonete tirar o prato de Samson antes que a massa de comida meio mastigada a deixasse enjoada.

Samson girou o telefone em cima da mesa na frente deles até que ela agarrou o pulso dele para que parasse. Ele se inclinou, uma estátua em seu assento, e Sammie esfregou o polegar contra a maciez lisa da cicatriz dele. Os dentes dela. Era o pulso dela, o corpo dela. O que era dele na verdade era dela, não era? Ela tinha feito aquele corpo com o seu próprio — criado, parido. Ela apertou de repente a marca, com força, e, quando ele estremeceu, perguntou-se se era como apertar um hematoma profundo.

Ela soltou.

— Um gole — disse, empurrando a nova cerveja sobre a mesa.
— Estou falando sério, só um.

Nenhum dos dois olhou em volta. Olharam um para o outro enquanto ele dava um grande gole do copo. Ainda estava gelado, e ela se perguntou se isso lhe daria uma dor de cabeça, como ela tinha quando bebia rápido demais a raspadinha do 7-Eleven no fim da rua quando era jovem.

— Vamos jogar um jogo — propôs ela. — Verdade.

Ela não tinha planejado começar um jogo de verdade ou desafio com o filho — Monika ficaria horrorizada —, mas achou a ideia de compartilhar outro segredo com o filho meio inebriante. Outra coisa a que Monika não poderia ter acesso. Ela estava totalmente bêbada agora — uma coisa idiota de se fazer quando tinha que levar os dois de carro para casa, mas talvez eles pudessem só ficar um pouco mais no restaurante. Ela podia pedir mais comida, mesmo que mal tivesse tocado seus *nachos*.

— Tá, eu começo — disse ela quando ele não respondeu. — Verdade. Você já tomou cerveja antes?

Em seu estado embriagado, o rosto dele parecia feito de partes disparatadas. O nariz grande. As sobrancelhas excessivamente finas, tão loiras que eram quase invisíveis. As orelhas aparecendo embaixo da cabeleira áspera. Ela se perguntou como seria o espelho dele caso tivesse vivido até os dezesseis. Hope: aquele pequeno lampejo, a bebê que sempre viveria com ela, porque seguia viva dentro de Samson.

— Sim, já tomei cerveja. — Ele pegou o copo e, sem esperar por uma resposta, deu mais um gole.

— Imaginei. — Ela pegou a cerveja de volta, segurando entre as palmas das mãos para manter longe dele. — Para você, já chega.

A garota dela teria agido dessa maneira? Sempre que ela mencionava a bebê a Monika — depois de Samson fazer algo terrível na escola, ou no parquinho, ou no treino de natação —, a esposa insistia que o sexo não era o problema, que, independentemente do sexo, Hope (mas Monika nunca se referia ao nome, porque se recusava a nomear um bebê que "não existia") poderia ter virado uma criança problemática. Que ela provavelmente teria tornado as coisas ainda mais difíceis, com duas crianças e apenas duas delas para criá-las.

"Crianças não são que nem cachorros", ela contra-atacava, frustrada com Monika, mas também consigo mesma por estar presa na mesma velha discussão. "Não é como se eles fossem um bando de animais selvagens. Eles não vão nos superar em números."

— Verdade — insistiu Sammie. — Você já teve namorada? — Aí, ela parou, sacudiu a cabeça. — Ou namorado. Tanto faz.

Ele deu de ombros.

— Dar de ombros não conta. Você tem que falar sim ou não.

— Um gole por resposta — disse ele. — Aí, eu topo.

— Tá bom. — Ela podia fazer aquilo. Podia dar golinhos durante uma dezena de perguntas sem terminar uma cerveja, e aí finalmente ia arrancar algumas respostas dele.

Ela fez sinal para a garçonete pedindo mais uma cerveja e, quando a mulher saiu de vista, empurrou a dela para o outro lado da mesa.

— Está bem. Vamos lá.

Seguiram assim pela próxima meia hora. Ele respondeu todas as perguntas dela, ao menos parcialmente. Não, ele não ficava com ninguém, embora a careta que fez quando ela chamou de *ficar* mostrasse que ela devia ter chamado de outra coisa. Não, ele não sabia o que queria fazer da vida, não sabia se queria fazer faculdade, não sabia que tipo de emprego queria. Sim, ele gostava de nadar. Era algo que ela sempre se perguntara: ele gostava ou era só algo em que era bom?

— Seus avós me obrigaram a fazer ginástica olímpica. Por anos. Era horrível.

— Que idiota.

— É, eu detestava. Mas eu era boa, então, eles me obrigavam a continuar indo. O único motivo para finalmente me deixarem parar é que meus seios cresceram e seu avô disse que os uniformes mostravam demais.

— Bizarro.

— É, eu sei.

Ela estava bem bêbada naquele momento, combatendo gole a gole com o filho, e agora eles tinham que dirigir para casa. Em sua última contagem, ela havia pedido seis cervejas, e, quando a garçonete trouxe a última, trouxe também a conta — colocando-a em uma poça de cerveja que Sammie havia derramado sobre a mesa.

— Verdade — falou ela. — Qual é a sua cor favorita?

Samson olhou para ela, depois riu.

— Você está brincando, né? Você não sabe a minha cor favorita?

Ela se endireitou por um minuto e tentou pensar. Ele vestia muito azul.

— É azul?

Ele riu novamente e esfregou o rosto com as duas mãos, como se ela o estivesse exaurindo.

— Mãe, eu já te disse um milhão de vezes.

Sammie deu de ombros. Talvez ele tivesse razão; talvez ela fosse uma péssima ouvinte.

— Refresque minha memória.

— Eu gosto de verde — respondeu ele, tomando outro gole da cerveja dela. — Verde que nem sapos.

— Que nem o Caco, dos Muppets.

O filho dela fez um coaxar baixo, e ela percebeu que ele estava emulando ruídos de sapo. Ela escutou com um pouco mais de atenção, até que os coaxares se juntaram numa versão corrompida e boba de "The Rainbow Connection". Ela desatou a rir. *Quando foi a última vez que eu ri com este garoto?*, ela se perguntou. E aí ficou prestes a chorar.

— Deixa que eu dirijo — ofereceu Samson. Seu corpo nadou na frente dela: um Samson, dois Samsons. Isso a fez se lembrar novamente da filha, o espelho de Samson, e ela engoliu um caroço na garganta. Ah, ele parecia mais bonito assim, através das lágrimas dela. As luzes ao seu redor piscaram e se apagaram, dando ao filho uma auréola de Natal borrada. Pode ter sido preciso um pouco de cerveja para chegar lá, mas parecia que ela e Samson finalmente haviam se conectado, mesmo que por um momento.

Sammie pagou a conta, depois se retirou da cabine e tentou caminhar sóbria do restaurante para a noite pegajosa da Flórida. Então, quando ela desceu da calçada, um Honda *hatchback* freou de súbito para deixar uma mulher com um carrinho de supermercado passar, e Sammie tropeçou no carro. Em frustração, ela chutou o pneu, errou e caiu de costas no chão.

Estava quase escuro, mas o alcatrão preto pegajoso do asfalto ainda estava quente o bastante para fazer suas mãos arderem. Ela ficou ali sentada no chão, a bolsa espalhada ao redor. Um batom rolou para baixo de um carro estacionado. Ela ergueu as mãos até o rosto, sem saber se estava queimado, ou arranhado, ou o quê. Samson ficou na beira da calçada, olhando para ela.

Um homem pairava sobre ela, bloqueando o que restava da luz moribunda.

— Ah, meu Deus, você está bem? Precisa de ajuda?

Ela estendeu uma das mãos, aquela que ela pensava estar sangrando, e ele a pegou e a ajudou a se levantar. Quando ela se inclinou para trás para olhá-lo mais de perto, balançou tanto que ele teve que agarrar o braço dela para estabilizá-la.

— Tem alguém que pode dirigir por você? — perguntou ele.

Ele tem um rosto bonito, pensou Sammie. Barbado e peludo, com bochechas cor-de-rosa, como um Papai Noel de cabelo escuro. Ela percebeu que estava rindo alto quando o homem franziu a testa para ela.

— Sim — respondeu, soltando a mão dele, tentando se recompor. — Meu filho aqui vai levar a gente para casa.

Ele deu um passo para trás e a ajudou a coletar as coisas da bolsa: alguns absorventes internos soltos, uma embalagem de balas de hortelã velhas, a carteira, que tinha aberto e derrubado recibos, e a carteira de motorista, uma foto tão antiga que parecia ter sido tirada três vidas atrás.

— Samson. Vamos.

O filho dela se demorou para ir até ela e, quando chegou, evitou olhá-la nos olhos. O homem entregou a bolsa ao filho dela — ou, melhor, jogou em cima dele, enfiando a pasta de couro na barriga do menino quando ele não a segurou imediatamente.

— Preste atenção, filho. — Ele chegou bem perto do rosto de Samson. — Tenha respeito.

— Vamos embora — disse Sammie, agarrando a manga da camisa do filho e o afastando do homem, que de repente pareceu bem maior e mais agressivo.

— Babaca — falou Samson. Ele nem tentou falar baixo, e de repente o homem estava vindo de volta até eles.

— O que você me disse, seu merdinha?

— Obrigada pela ajuda — disse Sammie, com um sorriso que parecia mostrar quase todo dentes. — Obrigada. Mesmo. Eu resolvo agora.

O homem murmurou algo entre dentes — "vaca", talvez? Sammie não tinha certeza. A interação a deixara sóbria ainda mais rápido do que cair no asfalto. Ela pegou a bolsa e arrastou Samson pelo estacionamento, desviando de umas crianças correndo entre os carros — quem deixava os filhos correrem soltos por um estacionamento lotado? — quando percebeu que ele tinha parado.

— O que foi? — falou ela, cuspindo as palavras como balas.

— Mãe. O carro. — Ele apontou para de onde tinham vindo.
— O carro. Está ali.

Lá estava, eles já tinham passado. Ela ainda estava bêbada. Parecia que estava completamente sem fôlego. Ela se recompôs e foi atrás do filho até o carro, procurando as chaves na bolsa até ele pegar e encontrar sozinho.

Ela entrou no banco do passageiro enquanto ele se sentava ao volante, empurrando o banco para trás até fazer um clique tão forte que ela achou que fosse quebrar.

— Você sabe dirigir? — Ela provavelmente devia ter perguntado antes de tomar todas aquelas cervejas, mas agora era tarde demais.

— A mãe me ensinou — disse ele. Aí, ligou o carro e saiu de ré, manobrando com facilidade pelo estacionamento.

— Caralho. Eu devia ter comprado papel higiênico.

— A mãe vai ficar puta.

— É, eu sei. — Sammie suspirou e mexeu no rádio. Notícias, notícias, músicas ruins dos anos 1980, country, notícias, notícias.

— Espera aí, quando ela te ensinou a dirigir?

— Várias vezes. Desde que eu tinha tipo doze anos.

Aquela vaca dissimulada, pensou Sammie — mais uma primeira vez que deviam ter feito como família —, mas só disse a Samson:

— Que bom para nós, hein?

Graças às cervejas, ela não ficou agarrando o banco de nervoso como ficaria se estivesse sóbria. Era estranho estar no banco do passageiro ao lado dele, ver seu perfil enquanto os faróis do lado oposto iluminavam as feições dele e as transformavam em granito. O menino dela, imóvel como uma estátua.

— Vire aqui — instruiu ela.

— Eu sei, mãe — respondeu ele. — A gente morou na mesma casa minha vida toda.

— Ah, é — disse Sammie. — Desculpa. Estou no piloto automático.

Eles passaram pelo lago, uma impressão digital escura à distância. Não se via lua nem estrelas. As árvores passavam em um borrão nebuloso.

— Foi muito vergonhoso. — Samson bateu o dedão duas vezes no volante. — Você me envergonhou.

O rosto de Sammie estava quente. Um maremoto de vergonha subiu no peito dela, ameaçando afogá-la.

— Eu sou adulta. Não tem problema eu beber às vezes e me soltar.

— Você caiu em um estacionamento.

— Sabe quantas vezes você me envergonhou? Estamos marcando pontos? Porque sua lista é bem mais longa que a minha, Samson.

Ele desviou de um tatu morto, entranhas esparramadas no meio da via.

— Quer jogar o jogo? — perguntou Samson.

Sammie foi transportada de volta no tempo por um momento, de volta a quando Samson era muito jovem e ela havia tentado ensiná-lo a brincar de esconde-esconde. Ela tinha explicado as regras a ele, o filho de cinco anos de idade que nunca escutava. Disse-lhe para ir procurar um lugar para se esconder e ela contaria até dez. Virou-se para a parede da sala de estar. Contou em voz alta, dramaticamente. Fazia sol e calor, e a luz entrava pelas cortinas, atingindo-a bem no rosto. Do lado de fora, havia um brilho verde, todos os arbustos de azaleias na frente da casa em chocante floração rosa. Ela se lembrou de pensar como tudo era perfeito: o filho era saudável, ela morava em casa própria, amava a esposa. Então ela se virou e lá estava Samson parado no meio do tapete, bem onde ela o havia deixado. Não conseguia sequer brincar de esconde-esconde com o maldito filho.

— O jogo? — perguntou Sammie que nem uma tonta, e aí lembrou. — Ah. Tá bom. Quero.

— Verdade — disse Samson. — Por que você e a mãe não se divorciam?

Sammie se recostou e deixou as palavras revirarem na cabeça. Elas se separaram, saíram da sequência, deslizaram de novo umas entre as outras como peixinhos dourados no aquário que era o cérebro dela.

— Isso não é fácil de responder — falou, e aí pensou: *que se foda*, porque que importância tinha àquela altura? — Quer dizer, não tenho certeza. Ainda somos ligadas uma à outra de tantas formas. Por algum motivo, parece mais fácil do que fazer todo esse trabalho. Talvez seja amor. — Ela deu de ombros. — Quem sabe.

Eles passaram por todos os lugares familiares que frequentavam. As luzes das ruas se acendiam em um borrão espasmódico. Estava calor, calor demais para abrir as janelas, mas por um momento ela desejou poder, apenas para sentir o ar como uma respiração contra o pescoço. A Flórida às vezes era assim para ela: algo vivo, um cão ofegante, um ser que tomava o tempo dela, mas também a inundava de carinho. Fazia-a sentir-se segura do seu amor, mesmo quando mijava por todo o chão.

— Verdade — continuou Samson, olhos na rua, mãos na posição dez pras duas. — Eu matei a bebê?

Sammie sentiu que o airbag do carro tinha se aberto diretamente em seu peito.

— Meu Deus do céu.

— Eu comi ela? — Samson batucou as mãos no volante. Sammie viu aqueles oito dedos se espalharem, batendo e se arrastando. — Canibalizei ela?

— Para.

— Eu comi ela? Mãe? Comi?

Aqueles dedos de aranha, arrastando, batendo, apressando. Ela estendeu a mão para bater neles, apenas para fazê-los parar, para acabar com aquilo antes de surtar completamente — e então as próprias mãos se enrolaram no volante e ela virou o carro para o acostamento.

Nenhum deles fez um único som enquanto lutavam pelo controle do carro. Por um momento, a força embriagada de Sammie venceu. O carro dançou para a direita, batendo no meio-fio. Os carros buzinaram atrás deles e na faixa ao lado. Eles passaram de raspão pela borda da balaustrada e faíscas brilhantes voaram, com um guincho de metal em metal. Em seguida, Samson retomou o controle do volante, empurrando-a para o banco do passageiro com o braço direito, e acabou.

Eles estavam a apenas um minuto de distância de casa. Sammie olhou pela janela enquanto Samson dirigia cuidadosamente pela rua. Ele ligou o pisca-alerta e virou o carro gentilmente na própria entrada familiar.

Estava totalmente escuro, mas de algum jeito Sammie conseguiu pegar as chaves quando Samson as jogou para ela. Dentro de casa, como sempre, todas as luzes estavam acesas. Monika estava aconchegada no sofá com um dos livros de mistério que amava.

— Vocês jantaram? — perguntou Monika sem levantar os olhos. — Estou morta de fome.

— Eu bati em um carro no estacionamento — declarou Sammie. — Raspei o para-choque.

— Como assim? — Agora, ela tinha a atenção de Monika. — Foi muito ruim?

— A gente está bem, aliás.

— O carro está muito ruim? O seguro vai disparar. — Monika soltou o livro no sofá, fazendo uma orelha para marcar uma das páginas. — Sinceramente, você é muito irresponsável. Isso me afeta também, sabe.

— Vou dormir — disse Sammie, e deixou a esposa onde ela estava, gritando atrás dela.

A mulher bêbada estava esparramada no asfalto como uma maldita marionete com as cordas cortadas. Mike era um cara legal, ele a tinha visto cair e ido lá para ajudar. Teria feito a mesma coisa pela própria mãe. Ou pela avó, supunha, que era quem o criara. Mas o filho dessa senhora era um vagabundo — disso Mike tinha certeza. Parado ali parecendo envergonhado enquanto a mãe estava deitada na rua como um cachorro chutado. Mike nunca tinha tido vergonha da sua mãe agir daquela maneira, teria gostado da chance de ajudar quando ela precisasse, de apoiá-la, mas ela havia morrido em um acidente de carro não muito tempo depois de tê-lo deixado com a avó. Ele nunca chegou a conhecê-la. Aquele garoto não sabia como era sortudo. E também era um babaca, falando assim com Mike. Provavelmente, não tinha uma boa figura paterna. Ele não deveria ter intimidado o garoto — ele pareceu assustado, e aí isso assustou a mãe, que estava apenas tentando cuidar dele. Mike ficava tão furioso às vezes. Ele tinha certeza de que a mulher amava o filho. E o garoto também a amava, dava para ver pelo olhar suave em seu rosto quando acabou ajudando-a a chegar ao carro. Mike foi para casa e bebeu algumas cervejas, e depois ligou para a avó, que perguntou se ele podia ir consertar o fogão dela. Estava fazendo barulho outra vez.

12

Não podia fumar no bar, mas o lugar todo fedia a cigarros. Era basicamente nisso que Sammie estava fixada. O cheiro não saía das suas narinas, embora as bebidas ajudassem. O ardor adstringente do gim, depois a fumaça. Gim, fumaça. Parecia quase nostálgico, ou pelo menos pareceria se ela ainda tivesse o vigor jovem de quando saía para baladas aos vinte e poucos.

Ela estava se escondendo no canto dos fundos do bar lésbico. Embora fosse sábado à noite, ainda era cedo, e o lugar estava quase deserto. Ela tinha se esquecido de como todo mundo nos bares chegava tarde. Antes de ela e Monika começarem a namorar, ela fazia um esquenta com amigos em seu apartamento horroroso por horas antes de saírem de casa, bebendo vodca e Crystal Light em copos de plástico de criança antes mesmo de saírem porta afora. Nem via o interior de um bar antes das onze da noite. Ela voltava para casa cambaleando às três da manhã e dormia para passar a ressaca, aí acordava de manhã e descia a rua de pijama para comprar três cheeseburgers do McDonald's. Depois fazia tudo de novo no fim de semana seguinte.

Agora, não eram nem dez da noite e ela estava girando um canudo de plástico no gim-tônica. Tinha pedido limão extra e mais tônica, pois a bartender fizera a bebida particularmente forte, e a mulher a olhou como se ela tivesse pedido cocô de cachorro no drinque.

Ela ficou sentada na cabine de vinil vermelho, fazendo careta para o sabor medicinal do gim, desejando ter pedido algo doce. Olhou por cima do ombro para a bartender, que tinha um cabelo curto espetado, raspado de um lado, e um piercing no nariz. Estava vestindo jeans preto apertado e uma regata rasgada com sutiã preto por baixo. O delineador dela era grosso e escuro, com cantos de gatinho.

Sammie se encolheu no assento. Puxou a bainha da saia, repreendendo-se pela centésima vez por não usar jeans. Sabia que estava arrumada demais. O problema era que ela se olhava no espelho enquanto se arrumava, encarava fixamente para todo aquele cabelo longo e despenteado, avaliava seu rosto com as rugas que aumentavam a cada dia e desejava ser… diferente. Não, não diferente. Bonita. Ela podia admitir, só para si mesma, depois de muito gim nos fundos de uma boate quase vazia. Estava desesperada pela sensação que costumava ter quando era jovem e as mulheres a olhavam do jeito que ela olhava para as mulheres ao seu redor agora. Um olhar faminto. Um olhar que a fazia sentir-se desejada, como se ela fosse tão necessária quanto oxigênio.

Engolir a bebida com pressa não fez com que o gosto ficasse melhor, mas pelo menos ela podia pedir outra. Sammie desceu da cabine, fazendo uma careta de dor quando as coxas suadas se descolaram do vinil. A blusa tinha saído para fora da saia, e ela apressadamente a enfiou de volta, quase virando o copo de gelo no chão. Este havia sido outro erro: a saia, a regata de babados, até as sandálias idiotas de saltinho. Ela se sentia uma impostora. As mulheres que iam entrando aos poucos estavam todas vestidas como a que estava atrás do balcão — jeans rasgado, camisa larga, regatas. Tênis. Tantas botas, embora fosse a Flórida e os pés delas devessem estar suando.

E, Deus, elas eram jovens. Tão jovens que ela se sentia envelhecer com o passar dos minutos, como se, a cada segundo do relógio, brotasse outro fio grisalho em sua cabeça, nascesse outra ruga, seus dentes amarelassem até ficar cor de caramelo. Não era como se ela tivesse alguma pintura de si mesma em um sótão, envelhecendo enquanto ela permanecia jovem, não; era como se essas jovens estivessem sugando a vida dela e ela fosse a figura horrível da pintura, enrugada e monstruosa.

— Mais um gim-tônica — disse Sammie à bartender, sorrindo com a boca fechada, para o caso de os dentes estarem tão amarelos quanto ela temia. — Duplo, por favor.

A bartender entregou o drinque sem comentários, colocando na conta que Sammie já havia aberto, depois voltou a falar com uma mulher de cabelos escuros com uma camiseta apertada que se parecia muito com Salma Hayek.

Ela tomou outro gole, e seu batom deixou uma cicatriz escura ao longo da borda. Quando ela foi limpar com o polegar, espalhou-se por toda a boca do copo. Parecia que a bebida tinha algum tipo de DST horrível. Isto era outra coisa — ela tinha usado muita maquiagem ou talvez não se lembrasse de como passá-la direito. Quando ela se sentou em frente ao espelho e olhou para seu rosto nu, só conseguia pensar em como precisava cobri-lo. A maquiagem também era velha. Tubos de coisas que usara em casamentos ou que havia comprado para festas há muito tempo. Quando ela abriu o rímel, a coisa lá estava tão velha que tinha se aglomerado em uma massa sólida.

Monika nunca teria tido esse problema. Se é que Monika ia a boates como aquela, coisa de que Sammie duvidava.

"Você tem que parar de se esforçar tanto", Monika sempre lhe dizia, mas que porra ela sabia? Ela nunca tinha precisado se esforçar na vida, para nada. Os pais tinham pagado a faculdade, depois a pós, depois a especialização em Direito. Ela tinha conseguido um emprego em uma firma cujos sócios conheciam seu pai. Quando criança, viajara pelo mundo todo — tantos lugares, que Sammie nunca conseguia pensar em um novo lugar para elas irem que Monika já não tivesse visto.

Mesmo assim, também tinha sido bom Monika conhecer tanto, ser sempre capaz de encontrar algo divertido para as duas. Ela sabia como escolher coisas de que Sammie gostaria: um restaurante especial onde pudessem dividir um prato de patas de caranguejo picante; uma viagem de esqui onde mal saíam do quarto, apenas bebiam chocolate quente e assistiam à neve cair suave em frente à janela. Sammie tinha visto neve tão raramente na vida que parecia quase uma ilusão — como se Monika tivesse construído um mundo especial só para ela.

Ela bebericou o drinque — gole pequeno, gole pequeno, faça durar. Mais pessoas estavam entrando agora, o que era bom, embora a maioria estivesse em casais ou grupos. Sammie se sentia como a única pessoa que viera sozinha. Ela se perguntou, não pela primeira vez, como sua vida teria sido diferente se não tivesse tido um filho. Antes de terem Samson, ela e Monika eram amigas de um enorme grupo de pessoas gays. Tinham amigos que encontravam em jantares, pessoas com quem saíam para bares e restaurantes, para os Gay Days nos parques temáticos, para piqueniques e casamentos e brunches. Mas, quando começaram a dizer às pessoas que estavam pensando em engravidar, seus amigos — mesmo aqueles que também eram casais — expressaram um interesse educado, e aí gradualmente pararam de chamá-las para sair. Na época em que Sammie estava grávida, os amigos que considerava mais próximos se afastaram até ela passar a sair apenas com a esposa na maioria dos fins de semana.

Ter um bebê significava não poder mais socializar nos brunches de domingo, porque seu filho gritaria tão alto que você teria que sair do restaurante. Significava não ser convidada para festas do Orgulho, porque ninguém queria ficar pelado e fazer loucuras quando você estava sentada lá com um bebê. Acabaram-se as noites de sábado no bar gay, porque você tinha que ficar em casa e amamentar. Era como se todos os seus amigos pensassem que você tinha envelhecido e saído da comunidade apenas por criar uma família.

Havia grupos de mães, claro, mas eram povoados por mulheres heterossexuais que não a entendiam. Ela se sentia excluída. Aquelas mulheres tinham maridos. Dirigiam minivans com aqueles adesivos de bonecos representando a família colados na janela de trás: marido, mulher, filhos. Falavam sobre os homens que achavam gatos nos filmes e programas de TV. Discutiam sobre métodos anticoncepcionais. Em uma reunião de grupo constrangedora, houve uma discussão sobre boquetes.

Sammie sentia saudade da sua vida antes do bebê. Sentia saudade dos amigos queer.

Hoje, todo mundo parecia jovem, *jovem* pra cacete — todo mundo que entrava no bar era uma criança. Ela se engasgou com a bebida ao perceber que estava pensando nelas de forma sexual, e elas tinham a idade do filho dela ou quase isso.

A mulher que checava as identidades na porta estava usando um batom malva que a fazia parecer que tinha roubado a maquiagem da mãe. A *butch* mais velha que tinha feito a revista corporal antes de ela entrar no bar a tocara tão perigosamente perto da região púbica que Sammie tinha ficado meio com tesão, o que a fez se perguntar quando tinha sido a última vez que fizera um sexo decente. Ela se forçou a pensar em outra coisa — era piegas demais ficar sentada em uma boate desejando que alguém a fodesse quando todo mundo ali parecia ter acabado de se formar no colégio.

— Tem alguém sentada aqui?

— Não — respondeu Sammie, escorregando para o fundo da cabine para abrir espaço. — Só eu.

— Ah, legal. — A mulher era jovem e loira, com cabelo curto, e estava com três outras amigas que jogaram as bolsas em cima da mesa. Elas não se sentaram com Sammie, só ficaram paradas ali ao lado, apoiando as bebidas no tampo e olhando para o salão cada vez mais lotado.

Sammie não tinha certeza do que fazer. Sua bebida estava quase no fim, e agora ela se sentia presa na cabine atrás dessas mulheres, todas de costas para ela. Ela puxou o telefone, só para fazer alguma coisa, e lá veio o aplicativo de namoro — humilhante, já que todas com quem ela poderia dar match em Orlando estavam provavelmente ali mesmo, no único bar lésbico da região.

A mulher com quem ela tinha saído há algumas semanas havia mandado outra mensagem. Myra. A mensagem era apenas um monte de pontos de interrogação, já que Sammie não tinha respondido às últimas três. Por um momento, Sammie ficou nervosa, perguntando-se se Myra estava no bar naquela noite, vendo-a com seu traje vergonhoso, e então decidiu que provavelmente não. Esta era a questão — não havia ninguém da idade dela lá.

Quando a loira novinha se abaixou para amarrar o cadarço da bota da amiga, Sammie jogou o celular na bolsa e saiu da cabine. As garotas entraram e tomaram o espaço como se estivessem só esperando que ela saísse.

A batida da música parecia um segundo pulso no corpo de Sammie. Ela colocou o copo vazio no bar e pegou outro, só para ter o que fazer com as mãos, e então andou pelo perímetro do salão. Limpou o batom no dorso da mão — vermelho demais, laranja demais, chamativo demais para o rosto dela — e depois esfregou aquela mancha da mão com a ponta fria dos dedos. A música era irreconhecível, mas gostosa, parecia ser uma música lésbica, essa era a palavra, e todos aqueles corpos se mexendo juntos eram como um único organismo, como se todos tivessem sido engolidos pelo lugar, virado parte dele. Ela finalmente se sentiu acomodada na própria pele.

Em frente ao banheiro havia duas mulheres se pegando. Sammie ficou ali por um minuto observando-as. Elas tinham a mesma altura e ambas usavam jeans. Uma estava com as mãos nos bolsos traseiros da outra, que punha os braços em volta do pescoço dela, passando as mãos pelo cabelo. Era algo de que Sammie sentia falta — não apenas a foda, mas como era fácil tocar outra pessoa quando se estava apaixonada ou pelo menos prestes a se apaixonar. Ela pensou em como Monika sempre colocava a mão em sua lombar, no lugar perfeito, tocando-a exatamente como ela queria. Aquelas palmas largas, os dedos longos e fortes, os mesmos que ela usava para abrir as tampas dos frascos para Sammie na cozinha.

Ela estava próxima o suficiente ao casal para poder cheirá-las, sentir o aroma de pele quente e saliva. Podia ficar ali a noite toda, e as duas nem iriam notar, de tão concentradas uma na outra. Quando ela percebeu que estava chegando a se inclinar para perto, quase tocando um ombro, obrigou-se a sair para o pátio.

Outra música, mas ainda praticamente a mesma. Baixo profundo, batida pulsante, palavras vazias. Bebidas pela metade passavam entre mãos suadas. Copos de plástico empilhados em mesas ou bordas de vaso de concreto, palmeiras e arbustos quase mortos numa terra cheia de bitucas de cigarro. O ar estava pesado com a umidade, deixando o cabelo dela com frizz e o rosto, oleoso e escorregadio, a maquiagem como uma segunda pele roçando a parte superficial da carne.

Começou uma música que, surpreendentemente, ela conhecia. *Foda-se*, decidiu, ela ia dançar mesmo que ninguém quisesse tocá-la. Então, era uma multidão de mulheres dançando todas juntas.

A bebida dela derramou na saia. De repente, havia alguém atrás, dela, segurando a cintura dela, e ela pressionou de volta, o encaixe daquele quadril agarrando-se a ela confortavelmente. Ela se sentia encaixada como uma peça de quebra-cabeça. Tinha tanta saudade dessa sensação de desejo e, quando a música acabou e o braço a abandonou, ela se sentiu desolada, solta em um mar de outros corpos que apenas um momento antes pareciam tão acolhedores.

Mais uma vez, ela vagou. Sammie se perguntava se na boate havia alguém que ela pudesse reconhecer, e às vezes achava que sim, mas os cortes de cabelo e as roupas pareciam errados. Ela não sabia se estava se lembrando de uma pessoa, ou de uma memória, ou apenas da ideia de uma lésbica, algo que poderia ter visto em um filme ou na televisão. Talvez até mesmo na internet.

Em um dos salões da frente estava rolando um show de drag. Estava ficando lotado, assim ela ficou lá atrás, nervosa demais para abrir caminho. Só conseguia ouvir a música — outra que ela reconhecia —, mas havia pessoas empurrando-a, esforçando-se para ver, então ela saiu para pegar outra bebida enquanto o bar estava vazio.

A bartender que a havia servido veio e serviu outra, sorrindo quando Sammie tirou uma nota de dez dobrada da bolsa e a deslizou em cima do bar. *Ah, ela é gata*, pensou Sammie, e se debruçou até derramar metade da bebida ao longo do balcão.

Envergonhada, ela pegou a bebida e deixou a mulher com a limpeza, escorregando de volta ao longo da parede na beira da pista. Lá era mais escuro, quase bonito, com as luzes coloridas tocando o teto e os corpos dançantes. Havia uma mulher perto dela, também encostada à parede. Ela estava com as mãos enfiadas profundamente nos bolsos da frente do casaco de couro. Era um pouco mais velha, como Sammie, mas tinha uma energia diferente. Como se estivesse sozinha porque queria ou como se esperasse que alguém viesse até ela. Sammie pensou em Monika, com sua energia de quem não se esforçava. Sammie queria ser assim. Sempre se via gravitando em direção a mulheres que estavam no controle, que podiam dizer a ela exatamente o que fazer e fazê-la gostar disso.

Ela conhecera Monika em uma festa organizada por uma amiga em comum com quem depois haviam perdido contato… Bianca? Breanna? Sammie não conseguia se lembrar. Elas estavam na cozinha de um apartamento minúsculo, o ar-condicionado se esforçando para combater o calor da Flórida, a sala cheia de corpos tentando navegar entre os outros e os móveis baratos da IKEA. Sua futura esposa estava segurando uma cerveja e o braço de outra mulher. Sammie se lembrava disso acima de tudo: a mão de Monika enrolada no cotovelo daquela mulher, uma pessoa sem rosto que não significava nada para Sammie além da forma como Monika a movimentava pela sala. Gentil, mas com autoridade. Como se soubesse o que a mulher iria querer sem que ela tivesse que dizer nada.

Sammie olhou outra vez para a mulher encostada ao seu lado. Ela tinha cabelos pretos bem curtinhos. Usava um jeans sujo e botas pesadas grandes, e a camiseta debaixo do casaco de couro era de uma banda que ela não reconhecia. Em contraste com as roupas, seu rosto era doce e suave, pontilhado de pintas escuras. Mas eram seus olhos, grandes e líquidos, que Sammie queria nela. A mulher nunca olhou na direção dela, não a reconheceu de forma alguma. Mas Sammie sabia que ela podia senti-la ali. Era uma daquelas mulheres que sabia que as pessoas a desejavam e que não precisava fazer nada para que isso acontecesse. Elas vinham até ela.

A música mergulhou em uma batida mais profunda. Mais pessoas chegaram na pista de dança, corpos escorregadios de suor, ar cheio do cheiro de perfume misturado com desodorante vencido. Sammie sentiu falta de ficar apertada contra alguém, encontrar o aroma úmido da pele da pessoa, aquele cheiro quente e cozido que lhe informava exatamente como ia ser o cheiro dela quando finalmente estivessem juntas na cama.

Quando a mulher se descolou da parede e se dirigiu para o banheiro, Sammie a acompanhou. Aquele corpo era um farol. Ela o teria seguido para qualquer lugar. Até pensar naquele corpo significava pensar menos no próprio corpo. Talvez isso a fizesse se sentir mais presente na mente e menos um animal — ou, não, não era isso. Talvez mais animal e menos mente. Concentrada puramente na necessidade. Pelo menos uma vez, não deixar que seu cérebro a fodesse com qualquer pensamento desnecessário.

A fila para o banheiro tinha diminuído. Assim que a música começou a parecer sexual, todas tinham decidido só lidar com a bexiga cheia. Sammie se lembrava de quando os fins de semana eram assim, antes de Monika, e mesmo depois, com Monika, afinal, o sexo delas não era ótimo? Como se alguém estivesse agarrando os controles dentro dela e os operando com habilidade.

Sammie ficou atrás da mulher na fila, depois se aproximou ainda mais, perto o suficiente para contar as sardas no pescoço dela. A mulher estava usando pequenas tachas nas orelhas. Como seria colocar a boca ao redor daquele lóbulo macio e traçar as bordas afiadas das joias com a língua?

Na festa em que ela conhecera Monika, tinha seguido os movimentos dela pela sala com o canto dos olhos. Quando a outra mulher foi embora inexplicavelmente, Sammie soube que era o destino. Ela saiu atrás de Monika pelas portas deslizantes de vidro até uma varanda bamba. Não havia cadeiras, só uma mesa de plástico porcaria e um cinzeiro cheio de água da chuva nojenta. Dava para um estacionamento, onde um reboque estava metodicamente avançando pelas fileiras do condomínio. Monika inclinou-se na lateral da varanda e disse: "Puta que pariu, é meu carro", e foi aí que Sammie colocou a mão bem no bolso de trás dos jeans de Monika. E Monika fez um ruído que soava como interrogação, mas depois disso assumiu a liderança. Sammie não tinha certeza de como chegou em casa naquela noite, mas isso não importava, porque ela havia encontrado sua alma gêmea. Aquela sensação de que ela sentia falta.

O dj colocou uma música que todo mundo amava. Outra mulher saiu da fila, ainda apertada para fazer xixi, mas se recusando a não dançar.

A mulher de jaqueta de couro tinha um ponto esfolado na nuca, uma linha rosada onde o colarinho ficava roçando a dobra da pele sob o crânio. Sammie jogou o copo vazio no lixo transbordando e deslizou os dedos por aquele ponto suave e machucado. A mulher deu um solavanco ao sentir — não só se afastou, mas realmente teve um espasmo, como se os dedos de Sammie a tivessem eletrocutado.

— Não — disse ela, mas não se virou.

Foi só essa palavra; Sammie nem tinha certeza de ter ouvido direito. Podia ter sido outra pessoa, um barulho do box do banheiro, alguém gritando algo na pista.

Sim, só podia ser outra pessoa, pensou Sammie, as mãos ainda geladas de segurar a bebida, e passou a palma pela nuca da mulher, fechando-a ali.

O frio vai ajudar, pensou, e teve um flash de Samson se queimando no fogão aos oito anos. Ela tinha enfiado aqueles dedos queimados na boca para aliviar a dor, assim como agora estava enfiando a mão gelada na pobre nuca da mulher, mesmo só conseguindo pensar *Mas esta mulher não poderia me aliviar, será que ela não poderia fazer o que eu preciso neste momento, me dar o que eu quero e fazer ser bom?*

A mulher tremeu. Sammie tirou a mão da nuca dela e colocou a boca ali, apertou os lábios contra a pele irritada enquanto circundava os braços pela cintura da mulher. Ela era tão sólida que parecia que Sammie estava ancorada em algo, e era tão bom que ela nem ouviu de fato a voz da mulher — "Não, não, para, não" — até outro par de mãos estar no ombro dela, outra pessoa atrás, removendo-a à força do corpo da mulher.

Ela foi escoltada para longe do banheiro por um corpo maior que o dela. A mulher a arrastou para depois do bar, até estarem perto da porta, de volta ao lado da segurança que a tocara com tanta intimidade, das pessoas que tinham pegado o dinheiro dela para deixá-la entrar.

— Quando alguém diz para parar, você para.

— Quê? — Sammie olhou para a mulher: alta, magra como varapau, com cabelo grisalho na altura do ombro e óculos com aro de metal. Nariz esguio de falcão. Manchas senis no pescoço. As luzes de estroboscópio ricocheteando nas lentes faziam os olhos dela parecerem de glitter, como se ela não tivesse íris de verdade e só contivesse a energia do salão.

— Você está bêbada? Quer que eu chame um carro?

— Não — respondeu Sammie, sacudindo a mão da mulher de cima dela. Os dedos eram longos e finos, mais fortes que os da própria Sammie. — Não preciso de um carro.

A mulher se abaixou perto do rosto de Sammie, e agora era ela que queria se afastar. Porque a mulher tinha a aparência de todas as vezes que a mãe lhe disse que ela cometera algum erro, das pessoas na igreja quando ela fazia algo inapropriado. Por um momento, ficou paralisada, como se não suportasse viver mais um segundo na própria pele.

— Você precisa ouvir quando alguém manda parar — disse a mulher. — Porra, você sabe disso. Não se comporte que nem um homem aqui, agarrando as pessoas como se fossem sua propriedade.

Que nem um homem, pensou Sammie, recompondo-se. Era assim que ela estava agindo? Como podia agir como um daqueles babacas mimados quando só queria conforto?

— Volte quando lembrar como se comportar.

Sammie riu disso, e a mulher se endireitou. Meu Deus, como era alta.

— Eu sei como me comportar. Tenha uma boa noite.

A mulher franziu o cenho, em seguida, subiu a calça e caminhou de volta em direção ao banheiro. Sammie pensou que poderiam ter a mesma calça: bombazina cinza, cintura baixa. Talvez tivessem a mesma idade. Não, a mulher era definitivamente mais velha. Sammie olhou em volta e viu muita gente da sua idade no bar. Muitas sapatões mais velhas, também. Sammie pagou a conta, deu uma gorjeta enorme à bartender jovem e gostosa, e se perguntou se todas essas mulheres mais velhas haviam estado lá o tempo todo. Talvez ela simplesmente não estivesse procurando por elas.

Lá fora, o ar a pressionou, quente e pegajoso. Ela atravessou a fila de gente esperando para entrar, sapatões amontoadas usando shorts jeans cortados e tênis, cabelos curtos e longos e encaracolados e cortados e raspados.

Seu carro estava no estacionamento do outro lado da rua. Uma vez atrás do volante, ela se sentiu horrivelmente sóbria. Viu a fila rastejando como a de formigas para dentro do prédio, que era decorado com luzes néon rosa e turquesa, algumas em forma de flamingos, outras, de palmeiras. Era a Flórida Central gay, e ela não fazia parte. Não sabia de onde caralhos fazia parte, mas não era de lá.

Ela pegou o celular, encontrou o número de Myra e apertou para ligar. Ela atendeu após o primeiro toque. Myra perguntou o que ela queria, e Sammie disse que queria ir lá, e Myra disse:

— Como assim, tipo agora? — E Sammie disse que sim.

Myra mandou uma mensagem com o endereço, um apartamento perto da International Drive, aquele paraíso para pessoas que frequentavam lugares como o museu Ripley's Believe It or Not! — os turistas que só vinham à Flórida para fingir, que nunca se aventuravam a entrar na cidade de verdade.

Levaria pelo menos quarenta minutos para chegar lá. Ela digitou o endereço no celular, mas, antes de sair do estacionamento, enviou uma mensagem para Monika e Samson.

Vou chegar tarde em casa.

Chloe odiava trabalhar no bar, mas as gorjetas eram boas, e sua namorada dizia que elas precisavam do dinheiro. Sabrina não sabia como era. Ter que jogar conversa fora e fazer bebidas de merda por horas enquanto as mãos congelavam com o gelo e como ela tinha que sorrir bem lindo só para alguém jogar uns trocados extras para ela. O que isso significava no contexto geral de viver de aluguel? Mas Sabrina estava na pós-graduação e tinha empréstimos estudantis, e era Chloe quem ganhava dinheiro constante, então ela trabalhava nas noites em que só o que ela realmente queria era estar em casa comendo pizza com a namorada na frente da TV. Alguns momentos eram piores que outros. Como aquela noite em que a mulher bêbada que não parava de dar em cima dela. Ela era fofa, mas velha demais para Chloe. A maquiagem dos olhos dela estava escorrendo e ela parecia tão… triste. Tinha deixado uma gorjeta enorme, mas só de ver aquela senhora vagando pela sala — como se não tivesse ideia de como se portar no próprio corpo e só quisesse que alguém, qualquer um, a sustentasse de pé — fez Chloe pensar que provavelmente um dia ela seria assim. Se as coisas com Sabrina não dessem certo. Ela não queria ser uma sapatão velha que incomodava as jovens em boates. Nem queria estar em boates, ponto. Então mandou uma mensagem para Sabrina, perguntando se elas podiam fazer pipoca. Embolsou as gorjetas — até aqueles dez a mais da senhora bêbada, que era mesmo simpática, ainda que desse um pouco de vergonha alheia — e foi direto para casa. Casa, *pensou Chloe, era uma palavra muito agradável.*

13

Um condomínio fechado. Que pé no saco.

Ela se sentou em frente ao complexo de apartamentos ao lado de um portão de segurança vazio e do teclado minúsculo onde precisaria digitar o número do interfone. Já havia tentado mandar uma mensagem a Myra, sem resposta. Quarenta minutos de viagem, e ela estava irritada e cansada, todo o álcool da noite servindo apenas para deixá-la mal-humorada e sem ânimo, além de um pouco faminta.

Um entregador de pizza com um sinal da Domino's aceso em cima de um Camaro batido parou atrás dela. Ela engatou a marcha no carro e deu a volta, parando atrás dele enquanto ele digitava um número no interfone.

Quando o portão se abriu, Sammie o seguiu rápido, mal conseguindo passar antes do portão se fechar. Monika teria um ataque se ela batesse o carro outra vez, e tinha razão; ela pagava o seguro e conseguia um bom preço para elas. Sammie tinha sorte quando se lembrava de pagar as contas antes que elas estivessem a caminho do setor de cobranças.

Myra vivia em um dos condomínios genéricos que salpicavam a paisagem mais próxima dos parques temáticos. Até que eram bonitos, com palmeiras e arbustos e vegetação florida, mas os edifícios eram tão altos e amontoados que mal se podia ver a linha do horizonte, e era quase impossível distingui-los. Eles vinham em um sortimento de tons pastel, salmão e verde cor de sorvete de menta, a piscina ocasional ensanduichada entre os edifícios.

Por um tempo, quando ela era pequena, a tia tinha morado na cidade. A mãe de Sammie a deixava no apartamento dela enquanto frequentava os estudos bíblicos ou fazia compras no supermercado. A tia já havia sido casada duas vezes aos trinta anos de idade. Ela era bonita — gostosa, até — de uma forma que parecia excitante para Sammie, cuja própria mãe usava vestidos de saco de batata que lhe cobriam os tornozelos. A tia Stella tinha uma cabeleira cheia de laquê e usava roupas justas, cor de néon e decotadas. As unhas eram pintadas de vermelho-vivo brilhante, cor de maçã do amor. Ela deixava Sammie brincar na água enquanto se deitava em uma espreguiçadeira, tomando sol na pele lisa e bronzeada.

Todos os fins de semana, algumas crianças ficavam em frente ao portão fechado que dava para a área da piscina, como uma ninhada de filhotes de cachorro perdidos. Sammie queria abri-lo para eles, mas a tia não deixava.

"Não, querida", ela dizia, virando para bronzear o outro lado. "Não podemos deixá-los entrar. Se eles se afogarem, eu que vou ser responsável." As coxas e costas dela ficavam cobertas de listras vermelhas de onde a espreguiçadeira havia afundado na pele. Ela soltava a parte de cima do biquíni e deixava as alças penduradas. Sammie evitava olhar para seus seios nus, mas ainda assim divisava a forma deles pelo canto do olho.

Depois que a tia se mudou, Sammie nunca mais a viu. Ela foi morar com um homem e optou por não se casar com ele. A mãe de Sammie deixou de falar com ela por completo. Nunca mais a mencionou. *É fácil assim alguém apagar você da vida*, Sammie pensou, seguindo a curva do asfalto ao redor do condomínio de Myra, apertando os olhos para ler os números dos apartamentos enquanto eles passavam em um borrão. *É só fingir que a pessoa nunca existiu.*

Ao contornar a curva final atrás do condomínio, ela parou na primeira vaga de estacionamento que viu, e só depois percebeu que era apenas para moradores. Era a última coisa de que precisava, ser rebocada estando do outro lado da cidade, então ela colocou o carro em ré e manobrou, quase derrubando o entregador de pizza enquanto ele tirava a pilha de caixas do porta-malas.

— Puta que pariu — gritou ele, chutando o para-choques dela. — Olha por onde anda, vaca burra.

Sammie voltou para a vaga, raspando a frente do carro no meio-fio. Ela se abaixou para o entregador não a ver ao entrar no prédio de Myra, e esperou até que ele fosse embora para sair do carro. *Que se foda*, ela pensou após considerar se alguém iria rebocá-la. *Que se foda e que se foda aquele cara.* Enquanto subia as escadas, ela pensava na raiva do filho. Samson não explodia de raiva sempre, mas, quando explodia, era como uma bombinha. Os homens se enraiveciam tão rápido — *mas não*, ela pensou então, *talvez não seja nada disso*. Talvez eles sejam apenas mais rápidos para mostrar a raiva deles. As mulheres aprendem desde pequenas a sufocar e a engolir a delas.

Será que a filha teria sufocado a dela também, como Sammie? Será que teria sido paciente quando o irmão escolhia ficar com raiva? Teria ele sido o tipo de irmão que atacava a irmã ou que a protegia do mal?

Bom, ele comeu ela, né?, pensou Sammie. *Aí está a resposta.*

Ela percorreu a longa passagem do terceiro andar até o apartamento de Myra e depois ficou lá, esperando em frente à porta para recuperar o fôlego. Encontrou um tubo de batom na bolsa e o passou apressada, alisou os fios de cabelo que inevitavelmente ficavam arrepiados na umidade. Desejou não estar vestindo as roupas do bar. Ela se perguntou se cheirava a fumaça ou a gim derramado. Mas era tarde demais para se preocupar com tudo isso agora.

Ela bateu à porta e esperou. Ouviu mais de uma voz atrás da porta fechada, o que a fez parar. O que ela realmente sabia sobre aquela mulher, além do nome? Ela era Myra Santos, embora Sammie tivesse digitado o contato em seu telefone como "Myra Tinder". Sammie não tinha pensado em perguntar se ela vivia sozinha ou com um colega. Deus me livre de uma ex-mulher.

A porta se abriu e a pergunta foi respondida. Uma garota, de talvez treze anos, olhou fixamente para Sammie enquanto enfiava uma fatia de pizza de pepperoni na boca. Seus cabelos escuros estavam enrolados em um coque bagunçado, e ela vestia uma camiseta da Universidade da Flórida Central manchada de tinta.

— Mãe — gritou ela, pingando molho no chão. — Tem uma moça para você.

A garota se virou e desapareceu dentro do apartamento. Era para ela seguir? Devia ir embora? E, então, lá estava Myra vestindo uma camiseta cinza lisa e short largo de academia, descalça, convidando-a a entrar. Era tarde demais para fazer qualquer coisa a não ser aceitar. De novo, ela ficou chocada com o quanto a mulher lembrava Monika. Mesmo cabelo encaracolado escuro, cortado curtinho e raspado na nuca e nas laterais. Mesmo rosto de bebê com covinhas e nariz arrebitado. A maior diferença era que Myra era um pouco mais alta. Era estranho encará-la; Sammie ficava olhando para a altura do queixo dela, esperando ver um par de olhos.

— Desculpa pela bagunça. Não estava esperando visita.

— Não tem problema. Desculpa incomodar.

— Você não está incomodando. — Myra pegou a mão dela e passaram pela sala, onde a menina tinha se aconchegado no sofá com o notebook e mais um pedaço de pizza. Ela estava assistindo a algo alto. Algo com uma trilha de risadas.

O apartamento não era enorme, mas parecia confortável. Tinha uma pequena sala de jantar com uma porta de vidro deslizante que se abria para uma varanda com vista para uma enorme piscina. O verde-azul brilhante da água reluzia como turquesa líquida. Em uma noite de fim de semana tão quente, Sammie esperava ver uma multidão de pessoas nadando lá embaixo. Quando Sammie perguntou por que ninguém estava lá fora curtindo a água, Myra murmurou:

— A piscina fecha às dez.

Então, levou-a para a cozinha. Também era pequena, mas bastante nova, com bancadas de granito e uma geladeira de inox coberta com trabalhos infantis — uma pintura a dedo parecida com um pôr do sol radioativo, alguns ensaios com nota, fotos que haviam sido transformadas em ímãs. Sammie não conseguia se lembrar da última vez em que havia colocado algo de Samson na geladeira. Será que já havia feito isso? Ou era apenas Monika? Sua esposa era muitas vezes sentimental, de maneiras que Sammie nunca conseguia ser sozinha.

Myra pegou duas cervejas, e elas ficaram bebendo em lados opostos da cozinha: Myra perto do corredor que levava aos quartos, Sammie apoiando-se desajeitadamente junto à bancada perto da pia.

— É bonito — disse Sammie quando não aguentava mais o silêncio.

— O que é bonito? — perguntou Myra.

— O apartamento — respondeu Sammie.

— É ok. — E aí as duas ficaram de novo em silêncio.

— Há quanto tempo você mora aqui? — perguntou Sammie enfim. Ela estava puxando, nervosa, o rótulo da cerveja. — Você gosta?

— É legal — disse Myra.

Não havia pratos na lava-louças. Nenhuma migalha na bancada nem anéis pegajosos de copos de suco ou latas semivazias de refrigerante atraindo formigas. Um pacote de pão integral do Publix estava bem torcido dentro do invólucro plástico ao lado do micro-ondas. Três caixas de cereais, porcarias açucaradas que ela nunca compraria, estavam alinhadas em cima da geladeira. Ela se perguntou o que havia ali dentro: frios? Restos de pizza? Havia leite integral ou desnatado, ou será que elas bebiam o de amêndoas por causa de alergias? Era esquisito estar naquele apartamento estranho com uma mulher que ela não conhecia de verdade. Ela achava que há muito tempo havia relegado Myra a algo casual. Agora lá estava, puxando conversa fiada com ela enquanto a filha dela se sentava no outro cômodo.

— Por que você não respondeu minhas mensagens? — Myra olhava para o corredor, evitando contato visual.

— Não vamos falar disso.

— Falar do quê? — questionou Myra, e aí Sammie apoiou a cerveja e cruzou a curta distância para beijá-la.

Ficaram assim por alguns minutos. Não tinha sido daquele jeito antes; desta vez, por algum motivo, estava bem melhor do que o primeiro beijo na calçada do centro depois daquele encontro chato. Mas aí Myra se afastou e a segurou enquanto Sammie tentava pressionar o corpo de novo contra o dela.

— Minha filha está em casa — disse. — Não podemos.

— Por que não?

Sammie observou o rosto de Myra. Não era o de Monika, mas ainda era bonito, especialmente agora que ela a via no conforto da própria casa. Sammie apertou o tecido da camiseta de Myra, sentindo a cintura dela; tocou a pele suave da barriga, que cedeu, e sentiu Myra começando a se entregar.

— Mãe, preciso de uma bebida.

Myra a empurrou abruptamente. Sammie se afastou, e lá estava a filha, espiando pelo canto da entrada da cozinha. Era bonita, de um jeito jovem e desleixado. Grandes olhos escuros. Aquela pele das adolescentes, macia como argila disforme. Myra abriu a geladeira e pegou uma garrafa de suco de laranja, serviu em um copo que pegou da lava-louças.

— Chega de vídeos — disse Myra, entregando o copo. — Está tarde. Cama.

A menina fez uma cara de quem queria discutir, mas Myra levantou a mão — um gesto que Sammie tentara mil vezes com Samson, embora jamais tivesse funcionado. A menina parou, pegou o computador e o suco, e deu um beijo de boa-noite na bochecha de Myra antes de sair pelo corredor até o quarto.

— Meu Deus, como você fez ela obedecer? — perguntou Sammie. — Não acredito que funcionou.

— Você tem uma menina? Não lembro. — Myra pegou uma caixa de biscoitos salgados do armário, uma peça de queijo da geladeira. Começou a cortar fatias precisas que Sammie imaginava organizadinhas dentro de uma lancheira. O cérebro dela sempre fazia isto: a separava do sexual atrás das amarras da maternidade. Ela sentia o perigo de perder a atração por Myra, afogada em questões sobre caronas, ou faculdades, ou distritos escolares.

— Eu tenho um filho — explicou Sammie, pegando uma fatia de queijo. Já estava se questionando por ter vindo, perguntando-se se devia ir embora, mas estava com fome e havia dirigido até ali. Imaginou se Myra ia lhe oferecer um pedaço de pizza.

Myra fez uma pilha de sanduíche de biscoitos e queijo. Mordeu com cuidado, com a palma da mão sob o queixo, para apanhar quaisquer migalhas antes de caírem no azulejo. Monika teria deixado qualquer coisa cair no chão e esperado que Sammie limpasse. Aí ela diria algo como "Samandra, não precisa limpar, eu faço isso mais tarde", mas, se Sammie não limpasse bem naquela hora, elas iam ficar andando descalças em cima das migalhas durante dias. O filho era igualzinho; ele era mais organizado quando criança, mas agora deixava uma bagunça na pia até começar a formar a própria colônia bacteriana.

Ela olhou para cima e percebeu que Myra havia feito uma pergunta.

— Como?

Myra suspirou. Uma migalha de biscoito caiu do lábio dela no azulejo. Ela afinal não era tão perfeita, né?

— Eu perguntei se você tem uma foto.

— Ah. — Sammie tateou o lado do corpo e percebeu que ainda estava com a bolsa. — Tenho.

Myra puxou uma polaroide da geladeira enquanto Sammie caçava a carteira.

— Esta é a Dani jogando softbol. — Era uma foto da filha dela usando um capacete de rebatedora e com um sorriso largo, uma daquelas fotos esportivas que tiravam das crianças quando elas jogavam em algum time. Samson tinha algumas em algum lugar. Sammie não tinha certeza de quando fora a última vez que vira uma.

— Que fofa — disse Sammie. — Parece com você.

Ela parece minha ex-mulher. — Myra olhou a foto como se a quisesse abraçar, embora a filha estivesse bem ali no fim do corredor. — Dani tem doze anos. Só fico com ela nos fins de semana. Feriados grandes alternados.

— Ah, putz. Que difícil. — Sammie nem imaginava. Nunca tivera que lidar com esse tipo de separação; era uma das vantagens de morar com a ex. Os feriados eram esquisitos, claro, mas não tinham sempre sido assim?

Ela estava fazendo outra vez. Pensando em *sempre* e *nunca*. Esquecendo coisas como os waffles que faziam na manhã de Natal depois de abrir os presentes. A vez em que Monika colocou chantilly na ponta do nariz e perseguiu Samson pela casa como se fosse beijá-lo e sujar todo o rosto dele. A forma como ouviu o filho rir fazia Sammie se lembrar de como seu coração podia parecer grande: enorme, um salão de baile de sentimentos.

Ela abriu a carteira para procurar uma foto de Samson. Tudo o que encontrou foi uma antiga; ele não devia ter mais de treze anos, por volta da mesma idade que a filha de Myra. Era sua foto oficial da escola, em frente a um fundo cinzento com uma camisa polo azul de tamanho exagerado, o cabelo era uma confusão selvagem de caracóis na altura do colarinho. Ele não estava sorrindo, mas quase nunca sorria em fotos. O rosto estava pálido, a cor rosada natural lavada por todo aquele cinza. Sammie nunca havia gostado da foto — não se parecia nem um pouco com o filho como ela o imaginava —, mas Monika insistiu que elas pedissem pelo menos uma ampliação para a sala de jantar e uma seleção de fotos para as carteiras. E era assim que aquela tinha ido parar em sua bolsa.

— É ele? — perguntou Myra.

Por um momento, Sammie segurou a foto perto do peito, envergonhada.

— É de um tempo atrás. Acabei nunca colocando as novas na bolsa. — Finalmente, ela entregou.

— Ele é muito bonito.

— Precisava cortar o cabelo. Ainda precisa.

Lá estavam elas, fazendo o que mães sempre faziam: falando dos filhos, afinal, o que mais havia? Myra pegou mais duas cervejas, embora Sammie soubesse que não devia mais beber se ia voltar de carro.

— Você tem sorte de ter um menino — comentou Myra. Sammie riu, certa de que era uma piada. Não era.

— Meninos não são mais fáceis — respondeu Sammie. — São como criaturas selvagens morando na sua casa. Comem sua comida e destroem tudo o que conseguirem atirar.

— Meninas te matam aqui. — Ela deu um toque no espaço acima do coração. — Sabem exatamente o que dizer para acertar os seus pontos fracos.

Sammie se perguntava que tipo de veneno uma menina de doze anos era capaz de jogar em uma mãe. Como teria sido se a menina dela tivesse sobrevivido? Será que ela se recusaria a demonstrar afeto quando não conseguia o que queria? Quando Sammie era jovem, fazia isso com a mãe. No ensino médio, todos os dias, durante um mês inteiro, ela havia dito à mãe que a odiava. Estivera cansada de se comportar como a mãe queria — arrumada, silenciosa, bonita, inteligente, feminina — e tinha perdido a capacidade de abafar sua raiva.

Um dia, depois que a mãe não a deixou ir a uma festa do pijama, ela gritou outra vez: "Eu te odeio!". E aí a mãe gritou a mesma coisa, bem na cara atordoada de Sammie. Ela tinha um olhar que Sammie nunca vira antes. E, quando Sammie irrompeu em lágrimas, sua mãe disse, no mesmo tom horrível e áspero: "Viu? Gostou?".

— É um pensamento cheio de viés de gênero — foi como Sammie respondeu agora, embora não tivesse certeza do que realmente entendia do assunto. Só o que conhecia era Samson, e ele era difícil, mas Samson era um animal único.

— Não sei. Quer dizer, não sou uma mãe perfeita. As pessoas sempre esperam tanto quando se é uma mãe gay.

— Eu definitivamente não sou perfeita — respondeu Sammie. — Tipo, nem um pouco. Só acho os meninos difíceis. Talvez porque não tenha sido criada com eles. Pelo menos, não na minha família.

Era algo que Monika sempre havia enfatizado: que elas tinham que ser mães exemplares, especialmente como lésbicas criando um menino. Por alguma razão, as pessoas não eram tão céticas ao ver uma menina sendo criada por uma família de mulheres, mas, para muitas, parecia uma conclusão previsível que duas lésbicas criando um menino iram inevitavelmente foder tudo.

O apartamento estava silencioso, exceto pelo barulho alto da geladeira, um zumbido que agitava as caixas de cereais, e então ela e Myra começaram a se beijar outra vez. Pelo jeito, afinal, não importava que a filha de Myra estivesse em casa.

Sammie se virou, pressionando as costas na frente de Myra, e Myra a fodeu contra a lateral da bancada da cozinha. Respirava com força em seu ouvido, e Sammie estava prestes a gozar quando Myra lhe perguntou, numa voz parecida com a de Monika, mas não exatamente igual, se estava bom. Avaliar se estava mesmo bom a fez pensar nos dedos de Myra em sua boceta, e percebeu que as costelas doíam por terem sido apertadas contra o granito, então ela fingiu um orgasmo e acabou.

Sammie voltou para casa com o piloto automático acionado, paranoica de ser parada e ter que fazer um teste de bafômetro. Não havia muitos carros na rua, só ela e as outras pessoas voltando para casa depois de uma noitada. Ela nem ligou o rádio, apenas ficou dentro da própria cabeça enquanto as luzes do centro da cidade passavam piscando, iluminadas de um jeito lindo em uma bagunça de construções que pareciam nunca terminar.

De volta em casa, ela apagou todas as luzes que Monika havia deixado acesas — na cozinha, no pátio dos fundos, no corredor, na escada — e depois abriu a porta de Samson, só para ver se ele estava em casa. Lá estava ele, enterrado sob um monte de lençóis e um edredom sujo. (Samson se recusava a lavar a própria roupa, e Sammie se recusava a lavar os lençóis para ele, de modo que eles estavam em um impasse de imundície). Na prateleira ao lado da cama, estavam os restos do velho boneco dourado — a cabeça amassada há muito tempo desprendida do corpo, embora as duas peças ainda ficassem juntas como um troféu desconstruído. O rosto de Samson e uma penugem de cabelo saíam pelo alto da coberta.

Sammie foi subitamente tomada pela lembrança de como ficava aterrorizada sempre que o deixava dormindo quando criança, preocupada que ele sufocasse no minuto em que ela saísse do quarto. Ela o acordava com frequência enfiando o dedo debaixo do nariz dele para ver se respirava, certificando-se de que ele não tivesse morrido no berço — um hábito que enfurecia Monika, pois já era muito difícil conseguir que ele dormisse.

Ela não levantou a mão para tocá-lo dessa vez, mas ficou lá parada por alguns minutos, observando o peito dele subir e descer sob as cobertas, pensando que a única coisa que realmente separava a vida da morte era uma fina linha cinza.

Myra não tinha certeza de que Sammie gostava muito dela, mas ela gostava de como era quando transavam. Era uma grande mudança em relação à ex-esposa, que tinha muito a dizer quando se tratava de sexo com Myra e nada de bom. Era a primeira vez que ela ficava com uma mulher desde Tiana, e ela sentia falta dessa sensação. Embora não parecesse que Sammie estivesse tão presente, pela maneira como ela se virou e deu as costas à Myra, como se não quisesse ver o rosto dela enquanto elas se tocavam. Ela se preocupava de não estar fazendo direito, de talvez ter esquecido como foder alguém ou dos seus dedos não estarem fazendo o que ela queria. Mas aí ela perguntou a Sammie se estava bom, se estava gostoso para ela, e Sammie soltou um som tão doce, suave, um sim *tão sonoro, e depois teve um orgasmo bem na palma da mão dela. Foi uma sensação poderosa, como sempre tinha quando fazia Tiana gozar, e por um momento ela se sentiu inteira novamente. Ela realmente não entendia Sammie — o quanto ela parecia fechada, reservada —, mas achava que poderia conhecê-la. Pelo menos, não tinha nada contra tentar. E isso a deixava feliz, ela achava. O fato de sentir-se pronta para tentar outra vez. Parecia algo. Uma esperança.*

14

Os meninos estavam todos gritando e se xingando. Chamavam-se constantemente de veadinho. Veadinho isso, veadinho aquilo. Sammie era lésbica e não dizia a palavra *veado* com tanta frequência quanto aqueles adolescentes. Desejou ter trazido tampões de ouvido, embora fosse ilegal usá-los para dirigir.

Ela tinha sido convencida a ser acompanhante da turma depois de duas outras mães dizerem que estavam doentes. A próxima da lista era Monika, mas de repente aconteceu "algo sério" no trabalho dela, e ela inventou alguma lorota sobre um cliente importante e a urgência de levar tudo a um juiz a tempo. Sammie sabia tão pouco sobre o trabalho de Monika que tudo ou nada daquilo podia ser verdade. Então, Monika a voluntariou — "Deve ser tranquilo para você", disse, "já que você trabalha de casa".

Faltando três horas para a viagem, ela finalmente começou a se acostumar a dirigir a grande van que ela alugara ao perceber que não queria todos aqueles monstros comendo fast-food em seu suv e limpando as mãos nos bancos do carro. Ela já havia parado e comprado Chick-fil-A para todos — com relutância, por causa das doações deles a instituições anti-LGBTQ, mas todos na van estavam implorando, e ela não queria entrar numa grande discussão por causa daquilo. Então, ofereceu a todos sanduíches fritos, tirinhas de frango e caixas de batata frita ondulada, mas não comprou nada para si, para poder dizer a ela mesma que tinha assumido um posicionamento.

Mas, agora, ela estava morta de fome, agravada por todo aquele cheiro delicioso de sal e gordura, e começando a se arrepender por ter se oferecido para começo de conversa.

— Não faz isso — sibilou Sammie quando Samson se apertou entre os bancos da frente e começou a mexer no rádio. — Estou dirigindo.

Samson a ignorou, plugando o fone em uma das tomadas, experimentando os botões, e de repente havia música alta o bastante para Sammie sentir que tinha sido estapeada. Ela gritou, apertando o volante ainda mais forte.

O filho passou de volta pelos bancos, arrastando um cabo emaranhado, cheio de nós, que ficava batendo no braço dela e a incomodando. Ela já não conseguia ouvir os garotos e as conversas deles, o que era ótimo, mas agora precisava lidar com a potência sônica da música, com um baixo tão forte que chacoalhava as laterais da van. Ela abaixou um pouco e, quando começaram os gemidos de protesto no banco de trás, ela aumentou só um ínfimo para aplacá-los.

Mais algumas horas, e estariam no hotel. Ela podia deixá-los com o técnico de natação, que tinha a papelada e podia fazer o check-in. Quatro meninos em cada quarto — não dava nem para imaginar como ia ficar o local depois de dois dias daquilo. Ela tinha pena das coitadas das camareiras. Sammie evitaria por completo entrar lá, livre para se esconder no quarto para relaxar, cochilar ou, mais provavelmente, ficar olhando o celular. Ela ainda estava no app de encontros. Também continuava falando com Myra, embora não ficassem desde a noite em que Sammie fora ao apartamento dela duas semanas antes. Parecia mais fácil mandar mensagens;

assim, ela podia fingir ser uma pessoa diferente, mais sexy, mais competente. Também lhe permitia controlar a conversa.

Superdivertida e supersexy, pensou Sammie, tirando a franja oleosa do rosto.

Estavam indo a um campeonato de verão na região de Panhandle, em uma pequena cidade perto de Pensacola e de que Sammie nunca ouvira falar. Havia um monte de lugares no estado que ela não conhecia, embora sua família morasse na Flórida havia gerações. Eles viajavam em grupos de jovens quando ela era mais nova, parando nas praias das duas costas, mas a península era tão grande e absurdamente discrepante que era possível dirigir quarenta minutos em uma única direção e ficar completamente desorientado. Ela se lembrava de uma viagem a Jacksonville, onde ficara maravilhada com as casas de tijolo atarracadas e com as plantas, que pareciam estranhamente estrangeiras — ainda verdes e selvagens, mas com o formato errado. Por um momento, ela ficou preocupada de terem saído do estado sem querer.

Sammie não tinha certeza se havia se aclimatado ao barulho do rádio ou se só estava ficando surda, mas, de repente, sentiu-se capaz de lidar melhor com o volume. Os garotos tinham se acalmado um pouco. Ainda estavam se zoando, mas a maioria deles parecia exaurido depois de comer a refeição. Um por um, estavam se acomodando e pegando no sono como um grupo de ursos hibernando.

Havia seis na van, ou talvez nove, ou trinta e sete; ela não tinha certeza, de tantos gritos e funções corporais. Havia Samson; os gêmeos, Rodney e Alex, com a cabeça raspada e o rosto lotado de espinhas; Marcus, que já havia tirado os sapatos embora os pés tivessem um cheiro horrendo e todos os garotos tivessem gritado para ele colocar de volta antes que sufocassem; e os dois outros com rosto de massinha de modelar e cabelo loiro-escuro, cujos nomes Sammie não conseguia lembrar. Tim? Peter? Sinceramente, todos podiam muito bem se chamar Brad ou Chad, que Sammie teria acreditado. Adolescentes sempre pareciam iguais para ela, bocas grandes e escandalosas cheias de aparelhos, braços e pernas desengonçados como um boneco de posto. Todos contavam piadas horríveis que acabavam de algum jeito engenhoso tipo "Vai foder sua mãe!". Conta como piada se um menino só peida em outro? Sammie não tinha certeza, mas todos os jovens achavam hilário.

O telefone apitou no colo dela, que sentiu um frisson de satisfação, imaginando se era Myra de novo. Elas estavam trocando muitas mensagens, mas a maioria era sobre sexo. As coisas são mais fáceis assim, decidiu Sammie. Fazia com que ela se sentisse melhor com a situação toda. Ela não queria falar dos filhos nem da vida pessoal delas, dos empregos ou das esperanças e medos para o futuro. Era parecido demais com o que ela já fizera com Monika — com o que *continuava* fazendo com Monika, apesar da separação. Conta como separação se duas mulheres simplesmente moram juntas na mesma casa?

Sammie abaixou a mão para pegar o celular. Sabia que era perigoso mandar mensagem dirigindo, e em geral só fazia isso nos semáforos, mas não tinha mais ninguém na estrada, o tempo estava bom e as rodovias eram retas e lisas. *Que mal tinha?*, pensou, levando o aparelho à frente do rosto enquanto batia na tela com o dedão.

Era de Myra, e não era só uma mensagem. Era uma foto. Mais precisamente, um close da boceta da mulher. Sammie olhou boquiaberta. Não tinha certeza de por que exatamente estava chocada. Ela havia pedido. Na noite anterior, depois de algumas taças de vinho, ela estava desinibida o bastante para escrever a Myra todas as coisas que queria fazer com ela. Em uma dessas mensagens, ela disse que queria ter uma foto da boceta de Myra para ficar olhando enquanto se masturbava. Myra não mandou uma na hora, mas respondeu que tinha ficado molhada com o pedido. Sammie não tinha mandado muitas mensagens picantes na vida — definitivamente, nunca fizera isso com Monika —, mas com Myra era divertido.

Sammie ficou olhando para a imagem por tanto tempo que começou a parecer menos uma boceta e mais uma obra de arte moderna. Uma escultura, quem sabe. Todos aqueles rosas e vermelhos, a nuvem de pelos escuros, a umidade brilhante, o centro roxo e escuro. A forma como queria se abrir ou parecia que se abriria. Ela nunca tirara uma foto de si mesma assim. Definitivamente, nunca recebera uma foto assim. Não tinha certeza se já se vira daquele jeito. Lembrava, adolescente, de se dobrar em frente ao espelho de corpo inteiro em seu quarto numa tentativa de ver o meio das pernas. O sangue tinha corrido para a cabeça, e ela tentou andar logo com aquilo, porque a porta do quarto não tinha tranca e ela nem imaginava o que aconteceria se o pai ou a mãe entrasse e visse o que ela estava fazendo.

Sammie não era pudica. Ela via pornô. Em geral, quando tinha certeza de que ninguém ia chegar em casa por algumas horas. Mas a maioria das coisas que ela via não era assim. Nada tão de perto. Sempre havia alguma ação envolvida — nunca só uma boceta sem dedos, ou uma língua, ou um rosto lambendo entre as pernas. Sempre um corpo maior bloqueando a abertura em si.

Sammie virou o telefone para a esquerda, depois voltou a mudar o ângulo, só para ver se fazia diferença. Ficou surpresa de se ver excitada com aquilo. Não estava esperando. Não achava que só olhar para a parte onde elas fodiam a deixaria com tanto tesão. Por um minuto, ela esqueceu onde estava e o que fazia. Só existia a foto em seu celular, sua respiração ofegante e a vibração do carro na estrada embaixo dela.

— Sra. Lucas, podemos parar e usar o banheiro?
— Deus do céu!

Um dos meninos tinha se debruçado no meio dos bancos. Sammie derrubou o telefone e agarrou o volante com as duas mãos, corrigindo demais e por um segundo entrando no acostamento. Não ousou baixar os olhos e ver como o telefone tinha caído.

— Trey. Sim. Na próxima parada. — Era esse o nome dele. Não Tim, Trey. O choque tinha soltado o nome dele no cérebro dela. — Põe o cinto, por favor.

Ele voltou ao assento, deixando uma névoa forte do desodorante ou spray corporal ou o que quer que fosse que todos aqueles meninos usavam, aquele negócio que tinha cheiro de almíscar, perfume barato e armário de academia.

O coração dela bateu nos ouvidos. Finalmente, ela baixou os olhos para o telefone — graças a Deus, havia caído com a tela para baixo. Então Trey pelo menos não o tinha visto no colo dela. Mas e se tivesse visto quando veio por trás para fazer a pergunta? Ia contar aos outros meninos no carro? Eles iam falar para os pais? Sammie achou que não ligaria de ser excluída das atividades escolares — detestava de verdade passar tempo com todos aqueles outros pais —, mas uma náusea horrível se espalhou pelo estômago quando ela pensou no que as pessoas diriam dela. Porque era diferente, não era? Uma mulher lésbica olhando uma foto pornográfica na frente de um carro cheio de meninos adolescentes?

Sammie viu a placa de uma parada e desligou a música para avisar que iam parar. Quando estacionou, só havia mais dois carros: um sedã preto com cara de novo e uma picape grande com um adesivo da bandeira dos Confederados grudado na janela traseira. O homem que devia ser dono da picape estava no meio de um afloramento coberto de grama ao lado de algumas mesas de piquenique, fumando um cigarro enquanto um labrador amarelo corria alegre sem coleira pelos cantos do estacionamento.

— Aquele cachorro vai ser atropelado — murmurou Sammie, mas o que pensou foi *Bem feito para ele*. Era uma coisa escrota de se pensar, especialmente em relação a um cachorro que não tinha controle sobre as más decisões do dono, mas Sammie não conseguia deixar de querer que algo ruim acontecesse com o homem.

Ela esperou todos os garotos descerem antes de trancar a van e ir atrás deles por um caminho sinuoso até um prédio abandonado com cara de armazém onde ficavam os banheiros.

Pelo menos parece novo demais para ser um ponto de encontro de serial killers, decidiu Sammie.

— Vão usar o banheiro — disse ela aos meninos. — E podem pegar os lanches e bebidas que acharem que vão precisar para o resto da viagem. Eu vou embora em dez minutos, e quem não estiver dentro da van vai ficar para trás e ter que ligar para o pai vir buscar. Estou falando sério.

Eles a ignoraram, como tinham feito o dia todo. Viraram à direita ao entrar, indo na direção do banheiro masculino. Ela virou à esquerda e foi até a última cabine do feminino. Ouviu alguém falando na cabine ao lado e supôs que fosse a dona do outro carro.

Enquanto estava lá sentada na privada, um bracinho gorducho apareceu embaixo da divisória e tentou pegar o cadarço dela. Ela deu um gritinho, tirando o pé do alcance, mas a mão minúscula não parava de balançar e agarrar. Era a única coisa que ela via, um braço de bebê sem corpo, e por um momento teve o pensamento ensandecido de estar em um filme de terror. Visualizou o braço, livre de um corpo, caindo e se arrastando pelo chão cheio de bactérias, aí subindo direto pela perna da calça. Uma mão pegajosa de bebê se esticando para dar um tapinha na bochecha dela. Sammie terminou o xixi e puxou o jeans de volta, rezando para a bebê ficar onde estava. Não queria ter que lidar com uma criança enquanto ainda estava com a calça no tornozelo.

Por sorte, a mãe da menina terminou e a pegou do chão.

— Desculpa — falou a mulher do outro lado da porta. — Ela agora está muito rápida. Esqueço o quanto ela foge depressa de mim.

Ela fez um monte de barulhinhos de beijo na bochecha da bebê. Aí, saíram do banheiro sem nem lavar as mãos.

Sammie saiu da cabine e lavou as suas. Ao reaplicar o batom, notou como estava desleixada e pálida. Afofou o cabelo liso e arrepiado, depois decidiu mandar uma mensagem para Myra antes de voltar à van.

Não tinha certeza do que dizer, especialmente porque estava sóbria, então rapidamente levantou a blusa e o sutiã, e tirou uma foto. Com os braços apertados no ângulo exato, quase parecia que os seus seios eram um tamanho inteiro maior. E mais empinados também. Ela puxou de volta a camisa e enviou a foto antes de perder a coragem.

Lá fora, o ar tinha um cheiro fresco e limpo em comparação com o aroma de amônia do banheiro. Três dos garotos ainda estavam nas máquinas de vendas, comprando Cocas e uma montanha de verdade de doces e salgadinhos, embora ela lhes tivesse dado almoço uma hora antes. Ela não viu Samson nem os gêmeos, mas imaginou que já estivessem perto da van. O dia estava ensolarado e quente, mas o sol era gostoso na pele dela. O céu estava de um azul tão brilhante que quase fez os olhos dela doerem quando ela olhou, e talvez fosse por isso que ela não notou na hora que a mulher do banheiro estava enfiando a filha às pressas no carro.

A bebê estava gritando. Se esgoelando, na verdade. Era o tipo de guincho que as crianças davam quando estavam assustadas ou alguém era duro demais com elas. Sammie viu a mulher se jogar no banco da frente, a bolsa emaranhada no pescoço, ligar o carro e sair acelerando do estacionamento.

Sammie se virou, e lá estava Samson, mijando por toda a lateral do prédio. Pinto na mão, ele desenhava círculo após círculo no tijolo claro enquanto os gêmeos apontavam e riam, um deles tão histérico que quase caiu na grama.

— Samson! — gritou ela. Os gêmeos pararam de rir e pareceram repreendidos, mas não o filho dela. Ele só continuou mijando, deixando listras na parede, até enfim ter esvaziado a bexiga. Aí, balançou o pinto com a mão para tirar as últimas gotas antes de enfiá-lo de volta na calça.

Ela estava tão furiosa que suas mãos tremiam. Não era de se espantar que a mulher tivesse ido embora enraivecida. O filho dela tinha que tirar o pau na frente de uma jovem mãe com a filha pequena, porque... Por quê? Porque podia? Ela deslizou o celular de volta para o bolso traseiro da calça, enfiou a chave na mão de um dos gêmeos e disse com uma voz rude para irem esperar na van. Aí, foi até o filho, que ainda admirava sua obra.

Ela queria empurrá-lo. Ele agora era maior que ela, grande o suficiente para, se a empurrasse de volta, conseguir derrubá-la. Isso antes nunca fora uma preocupação. Nunca houvera uma época em que ela achasse que não conseguia obrigá-lo fisicamente a fazer o que ela queria. Percebeu que estava esfregando o pulso, o mesmo que ele mordera há tantos anos, e soube que, se eles se mordessem agora, ele iria ganhar. Sem disputa.

Em vez de empurrá-lo, ela o virou para olhá-la. Ele estava com uma expressão vazia, impassível. Nunca parecia tirar nenhuma alegria das coisas que fazia, o que genuinamente a deixava confusa. Por que fazer coisas tão horríveis se nem havia satisfação nisso?

Quando ela era jovem e queria se rebelar, sentia muito prazer desafiando os pais. Especialmente a mãe. Como a vez em que dissera a eles que ia dormir na casa de uma amiga da igreja quando, na verdade, saiu para beber com umas garotas da escola. Era sua primeira vez bebendo, e ela só foi porque era obcecada pela menina que a convidou. Amanda, a garota *butch* do time de futebol; Amanda, com rabo de cavalo comprido e pernas grossas; Amanda, com a voz grave e rouca que fazia Sammie sentir que seu coração ia pegar fogo. Elas beberam cerveja juntas na garagem, as duas, e Sammie estava criando coragem para colocar a mão no joelho de Amanda quando, de repente, a mãe de Amanda chegou de carro.

"O que tem a dizer, mocinha?", perguntou a mãe dela, mãos no ar. Amanda tinha empurrado a cerveja para trás das costas e tentado esconder, mas Sammie, não. Não, ela segurou a dela com orgulho e, enquanto a mãe de Amanda se aproximava, ousou até dar um gole grande. A mulher deu um tapa na lata, que voou da mão dela, mas Sammie só sorriu. Naquela noite, ela sorriu o caminho todo no carro. Sorriu quando a mãe e o pai gritaram com ela na sala, e sorriu quando foi direto para a cama. Tinha parecido uma rebelião. Tinha parecido *algo*.

Mas lá estava o filho dela, sem expressão no rosto, sem sinal de que ligava para o que tinha feito. E, talvez, fosse isso o que era tão decepcionante. Não havia paixão dentro dele. Era como se ele fosse vazio, como um dos coelhos de chocolate que ela comprava para a cesta de Páscoa dele quando ele era criança.

Ele olhou para ela e não disse nada. Ela olhou para ele e não disse nada. E, aí, ela falou:

— Às vezes, você me dá nojo.

Não tinha planejado falar, mas saiu mesmo assim, como vômito. Depois, ela se sentiu melhor e não teve medo de admitir a si mesma. Era como se tivesse desenterrado algo podre do centro do seu ser.

Monika nunca teria dito uma coisa dessas. Monika era a mãe mais legal. A melhor.

— Você estava olhando uma boceta no seu telefone — respondeu ele.

Ela arregalou os olhos.

— Na frente dos meus amigos. Enquanto devia estar dirigindo para levar a gente para um campeonato de natação.

Por algum motivo, Sammie riu.

— Aposto que tem um monte no seu telefone.

— É esquisito quando é você.

— É? Eu sou uma pessoa. Tenho um corpo. Eu também gosto de sexo.

— Que nojo.

— Não é nojento.

Tudo o que envolvia sexo sempre era nojento no que dizia respeito aos filhos. Ela estava tão cansada de ter um corpo repartido ao meio. Às vezes, sentir-se como mãe, com o corpo de uma mãe fazendo todas as coisas que uma mãe devia fazer, e o resto do tempo tentando ser uma pessoa realizada por completo: alguém que transava, alguém que gostava do próprio corpo e queria que outras a vissem, alguém que se cuidava.

Sammie não se cuidava muito.

— Não toque no seu pau na frente de outras pessoas — disse ela. — Só faça isso se você tiver consentimento.

— Consentimento para mijar?

— Isso, Samson. Consentimento para tocar seu pau e mijar na frente de outro ser humano.

— Tá. — Ele apontou para a van. Todos os outros meninos estavam esperando, olhando os dois brigando no estacionamento. — Dá pra gente ir agora?

— Sim. Mas chega de música. — Sammie estava com enxaqueca.

O técnico estava uma hora atrasado. Eles tinham parado no caminho para abastecer e comprar comida e souvenires em uma daquelas paradas kitsch da Flórida, onde deixavam as pessoas fazerem carinho em filhotes de crocodilo e comprar geleia "caseira" e pacotes de laranjas verdadeiras da Flórida. O técnico, que era de

Connecticut, achou todas as coisas de turistas fofas. Sammie estava cansada. Só queria um banho e a sua cama, mas, em vez disso, estava no lobby de um Holiday Inn Express com outra mãe esgotada e mais quatro adolescentes para somar aos seis que ela trouxera.

— Eu devia ter alugado uma van — falou a mulher, e Sammie ficou feliz por ter tomado pelo menos uma decisão certa. Os garotos estavam com fome de novo. Pareciam trituradores de lixo. Depois de trinta minutos de reclamações, a outra mãe — uma mulher chamada Matilda que usava uma camiseta de natação universitária e tinha prendido o cabelo que ia ficando grisalho em um coque alto que pendia drasticamente para um lado — decidiu pedir uma pizza para calar a boca deles.

Finalmente, eles se acalmaram, jogados nas poltronas e sofás do lobby enquanto demoliam várias caixas de queijo e pepperoni. Sammie beliscou uma fatia, escorrendo gordura laranja em um prato de papel, e bebeu um pouco do café que as recepcionistas fizeram a gentileza de oferecer. O café era bom, mas não tinha cafeína suficiente para mantê-la acordada. Logo, a duração e o estresse do dia a puxaram para um espaço mental enevoado em que tudo parecia um sonho estranho.

Matilda estava falando ao telefone com o marido. Dava instruções passo a passo para aquecer uma caçarola que havia deixado para ele e a filha, uma menina chamada Kaylee ou possivelmente Haylee.

— Não, você tem que preaquecer o forno — ela não parava de dizer. Parecia que estava tentando treinar um filhote de cachorro, não um adulto que devia saber usar um eletrodoméstico na própria cozinha. Nem Monika teria ligado para perguntar como usar um forno. *Qual era o problema dos homens?*, Sammie se perguntou. *Ter uma esposa automaticamente os transforma em bebês?*

Então veio o técnico com os meninos que faltavam, que foram como um enxame para as caixas de pizza — escarafunchando atrás de fatias, raspando pedaços de queijo do papelão, consumindo os restos como uma matilha de cães selvagens. O técnico era um homem de meia-idade com cabelos ralos e oleosos, e uma rosácea severa. Ele tinha pelos faciais irregulares que pareciam uma tentativa fracassada de unir a barba ao bigode. Gritou com a mulher da mesa de reservas até ela resolver os quartos. Sammie se levantou da poltrona, perguntando-se se ia precisar fazer mais alguma coisa naquela noite ou se poderia voltar para o quarto para ler e, possivelmente, se masturbar.

— Olha esses meninos, todos exaustos — comentou Matilda. Finalmente tinha terminado a ligação com o marido. — Não são um amor? Me lembra de quando Josh era pequeno e corria o dia todo até enfim desmaiar no tapete.

O filho de Matilda, Josh, era um menino baixinho do primeiro ano com cara de buldogue. Em geral, ficava sentado em um silêncio mal-humorado, tentando não ser notado pelos outros garotos, que repetidas vezes lhe davam caldos na piscina da Associação Cristã de Moços.

O técnico entregou as chaves dos quartos e dividiu os meninos em grupos.

— Josh vai ficar comigo — anunciou Matilda, pendurando o braço no pescoço do filho. Sammie fez uma careta de empatia pelo menino, que ia ter que lidar com as consequências dessa traição materna por semanas. Ela e Samson se olharam brevemente.

Pelo menos eu não sou esse tipo de mãe, pensou.

Sammie garantiu que Samson estivesse com as coisas dele — a mesma bolsa de lona porcaria que sempre usava, fedendo a cloro e mofo —, e aí se mandou, correndo pelo corredor para entrar no elevador antes que os outros pudessem vir atrás. O prédio em si só tinha três andares, então não havia chance de ela estar longe o bastante dos quartos deles para não os escutar gritando ou quebrando móveis, mas Sammie não ligava. Matilda que lidasse com tudo aquilo, ou talvez até o técnico. Ele que fosse pai por um tempo.

O quarto era ok: duas camas de casal, com colchas de poliéster verde-escuro com estampa floral, e uma varanda com vista para o estacionamento. À distância, ela via o brilho da placa de um Cracker Barrel. *O problema com o Cracker Barrel*, pensou ela com tristeza, *era que não vendiam álcool*. Ela jogou as coisas na cama mais perto da porta e fez xixi no banheiro escuro, aí desceu de novo e perguntou à recepcionista onde havia uma loja de conveniência.

— Tem um 7-Eleven a um quarteirão daqui, na direção da interestadual — respondeu a mulher. Estava com uma das mãos escondida atrás do corpo e um olhar culpado. Uma das caixas de pizza estava no balcão atrás dela, parcialmente aberta.

— Olha, pode comer o quanto quiser, você merece — disse Sammie, e aí decidiu andar até o fim da rua para comprar vinho barato.

Ela voltou com um cabernet, além de um engradado de cerveja local que o caixa recomendara e um saco tamanho família de salgadinho Funyuns, do tipo apimentado que deixava os dedos vermelhos. Levou tudo para o quarto, equilibrando os pacotes enquanto tentava caçar a chave no bolso de trás. Uma vez lá dentro, trancou a porta e tirou os sapatos, enfiando os dedos dos pés no carpete marrom feio da suíte. Ela ligou a TV, mas abaixou o volume até o casal na HGTV estar tendo uma discussão sobre bancadas de granito aos sussurros. Ela se sentou na beirada da cama e começou a beber direto do gargalo da garrafa de vinho. O rótulo tinha uma imagem de um urso de desenho animado, mas, por cinco dólares, não era ruim.

O celular dela estava cheio de mensagens de Myra em resposta à foto que ela enviara do banheiro da parada. Ela tinha mandado de volta uma série de nudes, coisas cada vez mais explícitas, ao ponto de Sammie não saber nem por onde começar. Ela passou a se perguntar se gostava de todas aquelas mensagens pornográficas mais do que do sexo de verdade. Quando ela as mandava para Myra, podia ser o tipo de pessoa que quisesse: destemida, no controle, sexualmente confiante. Podia escrever coisas que nunca diria em voz alta em um milhão de anos, pedir coisas com as quais nunca se sentiria confortável na vida real. Podia dizer a Myra exatamente o que queria fazer com ela, como queria fodê-la — debruçada em cima de uma mesa, usando vários brinquedos diferentes. Ela nomeava uma variedade de pintos de borracha que só tinha visto em filmes pornô. O único brinquedo atualmente em sua posse era um vibrador pequeno e discreto, que podia passar por mouse de computador se a mala dela um dia fosse examinada pela segurança do aeroporto. Várias vezes, ela chegara a sugerir que queria bater em Myra ou sufocá-la, coisas que nunca tinha feito antes e nunca tinha imaginado fazer com outra pessoa.

Myra mandou um close da bunda. Exibia uma marca de mão vermelha vívida que ela aparentemente tinha feito sozinha. Sammie achou a foto extremamente erótica. Por um instante, considerou como seria bater assim em outra pessoa. Era algo que ela queria fazer?

Ela escreveu que queria dar um tapa na cara de Myra e puxar o cabelo dela enquanto a comia por trás. Aí, mandou uma mensagem à esposa para dizer que finalmente tinham feito check-in no hotel e lembrá-la de POR FAVOR (em maiúsculas) colocar água nas plantas lá nos fundos para não morrerem que nem da última vez. Mandou outra foto a Myra, desta vez da boca, e disse que queria morder os peitos dela. Aí, jogou o celular na cama e foi se sentar na varanda.

Uma família de quatro pessoas estava tirando a bagagem do porta-malas de uma minivan prata no estacionamento embaixo do quarto dela. Duas crianças pequenas corriam gritando enquanto pai as perseguia, rugindo como um monstro. A mãe estava tentando organizar tudo em uma única pilha, que não parava de tombar. A menor das duas crianças deu de cara com as malas e caiu, ralando o joelho; aí, ele começou a soluçar até o pai o pegar para fazer aviãozinho em cima da cabeça da irmã. A mãe ficou lá parada parecendo que queria arrancar os cabelos.

Sammie levantou a cerveja em solidariedade.

— Um brinde a você e ao seu trabalho ingrato — disse, e deu um longo gole na IPA: amarga e forte, e que deixava um gosto esquisito de azeitonas na boca.

Carros passavam rápidos na estrada distante. O sol mergulhava através das nuvens, produzindo uma mancha cor de glacê das princesas: rosa-bebê, violeta, coral vibrante. Ela sabia que aquelas cores lindas eram causadas pela poluição, mas, naquele momento, amou. Amou ver todos aqueles carros da Flórida deslizando lá embaixo, indo para lugar distantes, vidas diferentes, outras cidades.

É gostoso estar longe de casa, mesmo só por um tempinho, pensou Sammie. *Ver tudo com uma áurea de nostalgia.*

A família saiu andando, o estacionamento voltou a ficar silencioso. Ela ouviu o som da estrada até ele ser interrompido por outros barulhos — vibrações, um estampido seco, e de repente ela estava ouvindo a mesma música retumbante e abrasiva que o filho tinha colocado no rádio do carro naquela tarde. No quarto de baixo, ela escutou a porta de vidro deslizante da varanda guinchar ao abrir. A música inchou como um grito, assustando alguns pássaros em uma palmeira próxima.

Os meninos estavam conversando. Ela não conseguia discernir muito, e tudo bem por ela. As discussões deles sempre envolviam algo que ela se sentia obrigada a debater — a devassidão, a linguagem, a forma depreciativa como eles falavam das mulheres, as bravatas machistas das músicas deles.

Será que o filho era rude em relação às mulheres? Ela achava que não, mas como podia saber como ele era quando não estava por perto, policiando seu comportamento? Não era algo em que ela quisesse pensar, não no momento. Não quando tinha uma bebida na mão, o sol se pondo lindamente lá embaixo e nada para fazer a noite inteira. Ela não precisava ser ninguém a não ser quem queria ser, desfrutando o que queria. Era suficiente.

Um cheiro forte subiu lá de baixo. Os meninos estavam fumando maconha, bem na varanda. Ela nunca tinha fumado quando adolescente, nem conhecia amigos que fumavam, mas Deus sabe que teria se alguém tivesse oferecido. Ela não ligava de os meninos estarem fumando agora; vivia ficando chapada nas festas e ainda fumava de vez em quando em casa, soprando por uma janela aberta no banheiro para Monika não sentir o cheiro. Principalmente, só torcia para não ter que lidar com nenhuma consequência de eles fazerem aquilo tão em público. Eles também deviam estar bebendo, e pelo menos um ia vomitar no chão, o que era... sei lá, tanto faz... podiam resolver aquilo depois, mas, se estivessem fumando na varanda, qualquer um podia ver. Se a família da minivan chamasse a polícia, onde ela estaria? Passando o fim de semana todo garantindo que o filho não fosse expulso.

Ela pigarreou, afetando um grunhido rouco de Andie MacDowell, e começou a falar em um sussurro alto e artificial.

— Alô, policial? Queria reportar alguém fumando maconha no Holiday Inn Express. Ao lado da interestadual, em uma das varandas. Sim, por favor, mande alguém agora mesmo.

— Ah, caralho — gritou alguém. A porta deslizante se fechou com força, e a música foi desligada. Sammie gargalhou, deliciada consigo mesma. Colocou os pés descalços na balaustrada da varanda e desejou ter trazido esmalte para pintar os dedos dos pés. Talvez achasse um lugar no centro para fazer a unha enquanto os meninos estavam no campeonato.

Ela terminou a cerveja e entrou para pegar mais uma, abandonando a vazia na mesa ao lado do cartão com a senha do Wi-Fi. Mandou uma mensagem para Monika contando o que tinha acontecido com os meninos — a esposa ia rir; em geral era ela que fazia essas pegadinhas, não Sammie —, e abriu a calça, mexendo os quadris para tirá-la junto com a calcinha. Ela abriu as pernas, inclinou o celular e tirou uma foto de si, um close da boceta. Examinou a imagem por um segundo, aí pensou *que se foda* e enviou a foto a Myra com a legenda:

vem foder

Sammie tomou um banho longo e quente. Usou todos os péssimos sabonetes de hotel que tinham cheiro de limão e almíscar. Raspou as pernas e as axilas, depois lavou o cabelo uma segunda vez. Era bom estar em um banheiro que não fosse o dela. Luz diferente, produtos diferentes, toalhas diferentes. Ela podia ser qualquer uma, só uma viajante saindo da cidade. Uma daquelas pessoas na interestadual, indo em direção à própria vida, bem diferente da dela.

Depois, ela ficou parada enrolada na toalha, bebendo o resto do vinho direto da garrafa. A brisa que entrava pela abertura da porta deslizante era quente e pegajosa, mas o ar prometia chuva, então, parecia marginalmente mais fresco que antes. Ela amava tempestades da Flórida. Tudo era tão elétrico, como se o céu fosse se abrir e esmagar tudo em pedacinhos. Ela torcia para que acontecesse. Queria o tipo de chuva que cortava de lado e ardia a pele. Trovões estrondosos. Raios que se partiam com tanta força que soavam como um tapa em seu ouvido. Quase torcia para que acabasse a luz. Ela podia se sentar naquela varanda, terminar a bebida e sentir o vento varrendo enquanto o céu irrompia, sentir o cheiro mineral da terra mudando, transformando-se em algo novo.

Quando ela pegou o telefone de novo, tinha duas mensagens perdidas. Um emoji de carinha chorando de rir da ligação falsa dela à polícia e vários pontos de exclamação; essa era de Myra. A outra, em resposta ao close da boceta dela, era de Monika:

Precisamos conversar.

Os meninos eram bons garotos, mas, depois de horas no carro com eles, Craig já estava de saco cheio. Ele não tinha ideia de como os pais aguentavam. Durante o dia todo. Noites. Fins de semana? Não, obrigado. Não para ele. Ele os tinha levado em segurança para o hotel e lá estavam as duas mães. Jekyll e Hyde, ele tinha passado a chamá-las em sua cabeça. Uma era tão simpática. Matilda. Fazia biscoitos para ele. Convidava-o para jantar na casa dela. Amava o marido, um cara ótimo, mas o filho mal conseguia fazer uma única virada sem se debater como se fosse se afogar. A outra mãe era uma verdadeira peça. O olhar azedo no rosto dela, como se tivesse acabado de comer um limão. Conversinhas nunca funcionavam com ela. Ele gostava um pouco mais da mulher dela. Era mais direta com as coisas. Dava para ter uma conversa com ela sem todas as babaquices passivo-agressivas que as mulheres gostavam de jogar na cara dele. Craig não aprovava o estilo de vida delas, mas, desde que não fosse forçado a falar com elas sobre isso, que importância tinha? Política era política, bastava mantê-la longe dele. E Samson nadava pra cacete. O melhor da equipe, mesmo que fosse um pouco estranho. Nunca fazia piadas, não como os outros garotos. Não namorava de verdade. Provavelmente, por ter duas mães. Isso estragava um moleque, viver com tanto estrogênio. Bem, não era problema de Craig. Pelo menos a recepcionista do hotel era bonitinha. Uma delicinha loira. Quando lhe deu as chaves do quarto, ele foi lá e passou o telefone para ela. Seria bom ter companhia para jantar à noite. Os meninos não precisariam dele. Não com as mães lá. Elas iam se virar de boa. Crianças eram trabalho delas.

15

Quando ela pensava nos piores momentos da vida dela, parecia que todos começavam com aquela mesma frase curta: "Precisamos conversar". Uma frase projetada não para iniciar um diálogo, mas para terminar. Embora implicasse que o ouvinte estava sendo convidado a participar de uma discussão, o que realmente significava era que a outra pessoa já havia chegado a uma decisão. Não era uma conversa; era um apocalipse.

Sammie passou a noite pensando na mensagem de Monika. Não se deu ao trabalho de responder à esposa. Para quê? Não tinha como desfazer o que havia feito. Em vez disso, acomodou-se na própria mente, pensando em como desarmar a situação. Ainda tinha um dia inteiro antes de chegar em casa e ter que lidar com as coisas, mais uma noite para passar inquieta e enjoada, olhando o brilho do estacionamento. Insônia até o sol alcançar o horizonte.

Ela passou a manhã seguinte com uma leve ressaca, assistindo a adolescentes engolirem o café da manhã continental — fazendo waffles de torradeira, pegando salsichas lambuzadas de xarope com as mãos, devorando biscoitos cobertos de geleia de tubinhos plásticos. Sammie não conseguiu comer. Tomou café preto e se sentiu enjoada — enojada pela boca e pelo corpo deles, enojada pelo seu próprio.

Em vez de pular o campeonato, ela decidiu que devia ir. Só caso Monika perguntasse ou ficasse sabendo pela outra mãe. Em vez de fazer uma pedicure ou tomar um drinque em algum lugar, ela se sentou com Matilda (que usava outra das suas camisetas do time de natação, esta com uma foto de um tubarão segurando um cronômetro e o slogan "Dê uma mordida no tempo", que fazia Sammie querer morrer). Samson foi bem, mas ele sempre ia bem. Sammie ficou na arquibancada, como fazia há anos, e o viu ficar em primeiro em quase todas as modalidades. Matilda ficou com ela, agarrando sua mão sempre que os meninos entravam em posição, como se fosse pular para fora do corpo com a própria perspectiva de eles competirem — o que teria parecido fofo a Sammie, se ela não estivesse preocupada com o que lhe esperava em casa. Os garotos saltavam na água e se puxavam para fora dela de volta. O apito gritava. Tudo tinha cheiro de cloro. Pessoas nas arquibancadas gritavam ou comemoravam e berravam. Era difícil saber quem estava com raiva e quem estava feliz.

O filho dela emergiu da água, puxando-se para o deque da piscina. A cabeleira encaracolada sob a touca azul-marinho fazia a cabeça parecer deformada. Ele não precisava que ela o aplaudisse, não é mesmo? Ele nunca a procurava nas arquibancadas. Nunca mostrava qualquer necessidade de reafirmação. Quando ele nadava, estava sozinho. Completamente na própria cabeça. Às vezes ela se perguntava: *se ele se abrisse, mesmo que só um pouco, ela ia mesmo se importar?*

O telefone dela vibrou no bolso. Ela não olhou, certa de que era Myra. Monika não ia mandar mensagem de novo a menos que fosse uma emergência. Quando começaram a namorar, ela costumava mandar mensagens ou ligar só para dizer que estava pensando nela, para mencionar alguma coisinha que amava em

Sammie. Hoje em dia, ela nunca enviava mensagens a menos que elas precisassem de leite, ou que não pudesse ir buscar o filho na escola, no trabalho ou no treino, ou que Sammie tivesse se esquecido de pagar a conta da água. Monika só mandava mensagem quando Sammie fazia merda.

De volta à piscina, Samson já estava à frente da concorrência. Seu filho, o tubarão, o submarino.

— Olha isso! Olha ele! — Matilda agarrou de novo o braço dela, cortando a circulação. — Ele é tão bom. Seu filho é muito bom.

Sammie deixou que ela torcesse pelas duas. Ficou olhando o filho, a água. Sentiu o telefone vibrar. Perguntou-se de que forma sua vida estaria prestes a mudar.

Eles, claro, ficaram numa ótima posição. Todos na equipe, mas especialmente Samson, que as pessoas não paravam de parabenizar. Ele aceitava os elogios tão tranquilamente que quase parecia gracioso, mas Sammie achava que ele apenas não se importava com a opinião dos outros. Era meio que uma bênção, imaginou. Sammie ligava demais para tudo. Queria ligar menos.

Na volta para casa, todos os meninos adormeceram rapidamente na parte de trás da van. Nem era tão tarde, antes das seis da noite, e o sol ardia baixo pela vegetação ao longo da rodovia. O filho dela estava lá atrás com eles, fora de sintonia e imóvel. Cílios compridos tremulando enquanto se movia através dos sonhos que aconteciam em sua cabeça.

Recentemente, ela havia tentado fazer Samson falar sobre os amigos. "Tem alguém de quem você gosta?", ela tinha perguntado. Ele olhou como se tivesse nascido uma segunda cabeça nela, depois se virou, drenando a caixinha de suco e depois soprando bolhas de cuspe pelo canudo de plástico na janela do passageiro.

"O que eu quero dizer é: você tem um melhor amigo?" Nenhuma resposta. Ela sabia que não havia ninguém. Ele nunca havia pedido para um amigo dormir em casa. Ela não conseguia imaginá-lo indo ao baile de formatura com os melhores amigos ou pedindo para dividir um quarto na faculdade com um colega. Era engraçado, pensando bem — era o que Monika sempre havia dito sobre Sammie, que ela parecia nunca fazer amigos. Sammie ficava satisfeita apenas de passar tempo em casa com a esposa, mas isso nunca foi suficiente para Monika. "Eu não quero ser esse tipo de lésbica", dizia quando Sammie se queixava de ela sair com as amigas. "Acho que deveríamos ter cada uma sua própria vida."

Ela não tinha ideia do que Monika diria quando enfim chegasse em casa. Era humilhante que a esposa a tivesse visto se expondo daquela maneira ao enviar a foto. O sexo delas sempre foi bom, mas definitivamente meio sem graça. E Myra havia mandado uma mensagem querendo marcar um novo encontro, mas Sammie não tinha certeza. Era muito mais fácil lidar com a atração mútua por mensagem, a uma distância segura. Como seria quando elas se reencontrassem? Sammie não sabia bem, mas já estava com o estômago revirado por causa disso. Ela nunca havia aceitado por completo a perspectiva de namorar alguém novo enquanto o filho adolescente ainda vivia sob o teto dela, como se os dois fatos a estivessem puxando em direções opostas.

Samson iria conseguir bolsas de estudo em várias faculdades — vagas no estado, mas também do outro lado do país. Sammie o encorajava a manter as opções em aberto. Intuía que, uma vez que o filho crescesse e saísse de casa, ela não se sentiria mais como uma mãe. Você só é mãe se estiver maternando.

Ela se virou para olhar Samson, encostado na janela com seu moletom de capuz, aquele cinza com os bolsos na frente, que ela chamava de bolsa canguru. Seu cabelo brilhava muito, mas ainda era comprido demais, indisciplinado demais. Em momentos como aquele, quando ela se pegava desejando que ele fosse diferente, se lembrava de como os pais haviam controlado seu corpo, como a mãe não lhe deixava usar nada para sair que parecesse muito "masculino", nem mesmo cortar o cabelo.

E ela queria cortar o cabelo. Quase fez isso várias vezes, mas algo em seu cérebro dizia que ela ficaria horrível se fosse adiante. Ela sabia que era uma idiotice. Não fazia sentido, especialmente porque ela se sentia muito atraída por mulheres com aqueles cortes de cabelo: tosados tão curtos que pareciam raspados. Em toda a vida, ela tinha mantido o cabelo comprido, embora não fosse a sua preferência. Se ela pensasse bem nisso, encontraria o pai ali, alojado no fundo do cérebro: "Cabelo bonito, mente bonita. Cabelo bonito, vem o marido. Cabelo bonito, acha alguém para amá-la".

E seu cabelo tinha sido uma das primeiras coisas que Monika amou nela. Naquela primeira noite em que foram juntas para casa, Monika segurou o cabelo de Sammie com a mão em punho enquanto elas fodiam por horas. Pela manhã, as duas deitadas nuas na cama tomando café, Monika passou uma mão suave por aquela crina e suspirou de prazer. "Linda", sussurrou, e aí elas largaram o café e caíram uma na outra de novo.

A estrada à frente era acidentada, um daqueles trechos de rodovia que vivia em construção. Ela tentou evitar os buracos, mas uma vez, quando pegou um muito ruim, a cabeça de Samson bateu contra a janela, e ele abriu os olhos. Eles se olharam no espelho por um longo momento, até que Sammie falou sem som: "Dorme", e, desta vez, milagrosamente, ele escutou.

Monika não estava em casa quando voltaram de deixar os meninos na Associação. A van precisava ser entregue na locadora, mas Sammie não queria ir sozinha, porque teria que lidar com o perrengue de pegar um Lyft para casa. Ela ligou e adicionou um dia extra à tarifa, planejando devolver pela manhã.

Estava com cara de que ia chover. A pressão do ar estava tão alta que Sammie a sentia vibrando, elétrica, na pele, chiando contra a carne. Mas o céu continuava grávido, inchado de nuvens de trovão, recusando-se a chover. Sammie pegou a roupa suja e foi tirar os lençóis da cama de Samson. Fazia meses que ela não lavava roupa para ele. Ela era a mãe dele, não era? Por que ele precisava transformar tudo em uma batalha?

Enquanto Samson tomava um banho no fim do corredor, ela desfez a cama dele e a refez com lençóis limpos do armário. Tinham um pouco de cheiro de mofo, mas não demais, graças aos amaciantes em folha que Monika gostava de enfiar no meio dos cobertores dobrados. Sempre era uma surpresa feliz abrir o armário de roupa de cama, chacoalhar um jogo novo de lençóis e ser abraçada pelo aroma de frescor.

Quando abriu o cobertor e viu o amaciante em folha se libertar, pairando suavemente até o chão, ela caiu em prantos. Soluçou e apertou contra o rosto quente, permitindo que o cobertor absorvesse toda a bagunça de lágrimas enquanto ela inalava, inalava, tentando respirar aquele aroma bom e limpo porque, meu Deus, ia abandoná-la em breve, não ia? Ela nunca mais teria aquilo de novo.

Ela sentiu uma pressão leve no ombro e se assustou, derrubando o cobertor. Era Samson, usando o roupão velho favorito dele, curto demais porque ele se recusava a comprar um novo do tamanho certo. O rosto dele tinha a mesma expressão impassível, mas sua mão na dela era suave. Ele a manteve ali enquanto ela secava o rosto e se recompunha.

— Estou triste — disse ela, sem saber se dizia a Samson ou a si mesma. — Estou triste pra caralho.

— Vamos fazer a cama — respondeu ele. Os dois pegaram cantos do lençol e cobriram o colchão. Então, a colcha de tricô de que ele gostava. Depois, o edredom. Cada um pegou um travesseiro e o deslizou para dentro das respectivas fronhas. Lá estava a cama, toda feita, e eles tinham feito juntos.

— Vou fazer macarrão com queijo da Kraft — disse ela. Era a única comida que ele sempre comia sem reclamar.

Ela desceu para a cozinha, serviu-se de um copo d'água e viu a noite cair no quintal. A mulher que morava na casa de trás tinha se mudado desde então, e a cerca ao redor do quintal delas estava coberta de plantas invasoras e ervas daninhas, mas Sammie não se importava com isso, porque lhes dava mais privacidade. Também significava que ela passava mais tempo lá fora no pátio. Ela colocou a água no fogão, depois saiu pela porta dos fundos e entrou no quintal, olhando para os morcegos que estavam se agitando dentro e fora da chaminé da casa vizinha. Uma tarde, quando saiu para regar algumas plantas novas que havia colocado ao redor do perímetro do pátio, ela pensou ter visto um rato correndo ao longo de uma das palmeiras, mas era apenas um daqueles morcegos. Pequeno, do tamanho de um hamster ou até de um rato maior, mas com um aspecto mais fofo do que esperava, e ela se sentiu tentada a estender a mão e tocá-lo. O morcego não fez ruídos, só se apressou para subir a palmeira até se encaixar em segurança sob uma das folhas verdes em forma de cacos.

Ela estava com o celular e tinha gravado um vídeo para mostrar a Monika ou Samson quando chegassem em casa, mas depois ela e Monika tinham entrado em uma discussão sobre quem ia esvaziar a máquina de lavar louça. Sammie achava que devia ser Samson. Monika achava que não importava, que devia ser trabalho só de Sammie. Sammie se lembrou da mãe dizendo que cada casa dividia as tarefas entre o marido e a esposa, mas aí percebeu que nunca viu o pai fazer nada além de lavar o carro e contratar um garoto para cortar a grama a cada duas semanas, e ficou tão furiosa que bateu com muita força na porta da máquina de lavar louça e a quebrou. Ela se esqueceu totalmente do vídeo do morcego fofo com cara de bebê até estar deitada na cama naquela noite, ainda espumando. Isso a fez perceber que não tinha ninguém na vida com quem compartilhar a beleza, e esse pensamento a fez querer morrer.

— Tem água fervendo no fogão.

Sammie deu um pulo, assustada, quase derrubando o copo. Monika estava parada na porta, iluminada por trás pela luz da cozinha. Sammie não conseguia ver a expressão dela.

— Você tirou a panela? — perguntou Sammie, entrando atrás dela.

— Claro — respondeu Monika. Ela colocou a maleta na bancada e tirou o blazer balançando os ombros, pendurando-o em uma das banquetas altas alinhadas no balcão.

— Que bom — falou Sammie. — Obrigada.

— O que eu disse ontem, na mensagem. — Monika parou de falar, levantando a mão para massagear o próprio ombro. Seus ombros viviam tensos do trabalho. — Não sei como dizer isso.

— Diz logo — respondeu Sammie. O estômago dela estava pegando fogo, cheio de ácido. — Está tudo bem.

— Eu estou namorando.

Sammie não sabia o que estava esperando, mas não era aquilo. Estava se preparando para um discurso sobre a foto obscena que tinha enviado, alguma provocação sobre como ela era uma mãe inadequada. Não… o que quer que fosse aquilo.

— O que isso quer dizer?

— Quer dizer que estou saindo com alguém e é sério — explicou Monika. — Quer dizer que estamos juntas há um tempo.

— Tá.

— Também quer dizer que quero que ela conheça Samson.

— Vai se foder — disse Sammie. — De jeito nenhum.

— Ele é meu filho também. Você não tem direito de tomar todas as decisões.

Isso fez Sammie rir.

— Fui eu que o carreguei dentro do corpo, Monika. Fui eu que passei horas e horas em trabalho de parto. Então, definitivamente vou decidir se ele pode conhecer uma completa estranha que minha mulher está comendo.

— Ela não é uma estranha, e eu não sou sua mulher.

— A gente ainda é casada, sabe.

— Não por muito tempo — retrucou Monika.

Sammie mandou que ela saísse da frente porque precisava entrar e terminar de fazer o jantar. Ao passar por Monika, ela olhou rápido para seu rosto na luz. Não estava feliz nem triste, mas cansada. Monika parecia estar de saco cheio, e bem mais velha do que Sammie se lembrava. Talvez tivesse aquela aparência havia anos e Sammie simplesmente não estivesse prestando atenção. A panela que ela usava para ferver a água estava apoiada na bancada de mármore sem apoio.

— Porra, você sabe que não pode simplesmente apoiar isto aqui sem descanso de panela. Vai acabar com a bancada.

Monika em geral tinha uma resposta ágil quando Sammie tentava dar bronquinhas nela — "Até hoje não aconteceu, né?" —, mas, desta vez, só falou:

— Eu quero mesmo que ele a conheça.

Sammie voltou a panela para o fogo, esperou alguns momentos para a água esquentar o suficiente para ferver de novo, aí jogou o macarrão e pegou leite e manteiga na geladeira enquanto tentava pensar em uma resposta. Não estava indo como ela planejara. O que não era surpreendente, já que a coisa toda era uma emboscada. Era o *modus operandi* de Monika — jogar as coisas em cima de Sammie para ela não ter a chance de pensar primeiro.

— Preciso falar disso com a minha terapeuta — retrucou Sammie. Quando Monika parou, Sammie completou que queria conhecer a mulher primeiro, antes de Samson.

— Por que você quer conhecê-la?

— Eu sou mãe dele. Quero conhecer essa pessoa antes.

Ela não olhou para Monika. Se olhasse, tinha medo de começar a chorar, ou gritar, ou jogar a panela de macarrão na parede. Aí, Monika diria que ela estava sendo irracional, porque, toda vez que demonstrava uma emoção que fosse mais do que dar de ombros, Monika alegava que Sammie a estava fazendo se sentir culpada e parava de levá-la a sério.

— Tá bom — disse Monika. — Então me avisa quando tiver a consulta com Aja.

Sammie sabia que devia ficar contente, que tinha defendido seu ponto de vista e conseguido o que queria, mas o que isso significava de verdade era que Monika estava profundamente comprometida com essa nova pessoa, e isso queria dizer que a vida de Sammie estava prestes a mudar.

— Pode me abraçar? — pediu ela. Seu estômago doía. — Só me abraça.

Ela sentia falta do conforto da esposa, a forma como elas se abraçavam sempre fazia Sammie se sentir confortável no próprio corpo.

Monika estendeu os braços de uma forma que tinha mais a ver com desistir que com oferecer conforto, mas Sammie ignorou isso e só se permitiu ser abraçada. Enfiou o nariz na dobrinha do pescoço da esposa e inalou, como se fosse capaz de prender o cheiro nos pulmões.

— Sua panela está transbordando de novo — disse Monika, e a soltou.

Charlie sentia saudade do cachorro. Ele já tinha morrido havia algum tempo, mas sempre a fizera sentir-se tão segura. Mesmo quando a mulher que morava atrás dela fez aquela coisa estranha de sentar-se em frente à janela e olhar para dentro (ela havia pensado que era Brian de novo, seu ex-namorado stalker, *querendo fazer algo real desta vez, talvez matá-la como havia ameaçado antes), os cães haviam sentido o medo dela e reagido antes mesmo que ela pudesse lhes dar um comando. Talvez ela se mudasse. Nunca tinha realmente conhecido ninguém do bairro. Era em parte culpa dela, ela sabia, porque tinha muito medo das pessoas depois de Brian. Nunca dava para saber de verdade quem era alguém, né? As vizinhas de trás sempre tinham parecido ótimas. Apesar de ter rolado aquela coisa estranha de sonambulismo com uma delas, a esposa tinha sido simpática. Conversava com Charlie sempre que a via no quintal e lhe dava os tomates extras que cresciam na horta delas. Um aceno amigável. Um olá amável. O filho delas até havia cortado a grama dela algumas vezes depois de ela terminar com o último namorado, José, quando ela estava com uma síndrome do túnel do carpo tão séria que não conseguia cortar sozinha. Era um garoto bonzinho. Bonito. Quando ela tentou pagar, ele só recusou com um aceno de mão. Um garoto quieto, mas parecia que estava sendo criado corretamente. Ela mesma queria ter filhos: uma menina, um menino, qualquer coisa, não importava, mas não parecia ser o destino. Talvez ela se mudasse. Levasse a outra cachorra, Belva, a algum lugar novo sem tantas lembranças. Um quintal cuja grama não precisasse ser cortada pelo menino vizinho.*

16

Sammie havia dito a Monika que queria conversar com a terapeuta, mas, quando chegou a hora da sessão seguinte, não mencionou o assunto. Em vez disso, falou das dificuldades de se conectar com as mulheres. Mencionou a coisa embaraçosa que tinha feito, enviando a foto para a esposa em vez de Myra. E depois falou da luta para ter conversas reais com Samson. Era difícil falar com ele sobre qualquer coisa importante, porque tentar fazê-lo ouvir ou ficar quieto enquanto ela falava sobre os seus problemas a deixava cansada demais para se envolver.

— Cansada. Você diz muito isso. Talvez morar sozinha lhe desse tempo para processar algumas dessas coisas sem se exaurir. — Aja estava usando os óculos grossos que a faziam parecer algumas mulheres que Sammie às vezes via nos pornôs.

— Acho melhor esperar — respondeu Sammie. — Não quero estressar Samson.

— O seu estresse não piora o estresse dele? — Aja estava mordendo a ponta da caneta. Usava um batom novo, reparou Sammie. Era da cor de cerejas amassadas. Todas as atrizes pornográficas usavam esse mesmo tipo brilhante e borrado, que acabava pontilhando o interior de coxas e pescoços. Ela imaginou a terapeuta tirando os óculos, chacoalhando os cabelos e debruçando Sammie sobre a mesa. Precisava encontrar um pornô novo, *ou talvez uma terapeuta nova*, pensou Sammie. Ela mencionou que ainda falava com Myra, mas não sabia se a relação iria adiante, porém, quando Aja perguntou por que, Sammie percebeu que também não queria falar sobre isso. *Por que eu faço terapia?*, Sammie refletiu, e aí ela simplesmente enrolou e falou sobre os pais até a sessão acabar.

Ela pagou e foi embora, mas não estava pronta para ir para casa. Dirigiu sem destino, perguntando-se o que devia fazer com o resto do dia. Não queria falar com ninguém. Monika não estava mais disponível, e ela quase nunca sabia onde Samson andava. Havia Myra, mas elas ainda estavam se conhecendo — embora fosse culpa de Sammie, na verdade. Cada vez que Myra mencionava um tópico que não sexo — filhos, trabalho, até a porra do clima —, Sammie inevitavelmente mudava de assunto. Não que não estivesse interessada em Myra. Elas estavam ficando confortáveis uma com a outra no telefone, com boas conversas longas que pareciam afetuosas e genuínas, e, da última vez que saíram, deram as mãos no jantar. Myra era legal e uma boa ouvinte. Ainda assim, parecia estranho ligar para uma namorada nova e despejar seus problemas nela — especialmente porque todos giravam ao redor da ex-mulher.

Ela se viu indo para o bairro dos pais. Ficava a quarenta e cinco minutos de distância, a casa onde ela havia crescido, bem ao lado da igreja que os pais ainda frequentavam. Pelo menos ela presumia que sim; eles não se falavam diretamente há anos. Ainda enviavam cartões de aniversário e de Natal para Samson, mas os envelopes ficavam fechados durante semanas, até que Sammie enfim os abria para que ele pudesse depositar os cheques que vinham junto. Aí eles pararam de enviar cheques, substituindo-os pela foto anual que tiravam para o diretório da igreja — os dois envelhecendo e ficando mais grisalhos a cada ano, as rugas se aprofundando ao longo das papadas. Sammie olhava fixamente para o rosto envelhecido da mãe naquelas fotos, preocupada com a flacidez que havia começado a notar no próprio pescoço.

Ela passou em frente à loja de conveniência onde comprava doces depois da catequese, antes da missa. Havia o caminho para a igreja, a mesma placa de boas-vindas com as letras em preto e branco. Uma grande bacia de retenção refletia o sol, grande o suficiente para produzir milhares de mosquitos a cada verão, sem nunca conseguir manter um único peixe vivo. Sammie virou na entrada de carros, navegando pela sinuosa faixa única que levava à parte de trás da propriedade. A igreja em si estava posicionada em um terreno de esquina, e a construção emergiu como uma casa de bonecas encolhida quando ela se aproximou. Era assim que ela a via quando era criança, quando eles frequentavam como uma família — os três sempre caminhando, na chuva torrencial ou no sol escaldante.

O prédio era exatamente como ela se lembrava: paredes de blocos de concreto branco, telhado de telhas escuras que chegavam orgulhosamente a uma ponta alta na frente, grande cruz preta pregada na superfície. A única mudança que ela via era que haviam sido instalados edifícios mais portáteis ao redor do perímetro. Ficavam ali, descascando e bregas, em contraste direto com o brilho limpo da igreja. "Primeira igreja batista", dizia a marquise, e, enquanto ela dirigia lentamente ao redor do edifício, viu a tradicional saudação semanal:

DEUS VÊ TUDO!

Sinistro, pensou Sammie enquanto passava pelos edifícios até o estacionamento de cascalho onde jogava pedras com os amigos depois das missas noturnas de quarta-feira. Uma noite, ela se lembrou, um garoto havia sido atingido na testa. O sangue jorrara por toda parte, manchando as têmporas e a bochecha dele. Todas as outras crianças correram gritando, mas Sammie ficou ali parada, estupefata. Ele se parecia com como ela imaginava Cristo na cruz — aquela imagem da Páscoa, a que eles colocaram no retroprojetor quando chegou a hora de mostrar o *antes* de Jesus. O túmulo, o juízo final, Jesus limpo outra vez, de pé em suas vestes sagradas brancas — tudo isso veio depois. Mas era aquela confusão sangrenta de antes que fascinava Sammie. A feiura.

Naquela noite, Sammie tinha ido até o garoto e enrolado seu cardigã em torno da cabeça ferida dele. *Estou ajudando Jesus*, ela pensou, mas, quando o levou para o banheiro feminino para limpá-lo, algumas senhoras mais velhas lá dentro começaram a gritar: primeiro com a visão de um menino no banheiro feminino, e depois, mais alto, quando ele desmaiou na frente delas. Depois que ele acordou e a enfermeira estava cuidando dele, a mãe de Sammie gritou com ela na frente de todo mundo por ter sujado de sangue as roupas de igreja. Brady Hudson — esse era o nome do menino, ela se lembrou de repente, e ele tinha ficado com uma cicatriz no rosto depois daquilo.

Depois de dar três voltas de carro em torno do prédio, Sammie impulsivamente entrou no terreno de cascalho ao lado da entrada da igreja. *Que mal tem entrar e dar uma olhada?*, ela se perguntou. Não era como se alguém pudesse reconhecê-la. Já se haviam passado anos desde que ela estivera na igreja. Além disso, depois que ela se casou com Monika, era como se nunca tivesse existido ali.

O ar do lado de fora era pesado com o fedor de decomposição da bacia de retenção, mas, para dentro daquelas portas duplas, o ar-condicionado fazia com que parecesse inverno. A própria igreja tinha o exato cheiro de que ela se lembrava. Era um aroma que ela havia esquecido até passar por aquelas portas, mas, de repente, lá estava: uma mistura de tinta secando, pot-pourri empoeirado e cartucho quente de uma fotocopiadora sobrecarregada. Ela ouvia a fotocopiadora lá no escritório principal, cuspindo pilhas de folhetos da igreja que iriam parar no lixo ao final de cada missa.

A mente dela voltou-se para um esqueleto de lagarto morto que ela havia visto quando criança, largado em um canto do corredor, sob os bebedouros junto aos banheiros. Ficou lá por anos, enrolado ao lado do rodapé, enquanto os aspiradores da igreja o rodeavam. "É assim que se sabe que as pessoas não estão limpando corretamente", sua mãe sempre dizia, apontando aquilo todos os domingos de manhã, mas nunca ninguém parou para tirá-lo de lá.

— Posso ajudar? — Uma mulher inclinou-se pela porta do escritório.

Provavelmente é a secretária da igreja, decidiu Sammie, e balançou a cabeça. A mulher sorriu e perguntou se ela estava procurando o berçário.

— Estou — respondeu Sammie, embora absolutamente não estivesse.

Com um aceno, a mulher a chamou para ir pelo corredor, e ela a seguiu, percorrendo o mesmo caminho acarpetado que havia percorrido milhares de vezes na vida. Por um momento estranho, ela se sentiu jovem outra vez, recuando no tempo ao passar pelas salas de aula da escola dominical, os cartazes de cenas bíblicas: Maria grávida montando em um burro em Belém; Cristo naquela mesa comprida, ceando com seus discípulos na fatídica noite antes da crucificação. Ela jamais se esqueceria daquelas imagens do jantar, os pães e os peixes do milagre. Toda vez que ela tinha que aguentar uma missa, faminta e esperando o almoço, olhava fixamente para aquele pão e imaginava como devia ser gostoso. Se Jesus podia alimentar as massas, por que Sammie era obrigada a se sentar durante uma missa toda semana com o estômago roncando tão alto que seu pai sempre sussurrava para que ela parasse com aquilo?

Isto era algo que ela nunca havia forçado o filho a fazer: ir à igreja. Ela esperou para ver se ele perguntaria por si só, se queria aquilo para si, mas nunca havia acontecido, nem uma única pergunta. Era uma das raras decisões em que ela e Monika haviam concordado: que o filho deveria poder escolher por si mesmo. Ele era inteligente, ambas reconheciam. Capaz de enxergar a farsa.

A mulher vestia uma saia jeans longa e um colete com listras coloridas sobre uma camisa de sarja leve. Uma faixa vermelha brilhante na cabeça puxava para trás seus respeitáveis cabelos de carola, na altura do queixo com franjas desfiadas. Ela usava meias fúcsia de cano curto, dobradas até a boca dos tênis Keds branquíssimos. *Keds! Em que década viemos parar?*, Sammie se perguntou. Aqueles trabalhos administrativos na igreja eram, em grande parte, posições não remuneradas, ela sabia; as mulheres que as ocupavam não tinham permissão de fazer qualquer trabalho "real". Seus empregos eram considerados serviços para o Senhor.

No berçário, elas pararam e olharam para dentro. A sala estava equipada com portas holandesas, para que as crianças não pudessem escapar. Um menino estava batendo no fundo de um balde com a mão, rindo alegre do som que fazia. Outro estava jogado no chão, rolando com o polegar na boca. Uma menina com longos cabelos loiros e um bigode de chocolate se abaixou para fazer carinho na cabeça dele.

— Bom cachorrinho — disse ela, e o menino latiu contente em resposta.

— Mama. — Uma bebê vestindo um macacão pink a olhou, olhos grandes e escuros em meio a cachinhos de mola. Sammie sorriu, e a menina levantou as mãos, dedos gorduchos abrindo e fechando, querendo colo. A mulher ao lado dela se abaixou para pegá-la e a depositou nos braços de Sammie.

Ah, caralho, pensou Sammie. Mas a bebê não chorou. Só colocou os braços ao redor do pescoço de Sammie, como se esperasse ser levada para casa. Ela tinha um cheiro doce, de suco de maçã e cereal açucarado. Sammie queria colocar o nariz no pescoço da menininha e inspirar tudo aquilo.

— Eles são tão fofos quando estão assim, todos carentes e felizes por ver a mamãe. Não como aquele ali.

A mulher apontou para uma das estações de troca de fralda, onde uma funcionária em desvantagem estava com dificuldade tentando colocar a calça de volta em um menininho. Toda vez que ele chutava, a perna da calça voava. Sammie se lembrou de quando Samson era assim — cheio de energia, impossível de segurar. *Pode ser melhor deixar esse menino correr por aí sem calça*, pensou ela, *como um Ursinho Pooh da vida real.*

A menina aninhou-se no peito de Sammie, e ela teve um breve momento de dúvida: *E se eu simplesmente a levasse embora?* Estavam devendo uma filha para ela, certo? E Monika ia amar esta. Ela poderia aparecer em casa com uma substituta, uma criança boazinha para compensar todos aqueles anos com Samson, quando tudo tinha sido tão difícil. Ela imaginou como ele seria com esta criança, tão pequena e inocente, e sentiu as entranhas gelarem. Não tinha certeza de que dava para confiar nele nem para cuidar de uma planta.

— Ah, ela ama a mamãe — arrulhou a mulher, sorrindo. Ela usava aparelho ortodôntico com pequenos elásticos amarelos ao redor dos bráquetes. *Escolha esquisita*, pensou Sammie. Parecia que ela tinha mordido uma espiga de milho. — Ela é assim com seu marido?

Ali estava, toda uma vida imaginária disposta diante dela: um marido que trabalhava em horário comercial vendendo seguros de vida, voltava para casa no final do seu dia difícil e encontrava uma família amorosa. Sammie, que tinha feito o jantar — um tipo de bolo de carne ou prato de frango da caixa de receitas familiares —, e a filhinha, rosada e bonita, brincando calmamente na sala de estar. Talvez ela até tivesse feito um desenho para o pai na escola. Eles iriam à igreja aos domingos, a filha com minúsculos vestidos de princesa. Babados e branco na Páscoa. Grandes refeições familiares com os seus pais, que ainda falavam com ela.

— Ela é melhor ainda com a minha esposa — respondeu Sammie. A mulher deu um solavanco para trás, como se tivesse levado um tapa. — Elas são muito fofas juntas. Adoráveis, sério.

— Ah — disse ela. — Que… bacana.

— E ela é igualzinha à minha esposa. Mas eu que dei à luz. Você sabe como é com gestações lésbicas. Aquela velha piada do caminhão de mudanças, mas agora é uma seringa de inseminação!

— Ah — repetiu a mulher, como uma boneca quebrada. — Ah.

Sammie estava se divertindo.

— Vamos levar esta fofinha com a gente para o estúdio de retratos na semana que vem. Nós três juntinhas para a foto de família anual. Os novos Estados Unidos!

A mulher não parava de engolir, como se tentasse segurar qualquer resposta que quisesse muito dar. Era o que acontecia com aquelas mulheres da igreja: elas podiam ser muito desagradáveis, mas boa parte era passiva-agressiva. Quando alguém colocava um conflito na cara delas, elas agiam como se fosse um animal desconhecido, algo que não tinham ideia de como abordar.

Eu podia comê-la no jantar, pensou Sammie, sorrindo amplamente.

O garotinho que estava lá dentro se contorceu e fugiu rindo da captora dele, nu da cintura para baixo. A mulher que ela assustara com seu lesbianismo pediu licença, abrindo a pequena meia porta para entrar e deixando Sammie ali segurando sua não filha.

— Você podia ser minha — sussurrou Sammie. — Eu podia te levar para casa. Ou, melhor ainda, te levar embora. Onde você gostaria de morar? Na França?

A garotinha estava chupando o dedão. Parecia cansada, Sammie achou. O nariz dela estava escorrendo, e Sammie percebeu: *Ela não está cansada, está doente*. Pelo menos com um resfriado, talvez com gripe. A virose estava rolando o verão todo. Sammie a colocou de volta do outro lado da porta e saiu antes que alguém pudesse lhe fazer mais perguntas.

No caminho para casa, ela pegou as estradas secundárias e passou pelo parque infantil onde aquele homem havia tentado sequestrar o seu filho tantos anos atrás. O lugar parecia quase o mesmo: os balanços e o escorregador, folhas mortas amontoadas de tanto as crianças as jogarem umas nas outras, mães estacionadas em bancos com as sacolas de fraldas cheias demais. Ela desacelerou e pensou em entrar, mas no fim acabou indo em frente. Havia pensado naquele dia com tanta frequência que parecia um sonho, imaginando como a sua vida teria mudado se ele tivesse conseguido. Se ela simplesmente tivesse deixado que o homem levasse o seu filho.

Debbie adorava trabalhar no escritório da igreja. Era uma ótima maneira de conhecer pessoas, e ela se considerava sociável de verdade. Esse era um dos seus dons espirituais, ela sabia, e ficava sempre muito feliz quando podia usá-lo em benefício de outros. Passava a maioria dos dias ajudando o pastor Steve a organizar o sermão e ajudando-o a responder a todos os e-mails. A esposa dele dirigia o coro infantil. Ela era linda, por dentro e por fora. Isto era outra coisa que ela adorava, estar ao redor de todos aqueles bebês no berçário. A própria filhinha de Debbie tinha ido para o céu depois de apenas algumas curtas semanas na Terra. Aquilo a deixava tristíssima, mas isso fora há mais de dez anos, e ela sabia que um dia veria Mary novamente com Jesus. Era um bálsamo para o seu coração machucado. Ela recolheu as coisas e colocou o Tupperware vazio do sanduíche de salada de ovo na bolsa. Despediu-se de Dina, funcionária da creche, e depois pensou na mulher que havia passado por lá naquele dia. Ela estava vestida de forma tão desleixada. Sapatos marrons descombinados com um vestido preto. Até o cabelo dela era desmazelado. Debbie tinha ficado tão envergonhada. Ela não queria ter falado "marido" — sabia que nem todas tinham marido, algumas pessoas eram diferentes —, e a expressão de dor nos olhos da mulher tinha feito Debbie se sentir horrível. Ela queria pedir desculpas, arrepender-se sinceramente do mal-entendido, mas, quando terminou de ajudar, a mulher já tinha ido embora. Dina não a havia reconhecido. Não sabia quem ela era. Provavelmente uma alma perturbada necessitada de uma pequena gentileza, Debbie decidiu. Ela havia perdido a oportunidade de testemunhar e estender a mão. Debbie esperava que ela voltasse e lhe desse outra oportunidade.

17

Se havia um momento em que Sammie se sentia confortável na própria casa, hoje em dia, era nas tardes de dias de semana. Aquelas horas tranquilas em que ela podia faxinar, pôr o trabalho em dia, bisbilhotar a casa em busca de pistas sobre a vida da família.

Samson estava fazendo um turno no boliche e Monika, no escritório, então Sammie decidiu tirar o dia para arrumar e procurar maneiras de entender aquela vida Frankenstein que eles tinham criado juntos. Ela sabia que não era bom mexer nas coisas do filho e, na maior parte do tempo, o deixava em paz. Mas em alguns dias, ultimamente, ela se assustava ao vê-lo sentado à mesa do café da manhã e notar como ele tinha ficado alto. Quando ela via a sombra de um bigode sobre o lábio dele, via os músculos dos braços se ondularem enquanto ele alcançava o suco. Ficava ali, aturdida, e se perguntava quem era aquele homem ocupando espaço em sua cozinha. E se via querendo conhecê-lo melhor antes que fosse tarde demais. Por tanto tempo ela havia interpretado a falta de reação dele como raiva, mas andava se perguntando se ele se sentia mais como ela. Ansioso e triste.

Não era como se ela tivesse um monte de outras coisas ocupando seu tempo. Quando Samson era criança, tinha tantas tarefas que ela sentia estar sendo engolida pela vida dele. Mas, agora, havia bem menos a fazer. Havia o emprego, que ela podia fazer com o pé nas costas: algumas horas por dia no computador, respondendo a e-mails, resolvendo alguns trabalhos pequenos de edição de texto. Ela recebia o bastante para parecer que valia a pena, mas não o suficiente para um financiamento imobiliário nem um aluguel decente — não o suficiente para mudar a vida dela. Havia um clube do livro on-line, em que ela entrara por impulso uma noite depois de tomar vinho demais. O clube era legal, embora um pouco bagunçado; ninguém nunca lia o livro inteiro, e a conversa girava principalmente em torno do que estavam bebendo.

Devia se chamar clube do vinho, pensou ela.

Ela sempre supunha que ia se envolver de novo em algo depois que Samson crescesse: uma nova carreira, voltar a estudar, algum tipo de hobby imersivo, como um instrumento ou aulas de canto — até tricô, como algumas daquelas mães da Associação de Pais e Mestres. Mas ela não era amiga de nenhuma dessas mães. Eram todas tão heterossexuais, e nenhuma delas parecia interessada em conhecer Sammie para além da interação ocasional com o filho dela. Samson a tornava apenas ligeiramente aceitável, mas não o bastante para passarem tempo como amigas.

Ela respondeu a um último e-mail, preencheu a folha de ponto e recostou-se na cadeira da escrivaninha. Caixa de entrada zerada. Não era nem meio-dia e ela já tinha acabado tudo.

Os pássaros estavam gritando lá fora, e havia o som de um caminhão de lixo vindo pela rua. Sammie não queria ficar na casa, mas para onde poderia ir? Não queria nem estar no próprio corpo. Ela se levantou e caminhou até a janela, aquela que vivia dizendo que ia cobrir com cortinas novas. Em vez disso, havia deixado aquelas mesmas persianas de merda durante anos, e estavam rachadas pelo sol do fim da tarde que atingia o canto da casa como um raio laser todos os dias às quatro. Ela escutou o som dos vizinhos mergulhando na piscina.

Monika sempre quis ter uma no quintal, mas Sammie batera o pé. "Você sabe quantas crianças se afogam em piscinas na Flórida?", dissera.

— Caralho, a gente devia ter comprado uma piscina — murmurou Sammie.

Ela saiu com uma água tônica e um livro para ler no pátio dos fundos. Estava escaldante, então ela subiu o short de linho até ficar todo amontoado embaixo da bunda e arregaçou as mangas da camiseta. *Foda-se*, pensou ela, e depois tirou a camiseta completamente. Por que não bronzear os peitos? Era o seu próprio quintal, e não tinha ninguém em casa. Por que não aproveitar o sol para variar?

Os pássaros, talvez os que ela tinha ouvido gritar lá em cima, voaram uns atrás dos outros pelo quintal. Cardeais. Vibrantes toques de cor em meio ao verde. Ela se perguntou o que significava ver um cardeal. Será que tinha algum significado especial? Digitou em seu celular e levantou os óculos de sol para ler. "Um espírito está tentando fazer contato com você" foi o primeiro resultado do Google, então ela pousou o aparelho. Não havia ninguém morto em quem ela confiasse para dar conselhos. Os dois casais de avós eram muito conservadores; ela só tinha conhecido de verdade uma das avós, uma mulher que rivalizava com a mãe de Sammie no que dizia respeito a olhares de desaprovação.

— Sumam daqui — disse ela aos parentes-pássaros mortos, e recostou-se na cadeira.

Ela pegou o livro, um best-seller sobre uma mulher que estava transando com o que talvez fosse um lobisomem. Era um presente antigo de inimigo secreto de uma das colegas de trabalho de Monika que havia ficado na prateleira acumulando poeira durante anos antes que ela passasse a usá-lo como descanso de copos na mesa de cabeceira e, mais de uma vez, como apoio para o celular, para poder ver pornografia com as mãos livres. Sammie sentou-se com o livro sombreando o rosto e sentiu o suor pingar pela nuca. Lia pulando frases, de vez em quando se dando tapas: um mosquito, outra gota de suor, uma folha descendo em espiral de um carvalho. Havia um lagarto rastejando ao redor da bebida gelada dela, os anéis de condensação deixados pelo copo na mesa ao lado.

Quando fora a última vez que ela se divertira com qualquer coisa? Sempre havia pensado no futuro como se fosse um sinal de néon piscando: uma saída milagrosa brilhando vermelha no final de um longo corredor. Imaginava que, se continuasse caminhando naquela direção, se dedicasse algum tempo, poderia enfim chegar ao futuro. Mas agora o néon parecia uma miragem, a ilusão dos desidratados no deserto quando precisavam de algo em que acreditar.

Ela colocou de volta a camiseta e subiu. Pensou em se levantar e se mexer, quem sabe limpar um pouco a casa. Organizar a vida. Livrar-se de porcarias velhas que elas nunca usavam, jogar fora sobras mofadas da geladeira, colocar uns móveis velhos e maltrapilhos para fora.

Vou tomar um banho rápido primeiro, pensou. Sammie decidiu usar o chuveiro do banheiro de Monika, porque era mais gostoso. Ela raramente entrava no quarto de Monika. Não era uma regra nem nada, era mais um entendimento tácito entre as duas: "este é o seu espaço, este é o meu". De vez em quando, se ela ia lavar roupa e queria ser legal, pegava os lençóis de Monika ou algumas das suas toalhas de banho — mas com menos frequência nos últimos tempos, já que Sammie andava sempre se metendo em problemas por lavar as coisas da maneira errada. Ela encolhia algo na secadora, ou deixava uma camisa vermelha na roupa branca, tingindo uma fronha de cor-de-rosa. Sammie não conseguia ver o rosa, mas Monika jurava que havia um matiz dele. "E o que isso quer dizer?", perguntava Sammie, e Monika lhe dizia que ela precisava fazer um exame de vista, e Sammie se questionava que tipo de óculos poderia ajudá-la a ver cores.

Ela abriu a porta do quarto de Monika e ficou lá parada de lingerie, segurando o short e a camiseta suados. O cômodo tinha um cheiro diferente do resto da casa. Um motivo era o aromatizador de tomada que ela usava — o mesmo aroma de linho branco que ela amava havia anos, que um dia ostentara comprando de atacado por medo de um dia sair de linha. Mas havia ali outro cheiro, um cheiro que se espreitava embaixo daquele "frescor" químico. Era um aroma fermentado, algo como pele não lavada. O cheiro de um couro cabeludo sob uma pilha de cabelo. *É Monika*, percebeu Sammie. Ao contrário do resto da casa, que tinha o cheiro dos três, aquele quarto continha apenas a esposa.

O quarto era menor que o de Sammie, mas não muito. Sammie tinha ficado com o principal, mas aquele também tinha o próprio banheiro, com um chuveiro gigante no lugar de uma banheira. Quando tinham acabado de se mudar, ela e Monika transavam nele o tempo todo. Às vezes, as lésbicas reclamavam de sexo no chuveiro, diziam que não era prático — aquela sensação de água correndo por toda parte, pingando nos olhos e escorrendo pelo pescoço —, mas Sammie adorava. Afinal, o que era prático em um sexo bom?

Ela deixou as roupas sujas caírem sobre o tapete ao lado da cama de Monika e foi para o banheiro. Os artigos de higiene pessoal dela estavam espalhados pela bancada: a pomada de cabelo de que ela gostava, que cheirava a maçã-verde. O perfume masculino que ela preferia, em um frasco de vidro em forma de veleiro. A escova raquete com seu cabo de madeira alisado por anos de uso. Havia outras coisas também, coisas que Sammie não reconhecia: uma marca de xampu de aparência cara, provavelmente de um salão.

Uma lâmina de barbear rosa-claro pendurada em um daqueles suportes de vidro que se grudavam no azulejo. Ao lado dela estava pendurada uma lâmina de barbear masculina, do tipo que Monika preferia. Portanto, a cor-de-rosa era algo… inesperado.

Ela se ajoelhou no tapete azul da IKEA e abriu os armários do banheiro de Monika. Sais de banho de lavanda, embora Monika quase nunca usasse a banheira. (Ela dizia que fazia com que se sentisse como um frango cozido em um caldeirão.) Hidratante de manteiga de cacau. (Monika tinha alergia a manteiga de cacau, vivia dizendo que uma queimadura solar seria melhor do que uma reação alérgica no corpo todo.) Uma toalha preta de tirar maquiagem, do tipo que davam em hotéis.

Monika não usava maquiagem.

Sammie ligou o chuveiro e entrou. Lavou os cabelos com aquele xampu e condicionador caros, depois puxou a lâmina cor-de-rosa e raspou as pernas e axilas, perguntando-se quem mais havia passado as lâminas ao longo dos membros. Ao sair, ela se enrolou em uma das toalhas de Monika e foi direto para o quarto. Não se deu ao trabalho de fingir limpar, apenas abriu as gavetas da penteadeira de Monika, desenterrando todo tipo de pós e cremes faciais e paletas de sombra. O closet estava cheio de camisas e ternos de trabalho de Monika, mas também havia dois vestidos muito menores escondidos entre aqueles cabides. Um deles era um mini, decotado, de renda marfim-pálido, quase como uma camisola. Sammie teria que se cortar ao meio para caber naquela coisa. Ela cheirou a gola do vestido e sentiu um perfume de baunilha, um aroma que Monika sempre dizia achar enjoativo.

Ela se sentou no banquinho acolchoado de Monika e ligou as lâmpadas halógenas, um anel de ouro aceso ao redor do espelho. Abriu todos os cremes faciais –- tubos caros de coisas com nomes franceses extravagantes — e passou o melhor. Começou a colocar um pouco da maquiagem, mas a sombra fez com que ela parecesse ter levado um soco nos dois olhos.

Enquanto caçava mais, ela abriu uma gaveta e descobriu uma pilha de cartas amarradas, cobertas com uma caligrafia azul redonda. *Quantos anos tem essa mulher?*, pensou Sammie. *Mulher, não — menina*, corrigiu. A letra era igual à de Sammie na época do ensino fundamental. *Quantos anos tem essa menina?*

Megan. Uma menina chamada Megan.

Sammie se perguntou se abrir as cartas particulares de outra pessoa era tão ruim quanto ler o diário dela, mas imediatamente rejeitou esse pensamento. Elas tinham feito um acordo, ela e Monika, de que não trariam outra mulher para dentro de casa enquanto Samson ainda vivesse lá. Obviamente, Monika havia quebrado essa promessa. Se ela era descuidada o suficiente para deixar provas por aí, que importância tinha se Sammie as lesse?

A primeira era escrita em papel de carta com um gatinho preto brincando com um novelo de lã. Megan começava a carta dirigindo-se a Monika como "Meu amor", o que fez Sammie ter vontade de vomitar. O resto era uma série de parágrafos muito piegas sobre sentir saudade das mãos de Monika e pensar nela à noite quando estava aconchegada na cama.

Foi à carta seguinte, escrita no mesmo papel de gatinho, que deixou Sammie desconfiada. Uma descrição paralisante de um cruzeiro de três noites que, aparentemente, as duas haviam feito para as Bahamas.

"Olho este anel e só vejo você", escreveu Megan, sublinhando cada palavra.

Sammie virou o envelope. A carta tinha sido entregue no escritório de Monika. Fazia sentido, especialmente porque geralmente era Sammie quem recebia a correspondência em casa. Como aquela mulher tinha conseguido entrar na casa, sendo que Sammie quase nunca saía? Talvez tivessem vindo sorrateiramente nas noites em que ela dizia a Monika que não estaria em casa, para não esperar acordada, porque ia se encontrar com alguma mulher que havia conhecido no aplicativo de encontros. E naquele fim de semana que ela levou Samson e os colegas de equipe para o campeonato de natação em Pensacola. Coisa que Monika não tinha conseguido fazer porque estava ocupada demais com o trabalho. Aparentemente, "trabalho" significava trazer uma mulher muito jovem e transar com ela na casa de Sammie, comer na cozinha da família, provavelmente embrulhar-se nos roupões que ela e Monika tinham mandado bordar com "Sra." e "Sra." depois do casamento.

— Que porra é essa? — sussurrou Sammie.

Estava sentada pelada na penteadeira da ex, coberta de maquiagem que não era dela, lendo cartas das quais não deveria saber, e — *merda, claro*, ela estava menstruada. Devia estar pingando sangue na almofada em que estava. Aí, lembrou-se da última vez em que se sentara naquele banquinho, quando elas tinham tomado banho juntas e Monika parara atrás dela, desembaraçando os nós do cabelo comprido de Sammie.

Ah, a intimidade é mesmo uma merda, né?, pensou Sammie. Enfiou as cartas de volta na gaveta, desejando nunca tê-las visto. Devolveu também os cremes e as sombras para o lugar, junto com um frasco de algo que cheirava a limão e que ela passara nos braços e nas pernas antes de perceber que não era hidratante.

Ela se lavou na pia do banheiro, depois desceu o corredor até o quarto de Samson. *Já que comecei, melhor olhar tudo*, pensou. O quarto do filho também tinha um cheiro diferente. Não como o de Monika, com suas fragrâncias, mas… estranho, aquele fedor de adolescente que a lembrava um zoológico. O quarto de Samson não tinha qualquer decoração que ela sempre associava com adolescentes: nada de videogames ou fotos de memes idiotas, nenhuma imagem de mulheres de maiô empoleiradas precariamente em capôs de carros, nem um único pôster de filme. Só paredes brancas e prateleiras cheias dos livros que elas compravam para ele, que Sammie nem sabia se ele lia. Os únicos toques de cor vinham da colcha xadrez verde e da bolsa de natação, virada no chão. O quarto estava infestado de rejeitos: uma meia esportiva no tapete, sacos de batatinhas vazios e garrafas de Gatorade pela metade na mesa de cabeceira, além de uma TV que ele nunca parecia assistir, exceto para transmitir vídeos de YouTube de pessoas jogando videogames que ele não tinha.

O quarto de Samson tinha cheiro de leite talhado, talvez. Algo azedo.

Ela desejou ter trazido um dos aromatizadores de tomada do quarto de Monika, só para se livrar do odor. Sammie pegou todo o lixo do chão, enfiou na lixeira embaixo da escrivaninha — vazia, exceto por alguns lenços de papel que ela não quis explorar — e depois recolheu os lençóis que haviam caído da ponta da cama. Ela afofou o travesseiro, que soltou uma nuvem de poeira quando ela bateu.

— Isso não deve ser saudável — disse ela, tentando se lembrar de quando havia comprado um novo para ele.

A cômoda estava cheia de roupas, tantas que era difícil fechar as gavetas. No entanto, ao abri-las, saíram dali por atrás de par de calças que eram curtas demais para o corpo longilíneo dele. Cuecas que ainda tinham personagens de desenho animado. Camisetas manchadas e cheias de buracos. Samson nunca pedia nada. Nunca dizia: "Ei, minhas cuecas não cabem mais, não cabem há anos" ou "A propósito, todas as minhas meias têm dez buracos, será que dá para me comprar umas novas?". Quando fora a última vez que ela lhe comprara roupas novas? Quando fora a última vez que comprara roupas novas para *ela mesma*? Todas as suas coisas estavam desbotadas da lavagem e do desgaste contínuo. A maioria das peças dela não cabia mais direito, ao ponto de as calças machucarem ao serem usadas, mas ela nunca ia atrás de comprar algo novo.

Ela se perguntou se era assim que era a depressão — ser tão incapaz de cuidar de si mesma que deixava de se lembrar de cuidar do próprio corpo, para não mencionar o de qualquer outra pessoa. Quando você se tornava pouco mais que uma mente mal funcionando: um cérebro felpudo e desintegrado flutuando solitário em um frasco de formol.

— Vou comprar umas coisas novas para ele — falou ela. Sentia seu rosto vermelho. — Vou comprar umas coisas novas para nós dois.

Ela desceu para pegar o máximo de sacolas da Publix que conseguiu, depois subiu de novo e as encheu com as roupas que ela sabia que podia jogar fora. Parou em seu quarto para vestir um roupão, no caso de Samson voltar para casa antes de ela terminar. Pegou o aspirador e atacou o tapete dele. Esfregou o vaso sanitário do banheiro do corredor, revestido com pingos amarelos de urina, e lavou a pia.

Depois do frenesi de limpeza, ela se sentou e olhou ao redor do quarto dele, imaginando o que poderia lhe dizer sobre ele. Não era como xeretar as coisas de Monika, que parecia com submeter-se a uma tortura mental. Era mais uma tentativa de conhecer o filho um pouco melhor sem ter que envergonhá-lo com perguntas. Melhorar seu relacionamento sem comprar uma briga grande por causa disso. Pelo menos foi o que ela disse a si mesma.

Ela não esperava encontrar um diário. Tinha sido uma adolescente emotiva e fechada, mas nunca tivera um, e a caligrafia de Samson era um garrancho. A mesa de cabeceira estava cheia dos detritos típicos: tampas de garrafas, talões de ingressos, recibos, tubos velhos de protetor labial, um relógio que não funcionava mais, chaveiros, porta-copos de papel de vários restaurantes. Alguns papéis velhos aleatórios da escola, todos amassados e cinzentos, como se tivessem sido desenterrados do fundo de uma mochila. Mesma coisa com a escrivaninha: canetas velhas secas com tampas faltando, tocos de lápis com borrachas endurecidas. Havia alguns cartazes da equipe de natação, algumas fotos dele e dos companheiros de equipe de pé ao lado da piscina, braços pendurados uns sobre os ombros do outro, dedos levantados no ar: "Somos número um". Algumas medalhas e fitas entre os clipes de papel e cartões de aniversário antigos. *Nada de importante*, pensou Sammie. *Só um monte de lixo.*

O laptop dele estava apoiado em cima da escrivaninha. Ela percebeu tardiamente que qualquer coisa pessoal sobre o filho seria encontrada no computador. Esquecia a própria idade às vezes, e os lembretes repentinos de que o mundo havia mudado faziam seu cérebro paralisar.

Ela e Monika haviam comprado o computador para ele no primeiro ano do ensino médio. "Para a escola", disseram, porque ela tinha ouvido falar que todos hoje em dia entregavam as tarefas on-line. Havia até mesmo uma maneira de verificar as notas do filho, mandá-las por e-mail, mas Sammie tinha tentado apenas uma vez e depois ficado frustrada com o sistema complicado e confuso, e não se deu ao trabalho de olhar de novo. Monika teve que resolver o login para ele, tornando-o fácil para que ele nunca mais esquecesse. "É só definir a senha como a primeira linha de letras no teclado", explicou ela.

Q-W-E-R-T-Y foi o que Sammie digitou na caixa sob um ícone de Samson nadando, cabeça emergindo da água com óculos de proteção e touca. A tela de login piscou e sumiu, substituída por um navegador aberto. Era um site pornô. O vídeo em si estava pausado, mas era bem explícito: uma mulher de cabelo loiro comprido e olhos muito grandes fazendo um boquete em um homem.

Sammie fechou o laptop com força. No que ela estava pensando? Olhando no computador de um adolescente? O que esperava encontrar, uma carta descrevendo seus pensamentos e sentimentos? Imagens de filhotes de cachorro cavando em um campo aberto? Uma lista em tópicos de todas as razões pelas quais ele a odiava?

Por um momento insano, ela contemplou limpar suas digitais do topo do computador com a manga do roupão, como se ele pudesse deduzir por meio de algum tipo de investigação que ela estava bisbilhotando em seu computador e decidisse passar um pó na tela procurando impressões digitais.

Ela apagou as luzes e saiu para o corredor. *Então, vi pornografia no computador do meu filho*, pensou. Grande coisa. Era uma das coisas mais bobas que acontecia em sua vida em algum tempo, e, se ela tivesse ouvido a história de qualquer outra pessoa, teria dado risada. Então foi isso que ela fez. Riu até o fim do corredor, riu ao entrar no quarto de Monika. Riu enquanto se deitava na cama da esposa, entrava debaixo das cobertas com o roupão ainda vestido e enfiava o rosto no travesseiro. Abafada daquela maneira, era difícil saber se ela estava rindo ou chorando. Isso fazia tanto sentido quanto qualquer outra coisa que tivesse acontecido naquele dia.

Ela acordou várias horas depois com o roupão emaranhado em torno do pescoço, sonhando que alguém a sufocava. A maquiagem que tinha colocado antes tinha manchado toda a fronha. Preocupada de que alguém talvez já estivesse em casa, ela rapidamente tirou e colocou uma nova, aí levou a fronha manchada para o próprio quarto e enfiou bem no fundo do cesto de roupa suja. Ia ter que conversar com Monika sobre o que tinha visto, mas queria fazer isso nos próprios termos.

Como se pergunta à sua esposa se ela está noiva de outra mulher?, questionou-se Sammie, e aí se corrigiu. *Como se pergunta à sua ex, com quem você ainda é casada, se ela está planejando se casar com outra pessoa?*

Ela soube que Samson estava em casa quando ouviu a porta da frente bater. Não importava quantas vezes ela conversasse com ele, ele inevitavelmente batia a porta como se estivesse tentando arrancá-la das dobradiças. Sammie colocou a cabeça para fora e perguntou se ele ia precisar jantar. Ele resmungou e entrou no quarto, batendo aquela porta também.

Ela torceu para ele não notar que ela tocara no computador.

Ela se levantou e fuçou o armário, tentando encontrar algo que não parecesse que deveria ser imediatamente transportado por via aérea para o Exército da Salvação. Tão poucas das coisas que ela tinha pareciam... *frescas*. Essa era a palavra que ela estava procurando: não novas, tipo algo que ela houvesse acabado de comprar, mas frescas, tipo algo que não parecesse ter sido usado oitocentas vezes. Uma camisa que não precisava passar por eutanásia.

Tudo o que ela possuía era velho, e todos os tecidos ficavam estranhos drapeados sobre seu corpo. Calças que eram curtas demais, apertadas demais ao redor da cintura, desbotadas de maneiras esquisitas. Calças de brim de doze anos atrás. Boca larga? As pessoas ainda usavam? Tantos shorts de linho. Tênis e sapatilhas com o interior escuro e todo rasgado. Vestidos sem forma que ela usava em casa e às vezes dobravam como camisolas. Ela ficou em frente ao armário e varreu as roupas para a frente e para trás, como se uma das criaturas de Nárnia fosse sair e lhe jogar uma blusa.

Ela finalmente decidiu-se por um short jeans apertado demais e uma camisa branca que Monika disse uma vez que a fazia parecer uma professora universitária em licença sabática. O cabelo dela era uma causa perdida; ela só juntou a bagunça em um bolo solto. Mordeu os lábios para lhes dar uma cor. Tentando se fazer apresentável. Se ela conseguisse estar apresentável, ia ficar bem.

Ela voltou lá para baixo e limpou a cozinha, depois abriu uma cerveja e saiu para se sentar no pátio enquanto a noite chegava e o sol se afundava abaixo da linha das árvores. Ela se recostou e tentou relaxar. Fez alguns exercícios respiratórios. A cerveja a fez se sentir um pouco melhor, então tirou algumas selfies na luz débil e as enviou para Myra. Não se deu ao trabalho de abrir o aplicativo de relacionamento; era apenas mais uma maneira de se sentir mal consigo mesma, respondendo a perguntas inúteis como "Você já leu *Mulherzinhas*?" ou "Qual é sua pizza favorita?". Uma vez, uma mulher lhe havia pedido para dar o nome do animal de estimação de infância e o nome de solteira da mãe de Sammie, e ela quase havia falado as informações antes de perceber que era um golpe.

Conhecer mulheres é humilhante, pensou Sammie. *Como um daqueles sonhos em que você chega pelada nas provas finais.* Ela queria pular todas essas coisas e chegar à parte em que elas já sabiam tudo uma da outra. Só que também queria a novidade e a estranheza de foder com uma completa estranha, alguém sobre quem não tinha absolutamente nenhuma expectativa. Mas aí ela também queria alguém que conhecesse o corpo dela o suficiente para fazê-la gozar — para saber do que ela gostava sem que ela tivesse que dizer ou fingir um orgasmo só para a pessoa parar. Ela queria o que ela tinha tido com Monika, voltar àquele espaço agradável de quando elas se conheceram: o hálito da esposa pela manhã depois do café; a maneira como ela tinha que colocar o suco de laranja na frente do leite na geladeira todas as vezes; a forma como Monika sabia que devia chupar logo abaixo da orelha para fazê-la gozar rápido.

Myra gostou das fotos e respondeu com uma dela. Na imagem, ela estava bebendo uma taça de vinho na varanda. A filha estava sentada ao fundo, presa na tela brilhante do celular. Sammie não conseguia se imaginar fazendo algo assim: enviar a alguém com quem ela estava tentando transar fotos de si mesma com Samson. Ela e Samson quase nunca tiravam fotos juntos. As poucas que tinha eram de anos atrás, tiradas em viagens em família depois que Monika gritou com os dois para *se juntarem*. Os dois ficaram sentados de cara fechada enquanto Monika tirava fotos, murmurando: "Vocês não vão gostar delas, olhe como está a cara de vocês".

Formigas marchavam ao longo de uma fenda no pátio. Sammie sentou-se, tomou sua bebida e viu a lua emergir no céu enquanto o sol ainda estava se pondo. Pássaros se aglomeravam ao longe, provavelmente em direção às árvores no lago próximo. Ao lado dela, na buganvília, algo esmagava as folhas mortas.

Ela ouviu o carro de Monika apitar na entrada da casa e voltou para dentro. Ela estava jogando a lata vazia na lixeira de recicláveis quando Monika entrou na cozinha, o paletó jogado por cima do ombro. O terno era um dos favoritos de Sammie, cinza-carvão com pequenas listras brancas; ela estava usando o colete por cima da camisa com as mangas arregaçadas até os cotovelos. Oxfords masculinos pretos. Parecia uma personagem em algum drama de TV lésbico — tanto que Sammie quase queria zoar com ela —, mas o mais irritante era que ela estava linda. Depois de todos aqueles anos, ela ainda se sentia muito atraída pela esposa.

— O que tem para o jantar? — perguntou Monika.

Sammie agarrou a bancada para se impedir de mencionar as cartas.

— Não sei. Não sabia o que ia rolar hoje à noite. — Ela estava orgulhosa de si mesma por conseguir dizer isso. A voz dela soava tranquila. Alegre.

— Você tem planos? — quis saber Monika, ainda sem olhar nos olhos dela.

Sammie se perguntou como tinha passado tanto tempo sem perceber a traição da esposa. Monika era, aliás, quase religiosa em olhar para a outra pessoa quando falava. Era algo que ela insistia com Samson desde que ele era novinho: "Olhe para as pessoas com quem você está falando", dizia, agarrando o queixo dele se ele não olhava diretamente para ela quando ela falava. "Mostra que você está ouvindo de verdade e que não está escondendo nada."

— Talvez — respondeu Sammie. Viu o próprio reflexo na porta do micro-ondas: não tão bom quanto esperava, mas ela sempre esperava se ver dez anos mais nova quando se olhava no espelho.

— E Samson? — perguntou Monika. Pronto: agora ela estava olhando. Ela ficou parada do outro lado da bancada, batucando os dedos no mármore daquele jeito ansioso de sempre quando estava pensando algo, mas não sabia bem como dizer. — Você está bonita — foi o que ela enfim falou, e Sammie segurou um sorriso.

— Acho que vou pedir uma pizza para ele. Quer?

— Talvez — devolveu Monika, pegando o celular. Sammie deixou o estômago se acomodar outra vez por cima da cintura da calça. Não adiantava ficar murchando a barriga se ninguém estava prestando atenção. O corpo dela nunca era mesmo dela, era? Era sempre para o benefício do olhar do outro. Um corpo sempre emprestado, supunha Sammie.

Ela pegou o celular e entrou no aplicativo da pizzaria Domino's. Durante o último ano, andava pensando em deletá-lo, porque sabia que usava demais, mas, se pedisse o suficiente, ia se qualificar para ganhar uma pizza grátis, então, deletar agora parecia jogar uma pizza inteira no lixo.

— Pode ser só de pepperoni? — perguntou.

Monika deu de ombros.

— Você pensou no que eu pedi?

Sammie sabia do que ela estava falando, mas decidiu se fazer de tonta.

— No quê?

— Você sabe muito bem. Não faça isso, Samandra.

Sammie detestava quando Monika usava seu nome completo. Era como a mãe gritando com ela.

— Quer dizer de nos encontrarmos? Com a sua… pessoa?

— É, isso. — Monika pegou o laptop e o abriu na bancada, embora Sammie tivesse pedido um milhão de vezes para ela não trabalhar ali, para a cozinha ser sempre para a família. Ela estava mesmo trabalhando? Talvez estivesse só mandando e-mail para aquela mulher.

Aquela mulher. Quem sabe ela pudesse usar aquele momento como oportunidade para descobrir alguns fatos.

— Como ela se chama, aliás?

— Megan.

— Megan do quê?

Monika passou uma mão pelo cabelo, o rosto brilhando azul da tela do computador.

— Só Megan.

— Uau. *Só Megan* — repetiu Sammie, sorrindo. — É um nome de família ou algo do tipo? Qual é o nome do meio dela, *Pra Saber*?

Monika nem respondeu. Nunca achava Sammie muito engraçada.

— Como ela é? — perguntou Sammie, cutucando a informação como faria com um hematoma. — Alta? Inteligente? Ela tem filhos? Se formou na faculdade? Gosta de cachorros ou gatos?

— Ela é… bondosa, acho. Atenciosa. Bonita e doce. — Monika pausou por um momento, depois deu de ombros. — Só diferente.

Ah, aquilo doeu.

— Onde ela mora? — continuou Sammie. — Perto? Seminole County ou Orange?

— Ela está meio entre um lugar e outro — respondeu Monika, evitando contato visual. — Teve uns problemas com a colega de apartamento, então, voltou para a casa da mãe. Só temporariamente.

— Ah. — Uma namorada que ainda morava com os pais. Que vergonha. Pelo menos, Sammie não precisava se sentir mal consigo mesma por *isso*.

— Podemos sair em algum fim de semana logo — disse Monika. Ainda não fazia contato visual com Sammie, o que significava que toda a conversa devia estar deixando-a bem estressada. — Jantar em algum lugar, nós três.

A ideia de jantar com a esposa e a namorada da esposa era tão gostosa quanto a de alguém enfiar palitos de dente embaixo das unhas dela. Dava até para imaginar as duas compartilhando olhares significativos e fazendo piadas internas enquanto Sammie sentava-se sozinha do outro lado da mesa, se perguntando se tinha comida presa nos dentes. Ela pensou nos anos de experiência que ela e Monika haviam dividido sendo lentamente eclipsados pela nova vida que ela ia criar com essa outra pessoa. A nova relação que elas formariam com o filho dela. Dava vontade de morder alguma coisa.

O telefone dela vibrou na bancada. Ela olhou para baixo, esperando uma notificação de entrega de pizza, mas era uma mensagem de Myra. "Pensando em você", dizia.

— Sim, claro. Tá bom — disse ela, pegando o celular e rolando pelas mensagens de Myra do dia. Elas ainda mandavam mensagens de sexo, mas, recentemente, tinham começado a só perguntar sobre o dia da outra, os filhos, quais eram as novidades. Era gostoso ter alguém que se importava com ela. Que queria conversar com ela mesmo quando estava mal-humorada ou estressada. — Mas também vou levar alguém.

Aí, Monika levantou os olhos. Sammie viu a tela dela refletida nos óculos. Ela não estava trabalhando coisa nenhuma. Estava no Facebook.

— Quem?

— Minha namorada — respondeu Sammie, adorando a expressão perplexa que passou pelo rosto de Monika. — Você vai adorar ela. Ela é incrível.

Às vezes Aja desejava que, em vez de se tornar terapeuta, ela tivesse ido estudar Veterinária. Poderia ter aprendido a cuidar de aves feridas. Tratar iguanas e jiboias. Dar remédio aos filhotes de cachorro e segurar gatinhos fofos na palma da mão. A melhor parte de ser veterinária era que os animais iam ouvir. Ela, para variar, podia ser a única a falar, ao contrário do seu trabalho atual, em que ela só ouvia outras pessoas o dia todo. Ela sabia que não era justo e definitivamente não se sentia assim o tempo todo. Terapia era algo pelo qual ela tinha sido apaixonada durante anos, e ainda sentia isso na maioria dos dias. Era só quando seus clientes faziam as mesmas más escolhas repetidas vezes que... ela se frustrava. Era assim com Sammie Lucas. A mulher tinha começado a fazer terapia de casal com a esposa. Pareciam ouriços, ambas tão irritadiças. E bravas! Mas aí Aja continuou a atender Sammie sozinha, depois que elas se separaram, e Sammie não queria examinar sua vida. Não prestava atenção a qualquer uma das suas escolhas para pensar em como poderia mudá-las. A pior parte era que Sammie era uma pessoa atraente. Ela era inteligente e bonita. Era até meio engraçada. Mais de uma vez, Aja se viu falando da própria vida em um esforço para fazer Sammie se abrir: como sua namorada não a ouvia, como ela se irritava com os pais. Por fim, pegou-se devaneando enquanto Sammie falava sobre seus problemas — sempre os mesmos — e começou a fantasiar sobre transar com ela durante as sessões. Tinha sido um grande sinal de alerta, e ela se preocupava demais. Mas aí Sammie ligou para dizer que não iria mais. Foi um alívio incrível, como se o destino tivesse intervindo para salvá-la antes que as coisas dessem horrivelmente errado. Ela tomou dois comprimidos de Advil e esperou a paciente das duas horas chegar. Mais três horas e ela finalmente poderia ir para casa. Uma taça de vinho e um livro. Aconchegar-se no sofá e talvez ligar para a melhor amiga, Marjorie. Falar com outra pessoa sobre os problemas dela. Finalmente.

18

Sammie ainda levava Samson à terapia a cada duas semanas. Ele pegava carona para ir e voltar do treino de natação com outros garotos da equipe, e muitas vezes pedia caronas para casa a outros funcionários do boliche após seus turnos, mas a terapia era diferente. Ela temia que ele não aparecesse para as sessões se fosse deixado à própria sorte. Ele nunca tinha gostado de ir. Assim, ao longo dos anos, Sammie havia passado grande parte do tempo livre dela sentada no saguão da terapeuta esperando por ele. Porque, se não o fizesse, sabia que ele encontraria uma maneira de sair mais cedo e matar o tempo no estacionamento até que ela voltasse para buscá-lo.

A questão era a seguinte: ela queria que o filho ficasse bem. Que se sentisse bem consigo mesmo. Ela queria ser capaz de se conectar com ele de uma maneira que não parecesse forçada, e acreditava que a terapia poderia ajudar nisso. Poderia acabar abrindo alguma coisa. Por isso, ela estava disposta a esperar por ele. Ver se alguma coisa finalmente se encaixava.

Ele entrou no banco de trás depois do treino, o cabelo ainda molhado. Estava pingando por todo o interior do carro. Ao longo dos anos, ele havia pingado tanta água da piscina sobre os assentos e o tapete que tinha descolorido o tecido. Ela tentava lembrá-lo de se enxaguar após o treino, mas ele ainda aparecia cheirando a cloro.

O trajeto da natação à terapia era mais longo do que o caminho para casa, o que dava a Sammie a oportunidade de conversar com ele sem ele poder fugir. Ela sempre esperava para jogar assuntos em cima dele durante longas jornadas de carro, de modo que ele tinha que ouvir — a não ser que quisesse enfiar os dedos nos ouvidos e fazer barulhos de pterodátilo, como fazia durante os anos de ensino fundamental.

— Como foi o treino? — Era uma pergunta idiota, inclusive porque Samson nunca respondia o tipo de pergunta cotidiana que os pais faziam: "Como foi a escola?" ou "Quais as novidades dos amigos?".

— Podemos comprar raspadinhas? — pediu Samson, vendo o 7-Eleven à frente. Ela parou em uma bomba de gasolina no estacionamento e achou algumas notas de cinco na bolsa, pedindo-lhe que comprasse uma para ela também, junto com uma água com gás. Ela ficava com tanta sede naquela sala de espera; quando a sessão de Samson terminava, ela sempre sentia que estava saindo de um desidratador de alimentos.

O filho atravessou o estacionamento e passou diretamente na frente de um carro. A motorista — uma mulher idosa que mal conseguia enxergar por cima do volante do seu Chrysler — freou de repente e buzinou, claramente mais assustada do que brava. Samson não parou, no entanto. Só mostrou o dedo do meio para o carro e dirigiu-se para a loja de conveniência.

Morta de vergonha, Sammie escondeu o nariz na bolsa, como se estivesse caçando a carteira, para não ter que ver o olhar horrorizado no rosto da motorista. Ela se perguntava se as pessoas achavam que ela o havia ensinado a fazer esse tipo de coisas. Que talvez ele a tivesse visto fazê-las e a estivesse imitando. Será que ele a vira mostrar o dedo do meio para outros motoristas? Não era improvável.

O estacionamento do 7-Eleven cheirava a escapamento de carros e comida apodrecida da lata grande de lixo que ficava na esquina da loja. Enquanto deslizava o cartão de crédito para dentro do leitor, ela viu um dos funcionários sair e jogar uma caixa de bananas velhas naquela lixeira. Dois corvos voaram e se reassentaram na borda, se batendo um contra o outro e emitindo gritinhos curtos e urgentes enquanto lutavam por um muffin velho. Sammie via ondas de calor saindo em espiral do pavimento. O asfalto mais fresco, perto das bombas de gasolina, parecia pão queimado.

Anos atrás, sua mãe lhe havia contado uma história sobre o asfalto quente da Flórida. Quando ela era jovem, havia levado um ovo da cozinha para ver se conseguia fritá-lo na calçada em frente à casa deles. Ela ficou ali sentada por horas no calor escaldante, observando a gosma amarela escorrer pela calçada, e só o que aconteceu foi que o ovo ficou coberto de formigas e ela ficou com uma queimadura solar feia no pescoço e nos ombros. Quando chegou em casa, a mãe bateu nela com uma colher de pau por desperdiçar um ovo.

Aposto que daria para fritar uma omelete neste estacionamento, pensou Sammie. *O aquecimento global é verdade.*

Ao terminar de colocar a gasolina, ela viu uma fila alta de palmeiras balançando atrás da loja, as frondes batendo freneticamente na brisa, como se tentassem captar a atenção dos carros que passavam. Estava fervendo, mas Sammie não se importou. Ela preferia todo aquele sol e o céu azul ardente às nuvens que viriam depois, posicionando-se antes da tempestade diária chegar. Um carro passou lentamente pelo dela, o pneu subindo pela calçada, e foi quando ela ouviu os gritos atrás dela.

Ela se virou e viu Samson parado em frente à loja segurando dois copos grandes de raspadinha. Uma mulher estava entrando pela porta, gritando para ele, agarrando o seu braço. Sammie tampou o tanque de gasolina e correu até eles.

— Não toca nele — disse ela, mas a mulher não soltava. Ela estava com uma camiseta verde de funcionária por dentro de uma calça cáqui. O cabelo com corte militar tinha fios cinza, e ela não parava de levantar os óculos com aro de metal no nariz com a mão que não estava agarrando a manga de Samson.

— Ele roubou isso. — A voz dela era grave e áspera, como se precisasse pigarrear. — Ele não pagou.

— Claro que pagou — disse Sammie, mas, aí, perguntou-se se ele tinha pagado mesmo. — Não pagou, Samson?

— Paguei — respondeu ele, e a mulher só o chacoalhou de novo, desta vez com tanta força que a cabeça dele balançou para trás.

Sammie se encheu de raiva.

— Não toca no meu filho, caralho — disse, agarrando o braço da mulher. Ela precisou se impedir de chacoalhar a mulher como ela tinha feito com o filho. A ira corria nela como um energético; naquela ira, ela sentiu que era capaz de levantar um carro.

— Ele ainda tem que pagar por isso. — A mulher limpou a mão na calça. Sammie viu que estava manchada. De café, talvez. Era meio da tarde; a mulher provavelmente estava trabalhando o dia todo. Sammie se sentiu desinflando. Mandou Samson entrar no carro.

— Deixa que eu pago, quanto for — disse Sammie, vendo o filho entrar no banco de trás. Ele ficou lá sentado com a porta aberta, pernas penduradas pela lateral. Ela entrou atrás da mulher e ficou parada no caixa enquanto ela registrava as compras. "DONNA", dizia a etiqueta de nome. Sammie tinha dado a Samson todo o dinheiro da bolsa, então, deu à mulher seu cartão de crédito, adicionando um pacote de chiclete e um bilhete de raspadinha de loteria para a conta dar mais de cinco dólares.

— Olha, ele vive fazendo isso.

— O quê? — Sammie olhou para Donna, que estava com uma cara muito séria. Teve medo de já saber o que a mulher estava prestes a dizer.

— Ele vem aqui o tempo todo e rouba coisas. Da próxima vez, não vou ser tão legal. Vou chamar a polícia.

— Como você sabe que é ele? — questionou Sammie, e desejou poder só ter um dia normal. É claro que o filho tinha que fazer isso. É claro que ele ia roubar coisas idiotas e sem valor, embora tivesse dinheiro para pagar. É claro que ela ia ficar lá o defendendo, porque era o que ela sempre fazia. É claro.

— Olha, eu não sou idiota. Eu sei quem ele é e sei o que ele anda fazendo. — Donna entregou a nota fiscal. Não parecia brava. Aliás, o olhar dela era de pena.

Ela vê como eu sou como mãe e tem pena de mim, pensou Sammie. *Esta mulher lésbica está me olhando como se eu tivesse fodido tudo para todas nós.* Mas, aí, ela pensou: *Aposto que ela nem tem filhos. Que porra ela sabe?*

— Eu gostaria de pagar a quantia total, tudo o que você acha que ele levou.

Sammie colocou a carteira de volta no balcão ao lado do bilhete de loteria. Na frente, havia um desenho de um pato segurando uma espingarda, com um slogan no canto dizendo "QUACK-SE!". Desejou não ter comprado.

— Não precisa — disse Donna. Ela já estava acenando para o próximo cliente, um homem de camisa de flanela segurando um galão suado de leite integral. — Só conversa com o seu filho.

— Eu sempre converso com o meu filho — retrucou Sammie, indignada, enquanto pegava as coisas e saía.

O estacionamento estava ainda mais sufocante do que antes. A brisa tinha parado, fazendo-a sentir como se o ar tivesse sido roubado dos seus pulmões. As axilas e a linha do cabelo estavam úmidas, ela estava suando na virilha da calça. Entrou no banco da frente e ordenou que Samson colocasse o cinto e fechasse a porta.

— Qual é o seu problema? — perguntou Samson. Estava largado, dando goles na raspadinha, que parecia conter todos os sabores da máquina. Ela queria esticar a mão entre os bancos e dar um tapa nele. Em vez disso, pegou a raspadinha que ele havia comprado para ela e deu um gole longo e irritado. Era horrivelmente azeda, de um sabor que ela jamais escolheria para si. Sammie fez careta ao pousar a bebida, contornando o meio-fio ao lado para voltar à rua.

— Qual é o *meu* problema? Muito engraçado. — Ela olhou para o banco ao lado, depois para o chão. Nada. — Cadê minha água tônica?

— Esqueci.

— Hum. Pelo jeito, se não diz respeito a você, não vale a pena lembrar.

Ela percebeu que estava acelerando pelo bairro e se obrigou a tirar o pé do acelerador. Eles estavam indo pelo atalho que ela gostava de pegar para evitar os engarrafamentos da tarde nas rodovias. Essa rua era famosa nas redondezas por ter as melhores decorações de Natal a cada ano. Fios com luzes brancas penduradas nas palmeiras. Enormes Papais Noéis infláveis e suas renas empoleiradas perigosamente nos telhados. Uma vitrine de presépio que incluía um menino Jesus animatrônico. Todos os anos, pessoas de short e camiseta bebiam chocolate quente e cidra em copos de isopor. Sua pequena família costumava passar de carro na véspera de Natal, reunida no carro de Monika com todas as janelas abertas. Bing Crosby cantava sobre deixar o "*yuletide gay*", e as duas riam enquanto Samson revirava olhos no banco de trás. Era uma das coisas favoritas dela que eles faziam em família.

A grama sempre parecia grande demais naquela época do ano, não importando a frequência com que as pessoas cortassem. Havia ervas daninhas brotando ao longo das rachaduras nas calçadas, ultrapassando os quintais. Na dura luz do dia, aquelas alegres casas de férias pareciam precisar muito de uma pintura de verão. Eles passaram por uma das favoritas anuais dela, uma casa com luzes brancas de gelo nas janelas e um globo de neve de tamanho humano que continha um boneco de neve, uma árvore de Natal e salpicava neve falsa. No pátio da frente, um homem careca de roupão tirou um jornal molhado do caminho do regador automático. Eram quase três da tarde.

— Por que você rouba? Não entende como isso é idiota?

— Eu não roubei nada.

— Por que aquela mulher ia inventar isso?

— Porque ela é uma filha da puta.

Sammie deu mais um gole de raspadinha, embora tivesse detestado, só para não começar a gritar imediatamente. Nunca funcionava.

— Ela é, mesmo. Você viu.

— Por que você mente sobre tudo? — perguntou Sammie. — A vida seria bem mais fácil se você só…

Ela não sabia como terminar o raciocínio. Ele já ouvira aquilo dela um milhão de vezes e se recusava a entender, hoje ou qualquer dia. Ela bebeu mais raspadinha. Agora, achou que estava gostando um pouco mais; talvez a língua tivesse só ficado dormente para o sabor terrível e mordaz. *Um corpo pode se acostumar a qualquer coisa*, ela decidiu. *Só precisa de tempo.*

— Sua mãe e eu vamos sair para um encontro — disse ela, dando mais um gole longo no canudo. Dor de cabeça imediata. Ela pousou o copo e empurrou uma mão contra a cabeça, como se a pressão pudesse por si só parar a dor.

— E?

— Com outras pessoas — continuou Sammie. — Tipo um encontro duplo.

Sem resposta. Ela o olhou pelo retrovisor; ele estava com o rosto pressionado diretamente contra o vidro, como se para evitar olhá-la. Ela já estava com medo de estar abordando aquilo da forma errada.

— Não é nada demais — continuou, falando com o maior cuidado, como se com a boca cheia de cacos de vidro. — Sua mãe está saindo com alguém, e eu estou saindo com alguém, e as duas parecem legais, então, achamos que seria bom todas nós nos encontrarmos. Nos conhecermos um pouco melhor. Só isso.

— Por que vocês duas são tão esquisitas? — murmurou Samson. — Tudo o que vocês fazem é esquisito. E confuso. Vocês não fazem sentido.

O filho dela pressionou a testa com tanta força contra o vidro que ela ficou preocupada de ele ter um traumatismo cervical se ela freasse o carro rápido demais. Estavam agora de volta à avenida principal, e o mundo lá fora passava num borrão de verde e azul e cinza: árvores, palmeiras, restaurantes, bancos. Lá estava o pasto de vacas ao lado de uma das escolas autônomas a que todas as famílias cristãs fanáticas mandavam os filhos para protegê-los de aprender qualquer coisa sacrílega demais. Um Arby's ao lado de um viveiro de plantas exóticas. Um bar de topless, as luzes néon cor-de-rosa refletindo na parede azul de uma loja de conserto de piscinas.

— Se der tudo certo, talvez você conheça as duas em algum momento.

— Duvido.

— Vai ser tranquilo. Tá?

— Queria que vocês só fossem normais — disse Samson. Ainda não estava olhando para ela, só pela janela, os ombros tão encurvados que ele parecia estar entrando em si mesmo.

— Vai ser uma coisa boa, sério — respondeu Sammie. — Prometo.

Ele fez um barulho que poderia ser concordância ou discordância, não havia como saber sem ver o rosto dele. Mas ela tinha dito o que precisava dizer e agora podia levá-lo à terapia, onde ele ia conversar com alguém qualificado para lidar com a reação dele. Alguém mais qualificado do que Sammie, pelo menos.

Quando ela parou no estacionamento do consultório da terapeuta, ele saiu sem dizer uma palavra. Desta vez, em vez de entrar, ela decidiu esperar no carro. *Ele tem idade suficiente agora para fazer isso sozinho*, pensou ela. No céu, um avião passou, em direção a destinos desconhecidos.

Sammie sabia que as pessoas sempre descreviam seus orgasmos como ondas quebrando. Invocavam a beleza de uma explosão estelar ou fogos de artifício um atrás do outro: *bang, bang, bang*. Mas, para ela, gozar parecia mais com se sentar para uma boa refeição depois de várias semanas passando fome. O movimento — espasmos como uma mandíbula se apertando e soltando. Como se a boceta dela quisesse engolir tudo e pedir para repetir.

Ela fechou o punho no cabelo de Myra e surfou aquele primeiro grande orgasmo. Se Myra continuasse girando a língua daquele jeito, talvez ela gozasse de novo. Aí, ia ser como comer as sobras no dia seguinte. Só de pensar daquele jeito a levou ao próximo. Ela gritou uma palavra que quase soou como *caralho*, e apertou com mais força até saber que haveria fios do cabelo de Myra enrolados em seus dedos quando ela soltasse. Quase gozou pela terceira vez, mas estava exaurida, tinha acabado, e, quando ela finalmente soltou e Myra se levantou, sorrindo, ela viu sangue ao redor da boca da mulher.

— Puxa — disse Sammie. — Ops. — E aí começou a rir.

— Qual é a graça, meu bem? — Myra limpou o rosto com o dorso da mão. Aí, olhou as manchas. — Ah, caralho.

Depois, as duas estavam rindo, rolando juntas na cama. A boceta de Sammie continuava pulsando a cada poucos segundos e a sensação ainda era boa como a de um orgasmo. Era bom curtir outra pessoa na cama. O sexo durante a menstruação sempre era o melhor para ela: bagunçado, claro, mas já havia tanto sangue acumulado lá embaixo que ela ficava excitada por dias. E não era como se ela pudesse fazer sexo casual com alguém do aplicativo e sangrar por toda parte. Ela não fazia sexo bom menstruada desde Monika, e havia anos, então aquilo era... agradável.

Depois de ficarem rolando na cama, ela acabou se estendendo em cima de Myra, perto da borda do colchão. Pegou o copo de água que havia trazido antes e o engoliu em três goles. Elas estavam no apartamento de Myra. A filha estava com a ex-mulher de Myra, por isso, não havia ninguém para pegá-las no pulo enquanto fodiam. Era bom. Sammie não conseguia se lembrar da última vez em que não tivera que se preocupar com uma criança a flagrando durante o sexo.

— Você está se sentindo bem?

Sammie fez que sim.

Myra penteou o cabelo de Sammie com os dedos.

— Você devia me deixar cortar para você.

— Você quer cortar meu cabelo?

— Eu podia. Cortar as pontas duplas. — Ela imitou um movimento de corte com os dedos, e Sammie lhe disse que conseguia pensar em uma tesoura mais interessante. Aí as duas estavam rindo outra vez. E então estavam se beijando, e aí o beijo se transformou em mais sexo. Sammie pensou como era difícil sair da cama uma vez que entravam nela. Quando se tem fome, é difícil se fazer pensar em outra coisa que não seja estar com fome.

— É melhor eu ir — disse Sammie, finalmente rolando para se afastar. — Devo estar sangrando por todo o seu lençol.

— Eu não ligo para isso. — Myra colocou os braços acima da cabeça e se espreguiçou. Tinha uma pele muito macia e ondulada. Havia estrias na barriga, nos seios, nas coxas, que Sammie achava parecerem redemoinhos feitos de glacê. Ela queria passar a língua por elas um pouco mais. Em vez disso, se levantou e se forçou a colocar a calcinha.

— Provavelmente vai ligar quando absorver e manchar o colchão. Você tem absorvente interno? — perguntou Sammie, e Myra disse que devia ter uns no armário embaixo da pia do banheiro do corredor.

O luxo de andar nua por um corredor, pensou Sammie. Sabendo que a casa era só dela.

Ela abriu o armário e fuçou, derrubando vários rolos de papel higiênico, um saco de sais de Epsom e caixas suficientes de pasta de dente branqueadora Crest para elas manterem os dentes claros durante o apocalipse. Finalmente, uma caixa de absorventes internos. Tamanho regular.

— Você só tem esses?

Myra veio pelo corredor. Tinha colocado uma cueca samba-canção xadrez e uma camiseta da Universidade da Flórida com mangas cortadas.

— Acho que devo ter uns outros na minha bolsa. Esses são da minha filha.

— Ah — falou Sammie. — Não se preocupa, acho que esses vão dar.

Ela puxou a calcinha até os joelhos e inseriu o absorvente enquanto Myra procurava algo no armário de remédios. Sammie viu fio dental sabor menta, alguns frascos de remédio controlado, vitaminas dos Flintstones e loção de calamina.

— Aqui. Senta.

— Que foi?

Myra estava segurando uma tesoura.

— Senta. Vou cortar as pontinhas do seu cabelo antes de você ir.

Sammie riu.

— Achei que você estivesse brincando.

— Vai levar tipo dois segundos.

— Isto é ridículo — respondeu Sammie, mas mesmo assim abaixou a tampa da privada e se sentou. Os joelhos dela bateram na banheira, e o ar-condicionado foi ligado, soprando direto na pele nua dela. Seus mamilos se enrugaram, e os pelos das pernas e dos braços ficaram arrepiados. Ela sentiu os pelinhos em torno dos mamilos se levantarem e pensou: *Provavelmente eu devia tirar com a pinça quando chegar em casa*. Nada como a luz fluorescente intensa do banheiro de outra pessoa para realmente fazer a gente pensar no próprio corpo.

Myra penteou o cabelo dela, com tanta suavidade que mal parecia estar sendo tocada.

— Pode fazer mais forte — disse Sammie, e Myra fez shiu.

Ela não cortava o cabelo em um salão de verdade havia algum tempo. Ia sempre antes do nascimento de Samson. Era cliente habitual do salão perto do apartamento dela. Adorava os cheiros, ouvir as mulheres falando. Adorava a sensação de alguém lavando o cabelo dela, debruçando-se sobre ela, arranhando as unhas contra o couro cabeludo. O cuidado que vinha de alguém tão perto dela, mimando-a. Mas, depois de Samson — mais precisamente, depois que as coisas azedaram com Monika —, tudo parecia íntimo demais para Sammie. Vulnerável demais.

Com Myra, porém, cair na intimidade havia sido surpreendentemente rápido. Mesmo depois de meses de mensagens, elas só passaram a se ver com mais frequência quando Sammie enfim a convidou para ir jantar com Monika e a namorada dela. Quando Myra aceitou, foi como se algo tivesse mudado em Sammie. Era aquele sentimento de caminhão de mudança que ela não tinha há muito tempo — a necessidade de fundir-se. Nem Sammie tinha certeza de por que aquilo fazia tanta diferença. Ela se perguntava se era porque se sentia aterrorizada com a perspectiva de estar sozinha, de ter que fazer algo sozinha. No fim, no entanto, parecia mais simples do que isso: era porque estar com Myra era tão fácil, tão descomplicado. O que quer que Sammie sugerisse, ela estava aberta. *Ela dizia sim*. Era uma sensação inebriante outra pessoa gostar tanto dela. Monika antes era assim. Sammie ficou surpresa ao pensar que isso poderia acontecer novamente.

— É tão comprido — comentou Myra, e Sammie murmurou, concordando. O cabelo dela *era* comprido. Caía na metade das costas, em uma cachoeira de frizz. *Sempre* tinha sido comprido, nunca curto.

— Pode cortar mais, se quiser — disse Sammie. — Sei que está bem danificado.

— Quanto?

— Quanto você quiser. — Sammie fechou os olhos. — Como achar que vai ficar melhor.

Ela se sentou ali enquanto Myra cortava e dava forma, sentindo o suave roçar dos dedos da mulher contra seu pescoço. Poderia ser agradável, as duas juntas. Concordando em tudo. Ajudando-se mutuamente. Fazendo coisas para facilitar a vida uma da outra. Ela se perguntava o que Samson pensaria de Myra e da risada grande e alta dela. Da maneira como ela pronunciava errado a palavra "biblioteca", embora fosse lá pelo menos uma vez por semana. Perguntou-se como seria para Myra levá-lo à escola. Ir em viagens. Ajudá-la a comprar presentes de aniversário e itens de mercado. Buscar o filho dela na escola. *Samson acharia que é estranha*, pensou. *Ele a odiaria*.

O som suave da tesoura cortando o cabelo dela fazia Sammie sentir-se relaxada e sonolenta.

— Quase acabando — disse Myra, e aí ela estava varrendo os fios dos ombros nus de Sammie, colocando todos os cabelos cortados em uma toalha que ela estendera no chão.

— Terminou?

— Pronto — disse Myra. — Está um pouco diferente do que você está acostumada, mas está bom.

Sammie se levantou da privada e manteve os olhos fechados, esperando até que Myra a posicionasse em frente ao espelho. Querendo ser surpreendida. Então ela os abriu. Myra tinha cortado acima dos ombros. Seu novo cabelo emoldurava o rosto como um par de cortinas, balançando enquanto ela virava a cabeça devagar da esquerda para a direita. O rosto dela parecia pequeno e pálido. Seus olhos eram enormes. Era o rosto de uma estranha. Monika não a reconheceria. Mesmo Samson talvez não a reconhecesse.

— Gostou? — perguntou Myra, segurando o pescoço nu de Sammie com a mão em concha. Ela sorriu e se inclinou para beijar a orelha dela.

Sammie caiu em lágrimas.

Donna estava na reta final de um turno de oito horas e, acima de tudo, queria abrir uma cerveja e assistir ao jogo de basquete. De cueca. Sem a porra de um sapato. Flexionou os dedos dos pés com cãibras nas sapatilhas, que alegavam ser ortopédicas quando ela as comprou, e se perguntou se suas solas machucadas conseguiriam ficar de pé por mais quarenta minutos. Um cara apareceu enquanto ela estava fazendo mais café e lhe disse que a máquina de raspadinha estava quebrada. Quando ela foi olhar, viu que alguns dos garotos que haviam entrado antes tinham enfiado um monte de canudos nos bicos da framboesa azul e da cereja selvagem. Poças pegajosas no chão. Pegadas ao redor dos corredores. Ela foi buscar o esfregão. Os jovens que entravam na loja deixavam-na louca. Eles tinham dinheiro. Tinham tempo livre. Nenhum deles tinha que trabalhar meio período, ao que parecia, embora Donna tivesse precisado fazer isso durante todo o ensino médio. O garoto que havia roubado as raspadinhas a deixou tão furiosa que ela pensou que poderia matá-lo de bom grado. Havia dito à mãe dele que ele roubava o tempo todo, porque parecia que ele roubava, porque todos aqueles babaquinhas privilegiados eram iguais. Mesmo que ele não tivesse roubado dela antes, ela tinha certeza de que tinha feito isso com alguém algum dia. Todos faziam. E não, ela não se sentia mal com a expressão no rosto daquela mulher. Ela que voltasse para casa e dissesse ao marido rico que o filho deles é um cleptomaníaco. Bem feito.

19

Elas decidiram se encontrar no restaurante porque vinham de lugares diferentes, mas só o que isso realmente significava era que tinham que ir em quatro carros separados. Por um momento, Sammie rezou para ser a última a chegar, só para não ter que fazer nenhuma conversa fiada embaraçosa — mas aí ela pensou em como seria se Monika e Myra chegassem lá antes dela e rapidamente se viu à beira de um ataque de pânico.

Por um momento, ela pensou em chegar vinte minutos mais cedo. Depois imaginou ter que se sentar sozinha com a nova namorada de Monika (*noiva*, ela corrigiu mentalmente, *com a nova noiva da esposa*) e pensou que ia vomitar. Depois de meia hora hiperventilando no chuveiro, ela inventou um plano viável: iria cedo, encontraria um lugar no bar e esperaria. Ela já havia estado lá antes com Monika e sabia que, do bar, poderia vigiar a porta sem muita chance de ser notada. Isso também lhe daria a chance de tomar uma taça de vinho branco antes de ter que falar com alguém. Assistência médica, ela se tranquilizou, para o que certamente seria uma noite estressante.

Uma pilha de roupas estava espalhada na cama. Várias camisas jogadas sobre uma cadeira no canto. Sapatos espalhados por todo o chão. Ela tinha entrado na internet e comprado roupas de alguns lugares diferentes: vestidos florais, calças cápri com estampas chamativas (isso ainda estava na moda, alguém com menos de cinquenta e cinco anos ainda usava calças cápri?), meias-calças e saias e blusas com babados. Havia até um blazer de veludo azul pendurado sobre a mesa de cabeceira, embora ela definitivamente não fosse usar — depois de experimentá-lo e ficar em frente ao espelho, ela percebeu que parecia um garçom de um restaurante temático de Las Vegas.

E ela tinha comprado calcinhas e sutiãs novos, finalmente, assim como algumas coisas para Samson, embora ainda não as tivesse dado a ele. Por alguma razão, entregar um pacote aleatório de cuecas Hanes era desagradável. Quando era o momento certo de fazer isso? Durante o café da manhã? "Aqui, filho, achei que seriam úteis", e jogar uma pilha de meias esportivas sobre a mesa? Por que era tão difícil ter uma conversa normal com o filho?

Ela puxou um vestido preto sobre a cabeça e depois ficou em frente ao espelho com dois sapatos diferentes nos pés. Chutou uma das pernas para trás, como um flamingo, depois mudou o peso para a outra, tentando ver qual calçado ficava melhor. As roupas pareciam todas tão estranhas em seu corpo quanto fantasias de Halloween. Por alguma razão louca, ela achou que seria mais fácil escolher uma roupa uma vez que tivesse muitas coisas novas. Em vez disso, ela tornara tudo um milhão de vezes mais difícil. Quando perguntou a Myra o que ela iria vestir, ela tinha mandado de volta uma mensagem que dizia "Roupas" e um emoji chorando de rir, e Sammie tinha ficado tão irracionalmente irritada com a piada de tiozão que até saiu do aplicativo de mensagens.

Finalmente, cansada de trocar de roupa, ela deixou o vestido preto e ficou com o par de sapatos com o salto mais baixo, já preocupada com a possibilidade de tropeçar no meio do restaurante.

Não era nem um lugar tão chique, mas ela não queria estar mais feia do que a nova pessoa de Monika.

Lembra-se de quando você era essa nova pessoa? Lembra-se de quando Monika passava o tempo todo tentando lhe dizer como você estava bonita? Ela te chamava de linda acompanhante, lembra? Como ela a exibia em festas, jantares e eventos de trabalho? Pense em como esta deve ser jovem e bonita.

Sempre que ela era dura demais consigo mesma, era sempre a voz da mãe dela ecoando em sua cabeça. A mãe, que nunca usava nada novo e quase nem se maquiava e nunca possuíra um secador de cabelo. Não era apenas Sammie que crescera em uma casa extremamente conservadora. Sua mãe também. *Ela tinha amado o melhor que podia*, pensou Sammie. Havia se certificado de que a filha tivesse tudo do que precisava. Era só que ela o fazia de uma maneira que não era legal. Dar afeto no contexto de uma fé evangélica rigorosa significava reter constantemente a ternura se Sammie não tivesse um bom desempenho. Essa era a questão sobre os pais: eles te fodiam muito, mesmo quando tentavam dar o melhor deles. Muito depois de você ter idade suficiente para saber a verdade, você ainda se sentava e pensava neles, permitia que todas as diferentes maneiras como eles te machucaram continuassem a moldar o que você sentia por si mesmo.

Uma barata gigantesca escolheu aquele momento para rastejar de debaixo da cama. Sammie gritou, atirando o sapato nela. Errou feio, batendo na lateral do colchão, e a barata saiu sem ser incomodada, depois parou e pareceu ficar olhando para ela antes de se enfiar sob um vestidinho de linho branco que ela havia deixado amarfanhado aos pés da cama.

Com lagartos ela conseguia lidar. Cobras, claro. Gafanhotos, mosquitos, besouros? Sem problemas. Mesmo as aranhas não a incomodavam, embora ela soubesse que assustavam Monika.

Uma vez, a esposa havia visto uma no carro e quase as jogara pelo acostamento. Levou horas para acalmá-la.

Mas baratas? Isso era outra coisa. Sendo uma criança da Flórida Central, Sammie devia estar acostumada com elas, mas havia algo nas baratas que a fazia querer subir no móvel mais próximo. Foi o que ela fez, imediatamente, assim que aquela barata humilhante rastejou sob seu vestido.

Empoleirada sobre um baú de madeira cheio de suéteres que ela nunca usava, Sammie gritou pelo filho, que ainda estava no quarto se arrumando para seu turno na pista de boliche. Ele havia reclamado que Sammie não tinha lavado suas calças de trabalho, mas Sammie lhe disse que não lavava nada que não estivesse no cesto de roupa suja lá embaixo, e ele disse que ela deveria saber que suas calças precisavam ser lavadas, ele as usava toda semana, e ela respondeu perguntando como deveria saber que precisavam ser lavadas se ele não as trouxesse até ela, e então ele falou que ela queria que as pessoas achassem que ele tinha cheiro de pista de boliche, e ela respondeu que provavelmente não faria diferença se ele tivesse cheiro de pista de boliche porque ele estava usando as calças em uma maldita pista de boliche, e então ele bateu com a porta na cara dela.

A barata ainda não havia se movido, mas ela sabia que, assim que descesse do baú, ela correria diretamente para os seus pés descalços. Este era o problema com as baratas, elas não tinham medo de nada. Estavam sempre preparadas para um ataque direto, como um daqueles pequenos terriers que pareciam pensar que eram dobermanns.

Se ela fosse forçada a pensar no assunto, provavelmente poderia admitir que o seu ódio às baratas vinha de uma vez na infância em que o pai estava fora da cidade em uma viagem de negócios e a mãe, com medo de insetos de qualquer tipo, tinha se recusado a matar uma barata muito grande na sala de jantar. Em vez de esmagá-la, ela tentou envenená-la com uma antiga lata de Raid. Enquanto a barata jazia ali nos estertores da morte, Sammie ficou parada observando, fascinada por suas rotações. Ela tinha apenas quatro anos, nem estava na escola ainda, e ficava entediada a maior parte do tempo. (A mãe nunca queria brincar com ela e muitas vezes cochilava no meio do dia.) Ela observou aquela barata se contorcendo, e aí o bicho pareceu se aquietar. Ela havia se virado para dizer à mãe que estava finalmente morta, mas foi aí que sentiu uns arranhõezinhos em seu braço — uma leve sensação de cócegas — e, quando olhou para baixo, a barata estava rastejando sobre a sua pele nua, subindo em direção ao ombro, ao rosto.

Ela não se lembrava do que acontecera depois disso, se a mãe a tinha arrancado e de fato esmagado, ou se Sammie tinha apenas ficado ali parada gritando até a barata sumir. O que ela sabia era que nunca mais quis estar perto de baratas. O que tornava a vida na Flórida um grande problema, porque elas estavam em todos os lugares. Estavam em maior número do que os humanos.

Sammie gritou pelo filho, mais alto desta vez. Pensou tê-lo ouvido vindo pelo corredor, rezou para que ele realmente escutasse, já que ela parecia que estava se defendendo de um assassino.

Monika era quem matava todas as baratas. Ela se levantava de bom grado no meio da noite para esmagar uma no teto ou no fundo da banheira. Tinha até pegado Sammie no colo algumas vezes quando uma corria pelo chão na frente delas. Deixava Sammie pular direto em seus braços, agindo como se ela não pesasse nada. Carregava-a como uma noiva, diretamente saída de *A força do destino*. E talvez ela não pesasse tanto quanto agora, mas a questão era que a esposa levava os seus problemas a sério. Naquela época, pelo menos.

Mas, então, elas haviam contratado uma dedetizadora para vir regularmente e colocado armadilhas, e não teve mais importância. Elas não estavam juntas dessa forma, e não havia necessidade de acalmar os medos de alguém com cuja tristeza você não se preocupava.

Uma batida na porta do quarto. Finalmente.

— Está destrancada — gritou ela, baixando os olhos para ver se os gritos tinham perturbado a barata. Por enquanto, sem movimento.

Falas abafadas. A porta não se abriu.

— Entra logo, não estou pelada nem nada do tipo.

Ele estava lhe dizendo algo, mas ela não conseguia discernir.

— Não estou escutando nada do que você está falando — berrou ela, exasperada. — *Abre a porta!*

Ele enfim abriu, mas só uma fresta.

— Você me disse para nunca entrar no seu quarto se a porta estiver fechada — declarou Samson. Já estava de uniforme. Havia uma longa mancha amarelo-alaranjada em uma perna da calça. Ele ia aparecer desleixado no trabalho, e Brandon ia gritar com ele, e aí ia se perguntar que tipo de mãe Sammie era para deixar o filho sair de casa com a roupa tão suja.

— Eu pedi para você entrar. Falei que não tinha problema.

— Estou só tentando fazer o que você manda — respondeu Samson. — É difícil saber com você. Você nunca sabe o que quer.

— Tem uma barata embaixo daquele vestido. O branco. Preciso que você mate.

Samson ficou na porta, encarando-a.

— Não estou vendo barata alguma.

— É porque está embaixo do vestido. Como eu falei.

— Por que você não pode matar?

Embora não estivesse sorrindo, ela sabia que ele estava gostando da situação. De vê-la surtar, aterrorizada por um bicho. Por um minuto, ela se sentiu tão furiosa que quase desceu para matá-la sozinha. Mas aí lhe ocorreu que a barata poderia ser capaz de voar.

Às vezes elas faziam isso, especialmente as grandes. Não, ela não ia descer a menos que fosse absolutamente necessário.

Samson recostou-se um pouco mais no batente da porta. A camisa polo do boliche também estava suja, ela viu. Uma mancha seca perto da gola que fazia parecer que, em algum momento, ele tinha derrubado iogurte, embora ela soubesse que eles não o serviam no boliche. A três metros, ela ainda conseguia sentir o cheiro da bonbonnière nele: aquele fedor velho e embutido de cigarro combinado com fritura. O cabelo dele era comprido, encaracolado sobre o colarinho. Parecia sujo, também. Achatado, como se ele tivesse usado um chapéu o dia todo.

— Você sabe que eu não gosto delas.

— Eu também não — retrucou ele. — Ninguém gosta de barata. Elas são nojentas pra caralho.

— Não fala assim — disse ela, mas falava assim o tempo todo e, sinceramente, não ligava quando ele falava, desde que não fosse perto de Monika. A esposa sempre ficava brava e chamava de "boca de lixo", embora falasse mais palavrão que Sammie e Samson juntos.

— Talvez eu também tenha medo delas. — Ele a olhou muito sério e elevou a voz, imitando a fala de um bebê. — Ai, ti medo du bichiniu.

— Não dá para só me ajudar sem fazer virar um parto toda vez, caramba?

A cabeça dela estava explodindo. Ela ainda precisava terminar de se arrumar. Passar a maquiagem nova que acabara de comprar para substituir a porcaria velha que tinha havia anos. Quando ela disse à vendedora da loja de departamento que usava rímel de dez anos atrás, a mulher a olhou como se estivesse louca. *É um milagre não ter ficado com conjuntivite. Ou cega.*

O celular tocou na mesa de cabeceira e ambos olharam.

— Preciso terminar de me arrumar, Samson — disse ela. — Por favor.

Ela enfiou o cabelo atrás da orelha. Era uma sensação a que ela estava tentando se acostumar, aquele cabelo curto balançando ao redor do rosto, ficando preso no hidratante labial. O corte não fazia com que ela parecesse mais jovem. Aliás, a fazia parecer mais velha. Era o que Sammie achava, pelo menos. Myra adorava. Vivia pedindo para ela enviar fotos. Monika não tinha dito nada — não em voz alta —, mas tinha feito uma careta antes de domar o rosto em uma expressão neutra. Monika sempre havia amado o seu cabelo comprido de Sammie, mesmo quando parecia não amar tanto a própria Sammie. Quando Samson a viu, só o que disse foi "Você ficou pior" antes de limpar as mãos sujas no sofá e voltar a ver televisão. Em vez de gritar com ele, ela subiu as escadas, entrou no armário para que ninguém pudesse ouvi-la e chorou.

Agora, Samson enfim entrou no quarto e virou o vestido. Lá estava a barata, maior do que ela se lembrava. Um bicho que parecia um tanque, tão grande e velho que o revestimento exterior brilhante tinha se desbotado até um mate empoeirado. Ela começou a bater asas. Ia voar.

— Mata! — gritou ela, esperando que ele a esmagasse com o pé.

Em vez disso, ele se abaixou e a pegou. Com a mão. Aí ficou lá parado, segurando a barata enorme entre o polegar e o indicador, examinando-a de todos os ângulos. Sammie não conseguia formar palavras, então só gritou. Ele a segurou em frente ao rosto, olhando-a enquanto ela se debatia.

— Hum — disse, levantando e abaixando o inseto. As asas tinham se aberto quando ele a pegara, como algum tipo de borboleta macabra. — Ela parece grávida. Um monte de bebês aí dentro. Um ovo de barata bem gordo, só esperando para chocar.

Ela estava hiperventilando. Sammie se agachou ali, braços cruzados em frente ao peito, dedos rastejando até cobrir a boca, vendo o filho brincar com a barata gigante. De repente, sua mente passou para outra memória, em que ela não pensava há anos: quando criança, Samson havia encontrado uma barata morta no chão da cozinha enquanto ela estava fazendo o jantar. Sammie estava mexendo o molho de espaguete. Era um molho de cogumelos, e ela nem gostava de cogumelos, mas os colocou porque Monika amava. Estava observando o filho pelo canto do olho enquanto ele rastejava pelo chão, mas depois lembrou que havia prometido fazer pão de alho e se distraiu.

Havia uma barata morta debaixo da bancada, uma barata velha e seca que ela ainda não tinha conseguido varrer — e um minuto depois, quando ela se virou para vê-lo, o bicho morto tinha desaparecido e o filho estava olhando para ela com um sorriso comedor de barata.

Se eu fingir que a barata nunca esteve lá, isso nunca aconteceu, ela disse a si mesma, e então voltou a mexer o molho. Tudo ao mesmo tempo, ela foi inundada por uma raiva que pareceu contaminar tudo. Ela odiava cogumelos. Odiava aquele molho de cogumelos e a esposa por obrigá-la a fazê-lo. Odiava baratas e o chão sujo — e, meu Deus, enquanto observava seu bebê de um ano de idade engatinhando e babando no azulejo e na frente limpa do macacão vermelho de bombazina, percebeu que também o odiava. Odiava o filho e odiava a esposa, mas, acima de tudo, realmente odiava Sammie. Então Monika chegou do trabalho e a beijou, toda entusiasmada com o molho de cogumelos, pegou o filho do chão e o beijou bem nos lábios.

"O que você comeu aí, fofinho?", ela tinha perguntado a ele com a voz pateta que usava quando ele era bebê, a mesma voz doce e burra que usava com Sammie quando começaram a namorar, e aí ela arrancou uma pata de barata da língua dele.

Agora, em seu quarto, era o chão da cozinha tudo de novo. *A maternidade é essencialmente uma viagem no tempo*, pensou

Sammie. Só reviver as mesmas experiências várias e várias vezes. Especialmente as ruins.

— Por favor — disse ela, observando-o, observando o filho observando a barata. Preocupada que ele fosse colocar na boca. Preocupada com o que ia fazer se ele fizesse isso. Vomitar. Gritar mais. Dizer algo que não ia conseguir voltar atrás. — Por favor, não.

— Não o quê? — perguntou Samson. Ele foi até ela, que levantou as mãos, sem saber se estava se defendendo da barata ou do filho.

— Para — disse, os dedos se fechando em punho. — Falei para não fazer isso.

Então, ele sorriu para ela — uma visão rara, mas ruim. Era o tipo de olhar que ela dava às pessoas quando as via ser ridiculamente idiotas. O tipo de sorriso que era na verdade um enorme *vai se foder*.

— Você sabe quantas dessas me fez matar ao longo dos anos? — falou ele. — Desde que eu estava na primeira série. Talvez antes e eu só não me lembre. Matando essas coisas para você. E elas não são nada. São insignificantes.

Aí ele a esmagou. Foi repentino, como estalar os dedos. As entranhas do inseto escorreram, uma bile amarela nojenta.

— Você odeia tanto elas, mas não faz nada. Podia matar, mas não mata. Em vez disso, não faz nada. Você nunca *faz* nada.

Ele soltou. A barata caiu no chão ao lado de uma calça nova que ela provavelmente nunca usaria. O corpo estava quase partido em dois. Samson limpou os dedos na calça suja do uniforme e saiu do quarto.

Sammie ficou lá no baú mais um pouco. Aí, agarrou o vestido e jogou em cima do corpo da barata para não precisar mais olhar.

* * *

O estacionamento estava meio vazio quando Sammie chegou — o restaurante tinha acabado de abrir —, mas ela ainda deu algumas voltas, procurando o carro de Monika. Não o viu, nem o de Myra, então parou em uma vaga perto da beirada do estacionamento, próxima à saída, para poder escapar rápido no final da noite.

Ela avaliou a maquiagem no retrovisor. Estava… ok. Não ótima, mas, sinceramente, ela não sabia o que estava fazendo. Já fazia algum tempo que ela não usava nada daquilo. Havia tentado assistir a alguns tutoriais on-line sobre como passar delineador, mas mesmo os mais simples partiam do pressuposto de que ela entenderia os princípios básicos de aplicação da maquiagem. Ela seguiu as instruções da mulher o melhor que pôde, mas, em vez de um delineado pontiagudo, ela tinha acabado com uma longa mancha escura sobre o olho, uma rubrica errada.

Ela passou mais batom (um vermelho chamado Crime de Paixão que havia comprado na Walgreens) e estalou os lábios, esfregando-os juntos, como havia visto outras mulheres fazerem. Ela não era *femme*? Sempre se sentira atraída por mulheres masculinas, como Monika, e, quando era mais jovem, adorava usar saias e vestidos e prender o cabelo. Então por que era tão ruim se embelezar? Era humilhante; ela se sentia um fracasso como lésbica. Não tinha conseguido ser heterossexual. Não conseguia ser lésbica direito. Não era uma boa mãe. Em que exatamente ela era boa?

Ela não passou um lencinho nos lábios, para não acabar com minúsculos pedaços de algodão grudados. Em vez disso, afofou o cabelo — ela tinha enrolado as pontas, esperando se parecer com Renée Zellweger em *Chicago*, embora temesse que o resultado fosse mais tipo uma Shirley Temple desvairada — e saiu do carro, passando a bolsa pelo ombro.

Era a primeira vez no verão que ela não se sentia sufocada pela umidade. Era uma linda noite amena, uma noite que ela preferia ter passado em seu pátio do que naquele horrível encontro coletivo. Ela se perguntou o que Myra usaria e se elas ficariam bem juntas. No último minuto, antes de sair de casa, ela havia tirado o vestido preto e vestido o de linho branco, depois experimentado uma calça preta pequena demais, tão colada nas pernas que ela se sentia uma pirata, e depois voltara a colocar o vestido preto. Agora ela desejava ter vestido algo completamente diferente.

Sammie disse à jovem loira entediada atrás do estande de hostess que estava lá para se encontrar com um grupo, mas que esperaria por elas no bar. Ela se sentou e pediu um mojito, depois puxou o celular e passou pelas mensagens de Myra.

"Animada para te ver hoje", ela tinha escrito.

Ela estava animada para ver Myra? Era uma boa pergunta. O problema era... ela não tinha certeza. Não era ruim com Myra. Era só diferente. Ela não tinha aqueles sentimentos estranhos de frio-na-barriga-enjoo-quero-vomitar que sempre teve com Monika. Esse era o verdadeiro problema, o tubarão circulando sob a superfície daquele novo relacionamento: Sammie comparava tudo com os sentimentos que ela tivera pela ex-mulher, e isso fazia com que ninguém pudesse ser suficiente.

É uma noite agradável para se ter um encontro, pensou Sammie. A música era suave e baixa. A iluminação era do tipo estroboscópio suave e rosa que fazia a pele de todos parecer acesa por uma chama de vela.

Uma mão apareceu em sua lombar. Ela se endireitou rapidamente, pronta para atacar.

— Relaxa — disse Monika, rindo. — Você está tensa demais.

Sammie também riu, mas só porque parecia ser uma reação melhor do que surtar.

— Você me assustou — falou ela, o que era verdade, mas na verdade se sentiu transportada de volta aos dias em que elas iam lá juntas e Monika fazia aquele tipo de coisa com ela: esgueirava um braço em volta da cintura ou colocava uma mão na base da coluna e deixava lá. Que estranho conhecer uma pessoa tão intimamente e depois vê-la desaparecer de você, já presa a outro corpo que não era o seu.

— Você chegou cedo. — Não havia mais assentos, então, Monika se debruçou no bar para chamar a atenção do barman. — Eu sabia que você ia chegar cedo.

— Eu sempre chego cedo — respondeu Sammie, e era verdade.

Monika pediu um martíni, depois de considerar o old-fashioned ("Você sabe que aqui eles não fazem direito", sussurrou Sammie, e Monika concordou), e aí as duas beberam em silêncio. Por um momento, foi bom, o que era estranho o bastante para as duas tentarem recalibrar.

— Então, quando Megan chega? — perguntou Sammie, sugando tão forte seu drinque que um cubo de gelo grudou no fundo do canudo.

— Ah, ela já está aqui. — Monika apontou para o estande da hostess. Não tinha ninguém fora a loira entediada que a recebera, mas, agora, ela parecia bem mais disposta. Acenou entusiasmada para as duas.

— Espera. Megan é a hostess?

— É — confirmou Monika. — É ela.

— Hum — disse Sammie, olhando a garota com o rosto sem rugas e as pernas longas todas brilhantes de hidratante. — Como é?

— Como é o quê?

Sammie riu e colocou a mão no braço de Monika, observando a cara de Megan, que se enrugou para mostrar como ela não estava ok com aquilo.

— Como é namorar alguém mais perto da idade de Samson do que da sua?

— Não seja assim. — Monika engoliu o resto da bebida. — Vamos ser civilizadas.

— Claro — respondeu Sammie.

Aí, pediu mais um mojito e checou o celular. Ainda nenhuma mensagem de Myra, mas isso podia significar qualquer coisa. Provavelmente estava a caminho. Sammie não fazia ideia se Myra era adiantada como ela ou perpetuamente atrasada como Monika. Essa era a graça de conhecer um novo interesse amoroso, não era? Descobrir os pequenos detalhes ao longo do caminho. Ela terminou o drinque e pagou a conta com o cartão de crédito de Monika. Foram juntas até o estande da hostess.

— Sammie, Megan. Megan, Sammie. — Monika gesticulou entre as duas, como se fosse uma reunião da Associação de Pais e Mestres onde só importava o papel observado da nova pessoa: mãe de não sei quem. Fazedora de cupcakes sem glúten.

— Ei. — Megan deu um sorriso tenso. — Tudo bem?

— Tudo. — Sammie deu o exato mesmo sorriso de volta.

— Ótimo — disse Monika. Não sorriu.

Depois de vários momentos tensos, Sammie perguntou a Megan há quanto tempo ela trabalhava no restaurante.

— Dois anos — respondeu Megan, e aí sorriu de novo, desta vez mostrando os dentes, e olhou para Monika. — A gente se conheceu aqui.

— Que bacana — comentou Sammie. Pessoalmente, achava meio deselegante Monika flertar com uma mulher, e uma mulher muito *jovem*, no local de trabalho dela. Mas, bom, Monika tinha um jeito de se safar de coisas que causariam problema para qualquer outra pessoa.

Sammie não se deu ao trabalho de esconder o desdém. Monika revirou os olhos. Megan ficou parada mexendo com uma caneta. Sammie queria arrancar dela e jogar do outro lado do restaurante, mas estava presa ao estande por uma corrente.

— Desculpa pelo atraso! O trânsito estava péssimo.

Sammie se virou, e lá estava Myra vindo pela entrada, acenando. *Ela está bem*, pensou Sammie. *Bonita*. Myra passou por um casal com um bebê que estava tentando tirar folhas de uma samambaia gigante e veio se juntar a elas no estande da hostess. Myra beijou cuidadosamente a bochecha de Sammie, evitando seu batom, e depois se apresentou a Monika, apertando a mão dela. As duas estavam usando blazers quase idênticos e calça preta. Tinham até o mesmo corte de cabelo, exceto que o de Myra era um pouco mais desalinhado e menos encaracolado, talvez um ou dois tons mais claro. Ambas usavam óculos que pareciam ter vindo diretamente do Instagram.

Monika apresentou Megan e depois Megan deu um sorriso enorme para Myra, o que irritou Sammie. Muitos nomes com M; ela estava certa de que ia chamar Megan de algo horrível, como Missy, ou Mandy, ou Mariah. Myra mencionou outra vez o trânsito, e Megan riu inexplicavelmente. Até Monika deu um sorrisinho com o diálogo.

Ah, isto vai ser divertido, pensou Sammie, e então Megan as levou ao pátio.

Era lindo ao lado do lago. O sol começava a se pôr, e a luz refletia na água, brilhando dourada e prateada no rastro de um catamarã próximo. Era o tipo de noite preguiçosa da Flórida quando podia ser agradável sentar-se em uma doca e segurar uma bebida suada, de mãos dadas com alguém. Passar uma hora preguiçosa observando os pássaros voando sobre as taboas, os biguatingas secando as asas na costa, molhados de mergulhar atrás do jantar.

Em vez disso, as quatro caminharam até uma mesa com vista para a água, tão desconfortáveis que nem conseguiam apreciar a brisa que rodeava o convés.

Samson ia adorar isto, pensou ela. *Ficar vendo como estamos todas constrangidas*. Ela se perguntava como seria ter com o filho o tipo de relacionamento em que pudesse se sentar e trocar histórias sobre as noites terríveis que os dois tiveram. O tipo que poderia se transformar em uma verdadeira amizade adulta.

Gilmore Girls *era uma mentira*, pensou.

Megan e Monika se sentaram ao lado da mesa que dava para os condomínios em frente ao lago. Sammie escorregou para o assento dela, e Myra se sentou ao lado, olhando para a água aberta. Um trio de patos passou preguiçoso na direção delas, contornando os juncos próximos.

— Eles são legais de deixar você jantar no meio de um turno — comentou Sammie, abrindo o guardanapo e estendendo no colo.

— Você trabalha aqui? — perguntou Myra. Megan disse que na verdade não estava trabalhando, só tinha concordado em cuidar do estande para uma das amigas por uns minutos enquanto esperava todo mundo chegar.

— Ah — disse Sammie e, de repente, ficaram sem assunto.

Um garçom veio tirar os pedidos de bebidas. Sammie sentou-se em silêncio, absorvendo tudo. Megan usava um vestido vermelho curto, decotado, e o seu cabelo era o tipo de esfregão loiro que as pessoas só tinham nos comerciais de xampu. Sammie apostava que tinha que usar aqueles elásticos de cabelo extragrossos para prender. Ela também tinha um daqueles colares que certas garotas sempre usavam — *garotas*, isso mesmo, não mulheres —, delicado e dourado, com um pingente que soletrava o nome em letras douradas espalhafatosas.

Aposto que Monika comprou para ela, pensou Sammie, o que a deixou irritada outra vez, porque Monika nunca havia comprado uma única joia para ela. Ela teve até que escolher o próprio anel de noivado porque Monika disse que não saberia o que ficaria melhor na mão de Sammie. Quando ela escolheu uma opala, Monika ficou surpresa. "Eu nunca teria escolhido isso para você", ela tinha dito. Quando Sammie perguntou o que ela teria escolhido, Monika só deu de ombros e disse: "Não sei, talvez um diamante?".

Sammie olhou para a mão de Megan e, sim, ali estava o anel, sentado em seu dedo com manicure perfeita. E não era um diamante — era uma opala muito grande. Maior que a de Sammie.

— Gostei do seu anel — disse Sammie, apontando com o dedinho. Já tinha tomado metade do vinho.

— Obrigada — respondeu Megan. — É muito especial para mim.

— Aposto que é — respondeu Sammie e, quando Megan pareceu confusa, só sorriu e ficou olhando para Monika, intensamente focada na cesta de pães.

— O pão aqui é muito bom — comentou ela.

Myra disse que amava pão de centeio, e Monika falou que ficava especialmente bom com a manteiga, que tinha pequenos traços de mel local.

— Eles fazem com flor de laranjeira — completou Megan.

Myra assentiu e disse que tinha ouvido falar que o mel local podia curar alergias. Monika respondeu que também tinha ouvido falar isso, mas não tinha certeza de que era verdade.

Myra estendeu o braço e pegou a mão de Sammie, que estava fechada em punho no colo.

— Você pode me trazer mais uma taça de vinho? — pediu Sammie ao garçom, e Monika respondeu que podia ser uma garrafa.

Sammie se sentiu grata, depois brava consigo mesma por se sentir assim.

Myra estava contando uma história sobre uma viagem de escola que a filha tinha feito na primavera a St. Augustine.

— Em que ano ela está? — quis saber Monika e, quando Myra contou, ela comentou: — Ah, meu filho está no segundo ano do ensino médio.

— Nosso filho — corrigiu Sammie. — E ele não está no segundo ano. Vai entrar no terceiro daqui a uns meses. O segundo ano já acabou, lembra?

— Eu sei disso. Mas tecnicamente ele ainda é do segundo ano. É a última série que ele terminou.

Megan interrompeu para dizer o quanto ela tinha amado o ensino médio, que tinha sido porta-bandeira no primeiro ano. Sammie pegou a taça de vinho para se impedir de perguntar há quanto tempo isso acontecera. Myra disse que tinha feito parte de uma banda marcial; Monika também havia tocado saxofone. Sammie terminou a sua bebida e sinalizou ao garçom para um reabastecimento, apesar de elas já estarem esperando uma garrafa.

Elas pediram a comida quando o garçom voltou com a garrafa de vinho, e Sammie disse a ele para trazer outra quando aquela estivesse acabando. Megan respondeu que provavelmente não ia beber muito, de qualquer forma, então, Sammie podia ficar com a parte dela. Monika colocou o braço nas costas da cadeira de Megan, que se inclinou para Monika, aconchegando-se nela como um gatinho.

Era disso que Megan lhe lembrava, Sammie percebeu: um gatinho indefeso. Ela se parecia com uma daquelas mulheres muito jovens que tinham sido heterossexuais toda a vida antes de conhecer Monika. A esposa tinha uma afinidade por encontrar mulheres "heterossexuais" e servir como introdução à vida lésbica. Sammie às vezes se perguntava se ela estava apenas procurando mulheres que não soubessem nada da vida.

— Você está bem? — Myra colocou a mão na coxa de Sammie. Sammie queria gritar, mas, em vez disso, deu um tapinha na mão de Myra e falou que estava ótima, o que era mentira.

— Duas taças de vinho — disse. — Melhor eu comer alguma coisa.

— Aqui — ofereceu Myra, cortando um dos pãezinhos de centeio e passando manteiga no miolo quente e macio.

— O cabelo de Sammie não está bonito? — falou ela.

— Não precisa fazer isso — sussurrou Sammie.

Monika fez que sim.

— Está bonito, mesmo — disse. — Só… diferente.

— Diferente?

— É, só não estou acostumada.

Sammie franziu a testa.

— O que tem para se acostumar?

Então veio o garçom com a comida.

Graças a Deus, pensou Sammie, usando a massa com mariscos para se distrair das mulheres sentadas à frente.

— Então, há quanto tempo vocês estão namorando? — perguntou Myra. Sammie estava tão tensa que parecia que os ombros estavam alojados nas orelhas. Sentiu Myra colocar o braço nas costas dela e tentou relaxar nele.

— Há uns oito meses — respondeu Megan. Monika pegou a mão livre dela e deu um beijo no dorso.

— Que lindo — disse Myra, e Sammie se segurou para não revirar os olhos. O trio de patos que estava perto dos barcos no meio da água tinha batido as patinhas até a beirada do pátio. Megan fez barulhinhos fofos para eles, depois pegou um pouco de pão e começou a jogar pedaços na água. Eles grasnaram e mergulharam sob a água para tentar pegar antes dos peixes.

— Pão na verdade faz mal para os patos — falou Myra, dando uma garfada na massa. — Não é nutrição adequada para eles.

— Há quanto tempo vocês estão namorando? — quis saber Monika, entregando a Megan mais um pedaço de pão para os patos.

— Três meses e duas semanas — respondeu Myra.

Ela estava contando? Sammie ficou chocada. Estava contando da primeira vez que elas se beijaram em frente à garagem no centro? Tinha sido o primeiro encontro? Ou da primeira vez que conversaram no aplicativo?

Que horror, pensou Sammie.

— Que pena Samson não poder vir — disse Megan, batendo as mãos. Migalhas choveram sobre a cabeça dos patos.

— Ele teve que trabalhar — falou Sammie, mas o que pensou foi: *Eu preferiria colocar fogo em mim mesma do que deixar você conversar com o meu filho.*

— Eu sei, só acho que eu devia conhecê-lo um pouco melhor. Antes de morarmos juntos — disse Megan.

O cérebro de Sammie se dissolveu em uma estática branca enevoada.

— Quê?

Monika não olhava para Sammie. Estava com os olhos no prato — tinha escolhido a costela, embora detestasse comer algo que fizesse tanta bagunça em público —, e Sammie pensou: *É assim que é ficar louca, eu vou surtar.*

Os patos tinham desistido de Megan e ido para a mesa ao lado da delas. Um casal idoso estava dividindo um prato e passando garfadas de bife um para o outro. Um dos dois jogou um cubo de carne para os patos.

Patos não podem comer carne, podem?, perguntou-se, distraída.

— Quer dizer, eu quebrei o contrato com a minha colega de apartamento de merda, de todo jeito — continuou Megan. — E, agora, não vou mais ter que morar com a minha mãe.

— Certo — respondeu Sammie. — Que conveniente para você.

Ela não acreditava que Monika tinha feito isso. Resolvido o problema da situação de moradia da namorada colocando-a diretamente na casa de Sammie. Monika continuou olhando para baixo, mexendo com o guardanapo.

— É o que faz mais sentido. Posso me mudar para a casa agora mesmo. Mais fácil para todo mundo.

— Parabéns — disse Myra, e levantou a taça como se fosse fazer um brinde.

Sammie apertou a própria taça com tanta força que a estilhaçou na palma.

Megan amava dar a mão para Monika. Havia algo de tão belo nos dedos da namorada. Noiva, ela se corrigiu, tão alegre que queria dar pulinhos na cadeira. Ela se obrigou a se acalmar e tomou um gole de água. Viu Monika segurar a faca. Passar manteiga no pão. Dobrar aqueles dedos perfeitos dentro de um guardanapo. Megan nunca havia se sentido assim antes. Não com a sua última namorada, Sarah, e definitivamente não com o primeiro e único namorado, James. Monika era doce e atenciosa. Ela sempre enviava flores a Megan, até mesmo as mandava para o trabalho. E Megan achava que o jantar com a ex-mulher dela estava indo muito bem! Era um alívio finalmente conhecer essa outra mulher, uma grande parte da vida de Monika, e sentir-se completamente relaxada com a coisa toda. Ela gostou de Sammie, que parecia muito inteligente, se bem que um pouco quieta, e gostou muito de Myra, que era como um grande ursinho de pelúcia. Era tão bom pensar em ter uma família já embutida. Os pais de Megan haviam se divorciado quando ela tinha apenas dois anos, e ela não tinha irmãos. Os pais moravam em lados opostos do país e ela havia se mudado para a Flórida, sozinha, há apenas alguns anos, após aquele término horrível com Sarah. Ela tinha ficado de coração partido. Tão sozinha. Mas agora lá estava ela, alegremente noiva de uma bela mulher que a amava. Uma mulher com um filho! Megan amava crianças, e Samson parecia fantástico. E ela tinha amigos no restaurante, mas agora podia ter essas pessoas também. Sammie e Myra. Samson. Uma vida totalmente nova. Ela olhou para Monika e sorriu. Um sorriso enorme e feliz. Tudo era perfeito.

20

O corte não era grave o suficiente para ir ao hospital, Sammie não parava de dizer, mas Myra insistiu em levá-la a uma clínica se ela não fosse ao pronto-socorro. Elas esperaram em cadeiras almofadadas atrás de uma mulher idosa com uma capa de chuva de plástico rosa, segurando um braço fraturado, e uma jovem mãe com um garoto que tossia e chiava com um resfriado comum. O menino estava tocando tudo à vista — revistas, maçanetas, vidraças — mesmo com a mãe mandando-o se sentar.

Sammie ainda estava alterada — quase completamente bêbada, se fosse sincera — e as luzes fluorescentes por cima estavam lhe dando uma enxaqueca. Ela descansou a cabeça no ombro de Myra e fingiu que estava prestes a dormir, só para evitar que Myra lhe perguntasse qualquer coisa sobre o que havia acontecido no restaurante.

Quando a mulher apressada com um avental de laboratório branco examinou a mão dela, o corte já estava fechando. A mulher fez uma limpeza rápida e depois lhe passou uma receita de analgésico e algum tipo de antibiótico, no caso de o corte ter sido infectado pelo vinho ou qualquer outra coisa que pudesse ter se infiltrado.

— Não pode beber com nenhuma dessas receitas — aconselhou a mulher, sentindo o cheiro de bebida no hálito de Sammie. — Nada de misturar analgésico e álcool, especialmente.

— Pode deixar — respondeu Sammie, embora o que mais quisesse fosse ir para casa e se jogar em mais uma garrafa de vinho. *Talvez até tequila*, pensou. Fazia um tempinho que ela não caía de boca na tequila; desde a primeira noite da lua de mel, aliás, quando ela e Monika tomaram shots com todos do bar: o casal da mesa ao lado, estranhos em encontros, até o bartender. Depois disso, ela vomitara por horas, e Monika estava lá tirando o cabelo da testa dela, levando água tônica, trazendo o único remédio de ressaca que realmente funcionava: um pacote grande de M&M simples, que dera um a um na boca de Sammie até ela melhorar. Aí, elas jantaram na varanda vendo o pôr do sol. *Minha vida é um filme*, Sammie lembrava-se de ter pensado, *isto é o mais romântico que qualquer coisa vai ser na vida*, e talvez tivesse razão.

— Deixa eu te levar para casa — ofereceu Myra, direcionando-a ao estacionamento. Ela tinha ido de carro com Sammie à clínica, deixando o carro no restaurante. — Ou você pode ficar no meu apartamento.

Acima de tudo, Sammie queria pegar o carro dela, mas definitivamente não queria que Myra achasse que precisava cuidar dela. Não queria ficar na casa de Myra, não queria falar sobre nada que tinha acontecido.

— Para casa, por favor. Só quero ir para a cama.

Myra a levou de volta para a casa, seguindo as instruções de Sammie.

— Que bonita — comentou Myra ao parar na entrada de carros longa e curvada.

Sammie levantou os olhos para a casa, onde havia construído uma vida com a família, e pensou: *Sim, com certeza, é bonita. Talvez nada nunca mais seja tão bonito para mim.* As luzes da varanda estavam piscando e eram quentes. Os arbustos de azáleas que revestiam as janelas estavam em plena floração, toques de rosa e branco pairando como fantasmas ao luar. As persianas escuras davam à casa um ar sonolento. Era uma casa confortável. A casa dela.

— Acho que precisamos conversar — disse Myra, e Sammie fechou os olhos e desejou estar em qualquer outro lugar. Teletransportada para fora do carro, voando pelo ar, pousando em qualquer lugar: Irlanda, Austrália, até mesmo Phoenix, Arizona. Ela nunca havia estado em Phoenix, mas tinha tido uma amiga no primário que visitava a avó lá nas férias de inverno. Parecia agradável. Quente e seco. Ela nunca vira um cacto na vida real. Eram mesmo reais? Estranhos, esquisitos e espinhosos.

— Sobre o quê? — Sammie enfim perguntou.

Myra respondeu que não tinha bem certeza, mas parecia haver algo de errado.

— É, eu cortei a mão numa taça de vinho.

— Não foi isso que eu quis dizer. Você e a sua ex-mulher… foi muito desagradável.

— Sempre somos muito desagradáveis.

Myra suspirou. Sammie queria suspirar também, mas conseguiu segurar.

— Estou só dizendo que entendo. O desconforto. É só que… vocês duas ficaram muito tempo juntas, certo?

— Acho que sim.

— Acha que sim? Vocês ficaram. Então, deve ser estranho vê-la com uma pessoa nova que ela está levando a sério.

— Sim — concordou Sammie. Foi… completamente surreal. Como ser jogada em um sonho bizarro. — Foi.

— Mas a forma como você agiu… Acho que estou só me perguntando se talvez você ainda sinta algo por ela.

— Não sinto — disse Sammie. O que era até que verdade, porque ela não sentia nada por Monika como ela era a agora, a Monika que tinha ido ao restaurante para um encontro com a namorada. Sentia algo pela Monika que se casou com ela. Que era doce e atenciosa, que cuidara dela por tanto tempo. Que criara um filho com ela. Onde estava *aquela* pessoa?

— Acho que sente, sim. Talvez você ainda precise de tempo para entender as coisas por si mesma. Estar sozinha e entender o que está acontecendo na sua cabeça.

— Ah, ótimo. Então, agora, depois de eu já ter ido à clínica porque cortei a mão que nem um pedaço de rosbife, depois de eu ter estragado o jantar de todo mundo, você vai terminar comigo também? Bem aqui, sentada na entrada da minha própria casa?

— Não é isso que estou dizendo.

Sammie riu. Ela se sentia à beira de algo, não tinha bem a certeza do quê. O corpo dela estava todo agitado com a lesão. A ex-mulher estava noiva de uma mulher praticamente da idade do filho. Logo, ela percebeu, ficaria sem um lar — literalmente sem teto. E agora a mulher que ela deixara cortar seu cabelo todo em um banheiro ia terminar com ela.

Ela respirou fundo. Recompôs-se um pouco.

— Eu só fiquei... surpresa. Não sabia de nada das coisas que foram mencionadas hoje, e foi tudo bem chocante. Temos um filho juntas. Não sei como tudo isso vai ser, e me assusta.

Myra colocou a mão no ombro de Sammie e apertou.

— Eu sei disso. Eu entendo.

— Então, por favor, seja paciente com isso. Me ajuda aqui.

Quando Myra não respondeu, Sammie recorreu à artilharia pesada.

— Só estou preocupada com o meu filho.

— Tá — disse Myra, puxando-a para um abraço. — Sim, tudo bem.

— Obrigada — disse ela, e recusou quando Myra se ofereceu para ficar um pouco.

Ela ficou na porta da frente, em seu capacho que dizia "em casa para ficar", e cavou a bolsa com a mão boa, procurando as chaves. Myra esperou até que ela estivesse lá dentro antes que Sammie visse seus faróis recuando para fora da entrada.

Monika não estava em casa. Nenhuma luz acesa no hall, nem em qualquer lugar da casa. Sammie entrou na cozinha, serviu-se de um grande copo de água e tomou alguns dos seus remédios. Sua mão não doía tanto, embora na manhã seguinte ela provavelmente fosse pulsar e latejar, e Sammie talvez sentiria tudo um pouco demais.

Ela levou a água para a varanda dos fundos e esperou que o analgésico fizesse efeito. Não quis pensar sobre o que aconteceu no restaurante, mas sabia que não importaria se ela pensasse ou não — tudo iria acontecer de qualquer modo. Porque Monika tinha decidido algo, e, quando Monika decidia algo, significava que aquela coisa ia acontecer.

As cigarras gritavam alto nas árvores. Uma ave grande, provavelmente uma coruja, voou baixo e atravessou os arbustos em busca de presas. O céu ainda estava sem nuvens, e para variar Sammie conseguia ver as estrelas, brilhando na noite como pequenos rasgos num veludo. Ela acendeu uma vela de citronela e se borrifou com OFF! para manter os mosquitos afastados. Olhou para a casa atrás da delas, onde antes morava a mulher com os cães — aquela mulher que ela se sentira obrigada a espionar, perguntando-se sobre a vida dela. Talvez querendo a vida dela, aquela facilidade. Uma vida construída em torno de coisas que Sammie queria. Não Monika. Não Samson.

Porque era isto: o que tinha sido decidido era que Megan ia se mudar para a casa. Elas se casariam em algum momento, mas não era essa a questão. A questão era que Megan estava se mudando para a casa de Sammie, e isso significava que Sammie não poderia mais viver nela.

Na verdade, ninguém havia expressado essa parte em voz alta, mas estava implícito mesmo assim, o que tornava tudo tão horrível. Porque significava deixar o lugar que era dela, mas também significava deixar a única vida que ela conhecia de verdade. E ainda havia Samson. Significava que o filho teria aquela nova pessoa na vida. Uma mulher jovem e bela — Sammie podia admitir isso para si mesma. Mesmo que a garota tivesse dentes meio de coelho que faziam com que o lábio superior se projetasse. Mesmo que uma das orelhas se sobressaísse, um pouco pontuda, ao lado da cabeça. Talvez por isso ela mantivesse o cabelo comprido, para cobri-la? Sammie tocou uma das próprias orelhas e achou que eram bem proporcionadas. A mulher também tinha um queixo fraco. *Um rosto de Picasso*, Sammie decidiu. Não, ela não era tão bonita assim.

Ela percebeu que os analgésicos estavam fazendo efeito. A mente dela não se agarrava a um único tópico, ficava deslizando de um para o outro — uma sensação como se ela estivesse à beira do sono, sem conseguir saber o que era sonho e o que era vida real. *Eu não devia ter tomado ainda*, pensou ela, lembrando-se das bebidas que havia ingerido. Não era para tomar os remédios com álcool. O estômago dela naquela noite era essencialmente uma caixa de vinho.

Ela bebeu mais um pouco de água e se deixou levar. A dor na palma da mão começava a desabrochar, subindo pelo braço até tudo irradiar calor. Samson havia aberto a cabeça uma vez. Ela observou a memória em sua mente, olhos fechados, como uma pequena tela de TV ligada atrás das pálpebras. Samson aos três anos de idade, galopando pela sala de estar em uma raquete de tênis. A raquete de Monika, que já não jogava, mas se recusava a se livrar de qualquer equipamento. Samson andando em cima daquela raquete como se fosse um pônei, usando apenas uma fralda e uma das camisetas da faculdade de Sammie, embora ele estivesse ficando velho demais para fraldas naquela idade e Sammie detestasse tanto trocá-lo que ela quase chorava a cada vez. Ele galopava e galopava, Monika o aplaudindo, até que tropeçou e caiu de cara no canto da mesa de centro, a de vidro que Monika amava e Sammie odiava, ultramoderna e hedionda. A testa dele se abriu, e o sangue jorrou em todos os lugares: no tapete, no vidro, na camisa. Correu pelo rosto, para os olhos, por toda parte.

Foi aí que ele começou a gritar. Não pelo impacto da queda, parecia, mas pelo ardor inquietante do próprio sangue se acumulando debaixo dos cílios. Sammie o pegou e o embalou, pressionando a própria camisa contra a ferida enquanto Monika corria para ligar para a emergência. Quando olhou para o rosto machucado do bebê dela naquele dia, Sammie percebeu pela primeira vez que era incapaz de lidar com qualquer parte daquilo. Então, também caiu em lágrimas. Chocada com o fato de que uma pessoa que ela podia amar tão ferozmente também fosse capaz de arrancar tal agonia dela.

Ele tinha levado cinco pontos na testa, e uma vez que a ferida se fechou e cicatrizou, e ele tomou sol no rosto e ficou bronzeado, quase não era visível. Apenas uma das muitas cicatrizes que elas lhe haviam dado. Ela esfregou os dedos no próprio pulso, sentindo aquela que ele lhe havia infligido, mas também havia desbotado. A marca de mordida nela nunca havia sido tão visível quanto as que ela havia posto nele, que o marcaram como dela. Eram o presente de Sammie para Samson, uma marca da conexão deles. Porque foi ela quem deu à luz ele, não foi? Ela era aquela a quem ele realmente pertencia, afinal de contas.

A ave fez outra passagem pelo pátio, descendo desta vez para tirar algo vivo do chão — uma ratazana, talvez, ou um rato. Uma coisa viva que gritou quando foi agarrada. Sammie viu o pássaro subir, pesado com sua refeição, e os gritos silenciaram quase imediatamente.

Ela acordou com mais berros.
    Não simples gritos. Isso, ela conhecia intimamente. A forma como faziam parecer que uma garganta estava tentando tossir vida em uma discussão. Eles gritavam com frequência em casa: quando alguém esquecia de trancar a porta da frente à noite, quando alguém deixava o forno ligado depois de assar uma pizza congelada, quando alguém não limpava direito, cozinhava direito, agia direito.

Com gritos Sammie estava acostumada. Isso não era gritar. Era berrar.

Ela se levantou cambaleando da cadeira do pátio, agarrando a mesa quando seus joelhos falharam. O copo de água virou, derramando pela lateral nas pernas dela.

— Caralho — sussurrou, voz grossa, e apertou a mão na mesa para se apoiar.

Ela não tinha a intenção de adormecer. Não achava que era possível — não com todos os pensamentos que lhe rondavam na cabeça sobre a esposa e o filho e onde ela iria morar e o que iria acontecer a seguir —, mas a medicação que havia tomado tinha cuidado disso. Ela não tinha certeza de que horas eram. Tarde, parecia, embora pudesse ser qualquer hora. As estrelas ainda estavam no céu, embora fossem borrões aos seus olhos embotados de sono. Ela olhou pela janela da casa do vizinho e viu que as luzes estavam acesas.

Sammie bateu no rosto para acordar. Estava realmente fora de si. Ainda sob seu pesado cobertor de vinho e analgésicos. A mão ferida estava misericordiosamente entorpecida, embora ela achasse que isso talvez não fosse uma coisa boa.

— Provavelmente não — disse, e percebeu que estava falando os pensamentos em voz alta.

Por que ela havia despertado? Os berros, que estavam de volta após um breve intervalo. Mesmo no pior deles, ela nunca tinha ouvido Monika emitir um som como aquele. Não poderia ser Samson, era alto demais. Parecia um gato sendo estrangulado.

Ela estava com tanta sede que desejava não ter derramado a água. Quando se levantou, o mundo balançou à frente, como se ela estivesse na proa de um navio. Estava preocupada com a possibilidade de vomitar.

— Ah, eu já vomitei — disse Sammie, e vomitou de novo pela lateral do deque nas buganvílias. Quando voltou a levantar a cabeça, um espinho arranhou seu rosto com força suficiente para arrancar sangue.

Ela sentiu um pouco mais de clareza então, quem sabe até melhor, e limpou a boca com o dorso da mão. Carregou o copo vazio até a porta de vidro deslizante. Quando ela a abriu, o barulho a dominou.

Samson e Monika estavam de pé na entrada da cozinha. Todas as luzes estavam acesas agora, cegando Sammie, que sentiu como se estivesse caminhando em um sonho. As sacolinhas da clínica estavam jogadas na bancada onde ela as havia deixado. O frasco de analgésicos estava virado de lado, e alguns dos comprimidos haviam caído.

— Quê — disse ela, colocando uma mão no pescoço. — Quê?

Nenhum deles lhe prestou qualquer atenção. Ela nem tinha certeza de que a haviam notado. Monika estava gesticulando loucamente, como se regendo uma orquestra. Samson empurrava a cabeça para trás contra o batente da porta toda vez que Monika dizia algo, revirando todo o crânio como se os olhos não fossem suficientes. Cada vez que Samson fazia isso, a voz de Monika ficava mais alta, até que ela recomeçava a berrar.

Sammie jogou seu copo na pia, e ele explodiu em um milhão de pedaços.

— Segundo copo quebrado da noite — falou. — Provavelmente é um enorme azar. Ou será que é só com espelhos?

Monika e Samson a olharam. Ótimo, ela tinha a atenção deles.

— Sim, você tem a nossa atenção — disse Monika.

Espera, pensou Sammie, *ainda estou falando meus pensamentos em voz alta?*

— Sim, você ainda está falando.

O rosto da esposa estava vermelho-tomate. Parecia que ela estivera chorando, o que era incomum para ela.

— Eu sou a sua ex-esposa — disse Monika, secando o rosto com a manga.

Não, ela não era, pensou Sammie, *elas ainda não tinham se divorciado.*

— Isso vai ser resolvido.

Sammie pegou os pedaços maiores de vidro muito cuidadosamente com a mão boa. *Melhor resolver logo*, pensou, *você já está noiva de outra.*

Monika apertou os olhos com força, inspirou e expirou pela boca. As mãos estavam em punho igual às de Samson. Talvez tivessem mais em comum do que Sammie pensava.

— Nós não somos nada parecidos — disse Samson. Ainda estava usando o uniforme do boliche, a roupa que ela não lavara para ele só algumas horas antes. Tudo aquilo havia sido naquele mesmo dia? Ficar de pé no baú enquanto ele matava a barata? Sentar-se no jantar com a noiva da ex-mulher? Parecia há mais tempo. Só que as roupas de Samson agora estavam ainda mais sujas. Estavam cobertas de manchas. Muito amarelo-vivo.

— Seu filho — disse Monika. De algum jeito, ela conseguiu enfatizar tanto "seu" quanto "filho", o que Sammie achou impressionante.

— Meu filho — respondeu Sammie — fez guerrinha de comida?

— Seu filho — repetiu Monika — fez guerrinha de comida, sim, mas também cuspiu bem na cara de uma garota.

— A mesma de antes?

— A porra da mesma.

— Puxa... isso não é bom — disse Sammie.

Jura?, disse Monika com um olhar.

— Não é nada demais — falou Samson, e Monika se virou de novo para ele.

— Você foi demitido. Eles precisaram chamar a polícia.

— Eu não fui preso nem nada.

— Você não foi *preso* nem nada? — Monika riu, mas saiu alto e forçado, um latido que fez os ouvidos de Sammie doerem. — Não importa. Eu te defendi pela última vez. Nós duas. Seu chefe é amigo nosso. Você envergonhou a gente.

— Eu não envergonhei a mãe. Envergonhei você. — Samson estava chutando o batente com o calcanhar do tênis, deixando marcas sujas na madeira branca. Normalmente, Sammie ficaria chateada com isso, provavelmente gritaria com ele, mas agora tudo parecia borrado e enevoado, como se alguém estivesse chutando o cérebro dela com a sola de um tênis. *Ele que chute*, pensou, e aí Monika disse para ela não o encorajar.

— Me encorajar? Quando qualquer um me encorajou *na vida*? — retrucou Samson, chutando com mais força do que nunca. — Todo mundo nesta casa está pouco se fodendo.

— Não é verdade — argumentou Monika, enquanto Sammie assentia, concordando com Samson.

— Viu? Até a mãe sabe que é verdade. — Samson parou de chutar e começou a andar de um lado para o outro.

Sammie não se lembrava da última vez que vira o filho tão enérgico. Na maior parte do tempo, ele ficava tão dentro da própria mente. Tão separado dela.

— Que porra isso quer dizer? — perguntou Samson, e Monika o mandou calar a boca.

— Não fale assim com ele — disse Sammie, e contornou com cuidado a ilha para chegar ao armário. Ela puxou um copo e se serviu de mais água. Estava com muitíssima sede.

— Você está tão *bêbada* — devolveu Monika. — Você sempre está tão bêbada.

— Bom, errada você não está — disse Sammie.

— Você sabe que isso é culpa sua. — Monika apontou para ela, e Sammie tentou focar aquele dedo, que entrava e saía de foco.

— Culpa minha? Como?

— Você é o motivo de ele ser assim.

— Assim como? — perguntou Samson. — Uma pessoa normal? Em vez de duas aberrações fingindo que estão brincando de casinha?

Sammie deu um gole enorme na água. Um tanto escorreu pelo queixo. Ela estendeu a mão para pegar, mas deixou escapar a maior parte. A camisa ficou encharcada.

— Uau, ele sacou a gente direitinho.

— Para. Precisamos estar do mesmo lado.

Sammie tentou se sentar em uma das banquetas da cozinha, mas sua mira estava ruim, e ela deslizou pela borda diretamente para o chão. Doeu. O ardor começou no cóccix, um choque elétrico subindo pela coluna até sair da boca dela como um grito prolongado.

Ninguém veio ajudá-la a se levantar, então, Sammie se ajoelhou com dificuldade, tentando não colocar a mão enfaixada nas poças. Apoiou o copo no chão e tentou se lembrar de não o chutar.

— Copo, não chuta — disse.

— Meu Deus, você é patética. — Monika a olhava como se quisesse lhe dar um soco na cara.

Ótimo, pensou Sammie, e não ligava se tinha saído em voz alta.

— É você que está namorando alguém da idade de Samson — retrucou Sammie. — Ah, espera. Namorando não, lembra? Noiva.

Monika passou uma mão pelo cabelo, que ficou loucamente espetado na cabeça, saindo por cima das orelhas como uma coruja.

— Por que você mencionou isso na frente dele?

— É sério? É você que está me expulsando de casa e trazendo uma criança com quem planeja se casar. Alguém que ele nem conhece.

De repente, Sammie se sentiu cansada — mais cansada do que jamais havia se sentido na vida. Mais cansada do que quando saiu de casa pela primeira vez depois de dizer aos pais que era lésbica. Mais cansada do que depois de ter dado à luz, deitada naquela cama de hospital, pensando se o corpo voltaria a funcionar direito. Ela não tinha sequer conseguido fazer xixi sozinha. Uma enfermeira precisara ajudá-la, dizer-lhe para "imaginar espremer um balão de água" entre as pernas. Agora ela se molhava um pouco se espirrasse com muita força.

— A gente vai resolver — disse Monika, mas não estava olhando para nenhum deles, nem Sammie, nem Samson, então, obviamente era mentira. Ela disse isso para Monika, que imediatamente voltou a berrar.

Sammie, desta vez, sentia-se no controle das emoções. Agora, era Monika cujo rosto estava vermelho, cujos olhos estavam vazando lágrimas. E ela estava xingando, não só Sammie, mas os dois. Sammie entendeu que era a mistura de analgésicos e álcool que lhe permitia ter alguma perspectiva. Ela se encontrava confortavelmente acima de tudo. Como se estivesse no teto, vendo toda a confusão lá embaixo.

Monika notou o frasco na bancada. Pegou e chacoalhou, derrubando o resto.

— Você tomou analgésicos com álcool? Você é louca, caralho?

Comprimidos bateram na bancada e voaram por todo o chão.

— Você é uma psicopata — disse Samson a Monika. Ele agachou e ajudou Sammie a pegar os comprimidos, o que fez o coração dela ficar quentinho.

Ele está me ajudando.

— Sim, eu estou te ajudando. A mãe está sendo louca.

Monika respirou fundo.

— Eu não estou sendo *louca*! — A última palavra saiu em um guincho perfurante, tão alto que Sammie cobriu uma das orelhas com a mão boa.

— Para mim, você está parecendo louca — disse Sammie. Gritar que não era louca fazia uma pessoa parecer louca, na opinião dela.

— Quero você fora daqui até o fim do mês — falou Monika. — Ouviu? Até o fim. Do *mês*.

— Você não pode fazer isso — cuspiu Sammie de volta. — Essas são minhas coisas. Meu filho. Esta casa é minha também.

— Sua? Você não é dona de porra nenhuma, Samandra. — Monika andou de lá para cá, esmagando alguns comprimidos com o calcanhar. — Sou eu que tenho um emprego de verdade. Eu pago o financiamento. Você nem tem crédito. Usa todos os meus cartões. Você gasta o *meu* dinheiro.

— Eu tenho um emprego — respondeu Sammie, e era verdade.

— Aquilo não é um emprego, é um hobby.

Monika a viu tentar colocar um único comprimido no frasco com a mão boa.

— Eu. Estou. Cagando. — Ela pontuou cada palavra pisando em um dos comprimidos de Sammie.

Sammie sentia como se estivesse assistindo a um filme ruim da Lifetime sobre sua vida. Quem iria interpretá-la? Ela torcia por alguém como Julia Roberts, mas provavelmente acabaria com Mayim Bialik. Podia imaginar tudo se desenrolando: começando na igreja, uma lésbica ainda no armário. Pais conservadores que se recusavam a compreendê-la. Romance e casamento relâmpagos com Monika, as duas se beijando numa praia enquanto o sol se punha, fogo líquido sobre o oceano. Então, a vida real se instala. Destaque talvez para a história da bebê perdida. *Mas ela era minha filha, você não entende? Eu a perdi; eu perdi minha única filha.*

— Se você falar de novo dessa bebê, juro por Deus que vou surtar.

Sammie estava segurando um comprimido que não conseguia colocar no frasco, então, deixou na bancada.

— Posso falar da bebê quando eu quiser. Só porque você não está nem aí não quer dizer que eu ainda não sofra por isso.

Monika arranhou o rosto com as unhas, abrindo vergões vermelhos nas bochechas. *Que perturbador*, pensou Sammie. A esposa parecia aquele quadro *O grito*. Samson também deve ter achado, porque parou de tentar pegar os comprimidos e se arrastou para trás até quase estar sentado nos pés de Sammie.

— Não tinha bebê. Quantas vezes tenho que te dizer isso? Só tinha Samson.

— Claro que tinha bebê — respondeu Sammie. — Só porque ela não nasceu viva não quer dizer que ela não fosse real.

— Não tinha bebê, Samandra. — Monika bateu as mãos, um som afiado como um tiro. — Você estava sangrando no meio da gravidez. Aí, inventou a ideia de gêmeos e bateu tanto o pé, estava tão histérica que o médico ficou preocupado de você ter um colapso nervoso. A gente só deixou você acreditar.

Sammie viu um buraco se abrir no chão à frente, uma cratera grande e escura, e percebeu que estava prestes a desmaiar.

— Não acredito que você disse isso.

— Estou de saco cheio — respondeu Monika, mas parecia abalada. As bochechas ainda estavam vermelhas onde ela havia arranhado. — Só quero ser sincera.

— Sincera! — Sammie riu disso, ou achou que fosse rir, até perceber que o barulho de foca que estava emitindo era precursor de choro. E nem era de um choro normal. Era do tipo de choro ruim em que ela ia ter um ataque de pânico.

— Eu devia ter falado de um jeito melhor — disse Monika, mas Sammie passou por ela e saiu do cômodo. Foi na direção das escadas.

Se eu conseguir chegar ao meu quarto, posso dormir, pensou. *Se conseguir subir na cama, posso fingir que é tudo um pesadelo. Algo que não aconteceu. Fingir que essa pessoa que eu antes amava mais do que a mim mesma não me machucou tanto.*

— Não é culpa minha! — falou Monika, indo atrás dela.

Sammie subiu as escadas, mas Monika a seguia com rapidez.

— Você não aguenta a sinceridade real. Faz todos nós vivermos em um limbo porque não consegue lidar com mudanças.

— Preciso dormir — disse Sammie. Ela estava entrando em choque. A medicação e o vinho, a mão dela, agora aquilo, a esposa lhe dizendo algo que não tinha como ser verdade. Tinha?

— Você não é criança, Sammie. Eu não devia ter te tratado como uma.

Monika agarrou o braço dela, segurou-a no lugar. Estavam no meio da escada. Sammie estava a alguns degraus acima de Monika, mais perto do patamar. Ela balançou de pé, zonza. Seu corpo ainda doía por causa do acidente, mas agora também doía por dentro.

— Me solta — disse ela, e Monika disse não.

Samson estava parado ao pé das escadas, olhando para as duas. Sua boca estava aberta, como se ele quisesse dizer algo, mas depois ele só a fechou novamente. *Ele parece assustado*, pensou Sammie. *Parece um garotinho.*

— Temos que falar sobre isso. — Monika a sacudiu. Quando Sammie lutou para se afastar, Monika a sacudiu de novo, com mais força. Seu hálito estava pesado no rosto de Sammie. Tinha cheiro de jantar, aquele jantar cheio de alho e desconfortável com Megan. Estava deixando Sammie enjoada. Ela teve medo de vomitar de novo.

Samson estava começando a subir as escadas, gritando com as duas. Falando para elas pararem.

— Olha para mim quando eu falo com você! — Monika a sacudiu uma última vez, com força suficiente para os dentes de Sammie baterem e a sua visão escurecer.

Tenho que fugir, pensou Sammie, aterrorizada, e então puxou o mais forte que pôde, empurrando Monika ao mesmo tempo, e o braço de repente ficou livre.

Houve um som, algo caindo. Sammie fechou os olhos, respirando profunda e calmamente, e se encostou ao corrimão para se apoiar. Quando ela olhou para baixo, para além do filho, lá estava Monika ao pé das escadas. Amarrotada em uma pilha. A perna dobrada abaixo dela.

Tinha acontecido tão rápido. Num minuto, a esposa estava lá, sacudindo-a, e então havia desaparecido. Samson correu pelas escadas e pegou o braço dela, aquele que a esposa havia agarrado com tanta força. Força demais. A esposa, o filho. Esposa e filho.

Os olhos de Samson eram só pupila. Aqueles olhos que eram tão parecidos com os dela. Ele a tocava suavemente, apenas apoiando de leve. O rosto dele. A reentrância em seu queixo que era igualzinha à do queixo do pai dela. O cachinho de cabelo que caía sobre o colarinho.

— Seu cabelo está ficando tão comprido — sussurrou ela, e ele se encolheu.

Monika gemeu no chão. Mexeu-se um instante, depois se acomodou e choramingou.

— Vai esperar no seu quarto — mandou Sammie, e viu o filho subir as escadas. Cabeça baixa. Pernas compridas, braços balançando. Um homem. Um menino. Dela. O corpo dela. O humano dela. Samson. Parte dela. Ela esfregou o pulso. Passou o polegar pela cicatriz e sentiu o estalido passando pelas veias. Ela não tinha certeza se fantasmas eram reais, mas acreditava em mágica. A maternidade não era um truque de magia?

— Sammie — gemeu Monika.

Ela balançava os braços no chão, criando formas. Uma estrela-do-mar da Flórida. A perna que não estava dobrada atrás dela estava chutando, contraindo-se em pequenos solavancos preguiçosos, como se tentasse se mover sozinha. Era uma perna que ela agarrara, lambera, abraçara. Era uma perna que se emaranhara com a dela quando elas fodiam, que chutara a porta da frente daquela vez que elas tinham entrado em casa correndo para fugir da chuva, beijando o rosto molhado uma da outra.

— Me ajuda — disse Monika. Ela levantou os olhos grandes e líquidos para Sammie. — Por favor. Sammie. Estou machucada.

Estou machucada, pensou Sammie.

Outono

O homem pegou a mão do filho dela e caminhou casualmente para a saída do parquinho.

Pelo menos, era o que ela lembrava.

CRIANÇA DESAPARECIDA ENCONTRADA APÓS "PASSEIO"

Uma criança desaparecida do Condado de Seminole apareceu após uma busca frenética de dois dias. Damon Bradshaw, de seis anos de idade, foi visto pela última vez voltando a pé do parque de cães em seu bairro com o golden retriever da família. Após dois dias de busca, os pais relataram que a criança tocou a campainha da própria casa. De acordo com a polícia, o menino alega que um homem em um "caminhão grande" permitiu que ele usasse o rádio do caminhão, mas eles se recusaram a responder outras perguntas.

CORPO DE GAROTO DE SETE ANOS ENCONTRADO NO RESERVATÓRIO DO LAGO MARY

O corpo de uma criança de sete anos de idade foi retirado de um reservatório próximo em Orange County no início da manhã de ontem, depois que um corredor notou um "cheiro estranho" vindo dos juncos. O corpo foi identificado como Hunter Timmons, de sete anos, residente de Kissimmee desaparecido. Blake e Nora Timmons, de Osceola County, estavam à procura do filho havia mais de um ano. Ele foi visto pela última vez saindo da escola. Relatos dizem que ele subiu no caminhão de um motorista desconhecido, um homem descrito como "com aproximadamente quarenta anos de idade, barba escura desalinhada, boné branco, óculos de sol".

HOMEM DE OSCEOLA COUNTY PRESO DEPOIS DE TENTATIVA DE SEQUESTRO DE CRIANÇA

Um homem de quarenta e quatro anos de idade de Kissimmee foi preso hoje por tentativa de sequestro de uma criança no condado de Seminole. Foram apresentadas acusações contra John Taylor Soblevski depois que um garoto de seis anos, de Altamonte Springs, foi descoberto em seu caminhão no estacionamento de um Denny's. Um cliente do restaurante viu o garoto sentado sozinho na cabine chorando e notificou a polícia. O menino havia sido declarado desaparecido pelos pais três dias antes.

JOHN TAYLOR SOBLEVISKI, DE OSCOELA COUNTY, CUMPRIRÁ OITO ANOS DE PENA

John Taylor Soblevski foi considerado culpado de sequestro e estupro de crianças no caso de um menino de seis anos de idade, de Altamonte Springs, no início deste ano. Soblevski, que se declarou inocente de todas as acusações, foi considerado culpado por um júri após apenas dois dias de deliberação. O advogado de Soblevski declarou que eles planejam recorrer da condenação.

PREDADOR SEXUAL CONDENADO MORTO EM MOTIM

John Taylor Soblevski, condenado pelo sequestro e estupro de um menino de seis anos de idade, de Altamonte Springs, no ano passado, foi morto em um motim na prisão após brigas ocorridas durante uma sessão supervisionada no pátio. Vários outros detentos foram tratados com lesões de facadas e ferimentos leves. Soblevski foi a única vítima. Ele tinha quarenta e cinco anos de idade.

De: Samandra Lucas (samandra.lucas@gmail.com)
Para: Samson Thomas Carlisle (carlisle_samson@my.fau.edu)
Assunto: férias de natal + dinheiro

Samson,

Este e-mail não é sobre nenhuma das duas coisas mencionadas no assunto — eu só queria garantir que você abrisse o e-mail, e sei que, se não for sobre férias ou comida, nunca tenho notícias suas. (Você VAI receber um e-mail separado meu sobre o feriado depois, porque não vou estar em casa este ano — Myra marcou para a gente um cruzeiro Carnival de duas semanas, então, vamos precisar resolver os planos para você.) Sei que você está "ocupado" — espero que uma parte desse "ocupado" envolva de fato os estudos? (Brincadeira.) (Mas sério.)

Anexei um documento que gostaria que você lesse. É sobre aquela coisa que aconteceu quando você era pequeno. Sabe, no parquinho? Quando o homem tentou te levar. Sei que nunca falamos disso de verdade. E você era tão pequeno. Quer dizer, não pequeno-pequeno, bebê nem nada assim, mas bem novo.

E eu sei que o que vou dizer não é o ponto principal, eu sei, mas não consigo deixar de perguntar, porque sempre fiquei pensando. É só algo que nunca entendi e sempre, sempre me incomodou. Este é o negócio: você *queria* entrar na caminhonete com aquele homem. Quer dizer, eu entendo. Você era pequeno, e era uma caminhonete grande e brilhante, e você *amava* caminhões, então, claro que você queria ver.

Mas o que eu não consigo superar é como você conseguiu fugir de mim para começar. Por que ia me deixar para seguir um estranho? Para fugir de mim? Eu era uma mãe tão ruim?

Enfim. Espero que a faculdade esteja indo bem. Suas notas do último semestre foram boas (chocantemente boas, eu quase não acreditei, você nunca pareceu curtir muito os estudos, então, preciso dizer que fiquei *muito* agradavelmente surpresa). Muita coisa rolando por aqui. Myra e eu acabamos de pintar a cozinha — agora é azul-claro em vez daquele amarelo feio que eu sempre odiei — e vamos comprar uma lava-louças nova em breve. Uma boa, não aquela com a frente branca de plástico.

Adoraria ter notícias suas (com mais frequência, fica a dica). Me diz o que você acha.

Com amor,
Mãe

De: Samandra Lucas (samandra.lucas@gmail.com)
Para: Samson Thomas Carlisle (carlisle_samson@my.fau.edu)
Assunto: re: férias de natal + dinheiro

Samson, obviamente eu não queria te chatear. Não tenho certeza do que você quer dizer com minha "memória esquisita", mas acho uma grosseria falar assim. Eu só disse que queria te entender.

Então, vamos analisar. Você diz que se lembra do homem e da caminhonete, mas não queria ir com ele? Samson, precisei fisicamente te segurar. E eu sei que você disse que eu te machuquei quando fiz isso, quando te puxei, mas é isso que importava naquele momento? Que eu estiquei um pouco a gola da sua camisa? Que eu *gritei* com você? Você estava sendo *sequestrado*, Samson.

E aquelas outras coisas que você menciona. Tipo aquela mordida no carro? Acho que não lembramos do mesmo jeito, Samson. Foi há muito tempo. Você vivia exagerando tudo quando era criança — era por isso que você fazia terapia.

E o que você disse da sua mãe e a escada? Não foi o que aconteceu. Você agora é adulto, Samson, goste ou não. Não pode só brincar assim com a vida dos outros. Foi uma noite ruim para todos nós, e acho que você está pegando um episódio muito estressante e transformando em algo que não aconteceu.

Tenho certeza de que é a última coisa com que sua mãe ia querer lidar, então, não a enfie nisto, tá? Não preciso de ninguém me perturbando agora. O que me lembra, você recebeu um cheque para os seus livros? Já devia ter chegado, mas nunca sei se isso realmente aconteceu a não ser que eu pergunte.

Então, vamos só concordar em esquecer tudo isso, tá? Vamos deixar para lá. Como se nunca tivesse acontecido.

Tá bom? Me avisa sobre as férias. Talvez a gente possa ir ver as luzes de Natal na Disney.

Com amor,
Mãe

Agradecimentos

Sou imensamente grata a todas as pessoas, lugares, coisas, cães, vinhos em promoção, caixas de cerveja, sanduíches do Publix e lojas de conveniência que me permitiram dar vida a este livro. Um enorme obrigada a todos os belos humanos da Riverhead por acreditarem em um romance que começou como uma sombra magricela e pré-adolescente de história: Cal Morgan, editor maravilhoso e grande amigo, assim como Ashley Garland, May-Zhee Lim, Jynne Dilling Martin, Ashley Sutton, Nora Alice Demick, Catalina Trigo e o resto da gangue. Obrigada a minha agente, Serene Hakim, e à Pande Literary por continuamente se arriscarem comigo e me deixarem ser o meu pior "eu" pateta. Um enorme obrigada a todos no Black Mountain Institute em Las Vegas e à Shearing Fellowship por me permitir o tempo, o espaço e o amor infinito para trabalhar neste romance. Sara Ortiz, obrigada por nos deixar usar sua piscina e sempre ter certeza de que estaríamos hidratados com Topo Chico quando eu teria tomado uma margarita no lugar. Lisa Ko, companheira *fellow*, obrigada por compartilhar o espaço comigo e pelo karaoke de Zoom. Garrafas de vinho são os melhores microfones! Nicholas Russell, incrível escritor e maravilhoso ser humano: obrigada por cuidar de Lola tantas vezes e por falar sem parar comigo sobre Tom Cruise e Stephen King. Obrigada a todos na Writer's Block, Las Vegas, e na Books & Books, Miami; vocês são queridos amigos. Obrigada a Willie Fitzgerald, o Roast Beef do meu Ray, que sempre foi meu leitor e sempre será meu amigo. Obrigada a Vivian Lee, verdadeira superestrela literária, que me enviou mais cartões-postais e cartas e apoio do que consigo contar. Tantos amigos e escritores me deixaram falar com eles até cansar sobre escrita e me deram tanto amor altruísta e maravilhoso: Tommy Pico, Elissa Washuta, Sarah Rose Etter, Morgan Parker, T. Kira Madden, Laura van den Berg, Danielle Evans, Caroline Casey, Esme Weijun Wang, Tara Atkinson, Frances Dinger, tantos outros. A Jami Attenberg, que tem sido um farol em minha vida. Você é mais do que uma amiga, você é uma iluminação; todas as minhas melhores conversas escritas acontecem com você. A todos os meus amores na Tin House Books e Tony Perez. A Karen Russell, que é a melhor escritora do mundo. A todos os meus amores em Orlando, meu lar para sempre. Greg Golden, obrigada pelo couro de frutas e por Holly Golden. Maria Jones, amiga até o fim, melhor amiga de praia, não há ninguém a quem eu prefira mandar mensagem bêbada às três da manhã. James, Alicia, Kristopher, Jairo. Margo. Emily. Cathleen Bota, amiga do coração, você sempre sabe... tudo?... antes mesmo de eu ter que dizer. Aos meus 7-Eleven e aos meus caixas: sinto muito a sua falta. As batatinhas não são as mesmas sem vocês. Obrigada a Jessica Bryce Young e à *Orlando Weekly*. Obrigada a todos que me seguem no Twitter e ainda parecem gostar de mim, mesmo quando comparo raviólis com colchões. Todo meu amor a Mattie, que é mais divertida e mais bonita que eu. E a Kayla, que me fez infinitas refeições bonitas e me deixou ser eu mesma. Obrigada por me deixar entrar nas suas DMs. Eu te amo e tenho muita sorte. A próxima rodada de drinques é por minha conta, galera.

Este livro foi impresso pela Cruzado, em 2022, para a HarperCollins Brasil. A fonte do miolo é Minion Pro. O papel do miolo é pólen natural 80g/m² e o da capa é cartão 250g/m².